U0755165

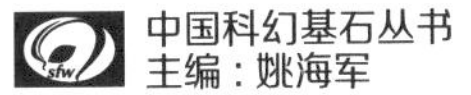

中国科幻基石丛书
主编：姚海军

嗜嚣荧光

THE LIGHT OF THRYMR

东南季枫——著

四川科学技术出版社

图书在版编目(CIP)数据

喧嚣荧光 / 东南季枫　著. -- 成都：四川科学技术出版社，2020.5
(中国科幻基石丛书 / 姚海军　主编)

ISBN 978-7-5364-9790-0

Ⅰ. ①喧… Ⅱ. ①东… Ⅲ. ①幻想小说－中国－当代 Ⅳ. ① I247.5
中国版本图书馆 CIP 数据核字(2020)第 063571 号

中国科幻基石丛书

喧嚣荧光

出 品 人　钱丹凝
丛书主编　姚海军
著　　者　东南季枫
责任编辑　宋　齐　拉　兹
特邀编辑　汪　旭
封面绘画　赵恩哲
封面设计　李　鑫
版面设计　李　鑫
责任出版　欧晓春
出版发行　四川科学技术出版社
　　　　　四川省成都市槐树街 2 号 出版大厦　邮政编码：610031
成品尺寸　147mm × 208mm
印　　张　9.5
字　　数　210 千
插　　页　2
印　　刷　成都博瑞印务有限公司
版　　次　2020 年 5 月成都第一版
印　　次　2020 年 5 月成都第一次印刷
定　　价　42.00 元

ISBN 978-7-5364-9790-0

写在“基石”之前

姚海军

“基石”是个平实的词，不够“炫”，却能够准确传达我们对构建中的中国科幻繁华巨厦的情感与信心，因此，我们用它来作为这套原创丛书的名字。

最近十年，是科幻创作飞速发展的十年。王晋康、刘慈欣、何夕、韩松等一大批科幻作家发表了大量深受读者喜爱、极具开拓与探索价值的科幻佳作。科幻文学的龙头期刊更是从一本传统的《科幻世界》，发展壮大成为涵盖各个读者层的系列刊物。与此同时，科幻文学的市场环境也有了改善，省会级城市的大型书店里终于有了属于科幻的领地。

仍然有人经常问及中国科幻与美国科幻的差距，但现在的答案已与十年前不同。在很多作品上（它们不再是那种毫无文学技巧与色彩、想象力拘谨的幼稚故事），这种比较已经变成了人家的牛排之于我们的土豆牛肉。差距是明显的——更准确地说，应该是“差别”——却已经无法再为它们排个名次。口味问题有了实际意义，这正是我们的科幻走向成熟的标志。

与美国科幻的差距，实际上是市场化程度的差距。美国科幻从期刊到图书到影视再到游戏和玩具，已经形成了一条完整的产业链，动力十足；而我们的图书出版却仍然处于这样一种局面：读者的阅读需求不能满足的同时，出版者却感叹于科幻书那区区几千册的销量。结果，我们基本上只有为热爱而创作的科幻作家，鲜有为版税而创作的科幻作家。这不是有责任心的出版人所乐于看到的现状。

科幻世界作为我国最有影响力的专业科幻出版机构，一直致力于对中国科幻的全方位推动。科幻图书出版是其中的重点之一。中国科幻需要长远眼光，需要一种务实精神，需要引入更市场化的手段，因而我们着眼于远景，而着手之处则在于一块块“基石”。

需要特别说明的是，对于基石，我们并没有什么限定。因为，要建一座大厦需要各种各样的石料。

对于那样一座大厦，我们满怀期待。

目　录

01. 彗星捕手 001

02. 楚　倩 008

03. 真空之声 013

04. 黑洞舱的老干部 019

05. 静思室 025

06. 重力依旧 030

07. 第三种选择 035

08. 如何和俄罗斯人打交道 041

09. 声波猎人 046

10. 舱外工程组E 050

11. 解　散 055

12. 飞行训练 060

13. 不同的人 065

14. 尘土球 071

15. 犯错的孩子 077

16. 雷舰长 082

17. 往昔如雷 088

18. 未尽的独白 095

目　录

19.　一级特情　102

20.　为了至爱　108

21.　忙里偷闲的晚会　115

22.　往昔的起点　120

23.　强大之人　126

24.　归　零　132

25.　向着未知　137

26.　达维多维奇引力波　142

27.　远　方　148

28.　光　流　152

29.　二次冲击　159

30.　β海潮　166

31.　选　择（上）　175

32.　选　择（下）　181

33.　疲惫的乐观　188

34.　第二只靴子　193

35.　Counting life　198

36.　沧海孤舟　204

目　录

37.　试　探　209

38.　烧开水　214

39.　绝望通信　220

40.　与黑洞共舞　225

41.　猝　变　229

42.　脆弱极限　234

43.　选择责任　238

44.　狂　妄　243

45.　勇士之言　248

46.　小小的梦想　253

47.　私　心　258

48.　最终撤退名单　263

49.　航向北极　268

50.　反抗者　274

51.　喧嚣荧光　283

52.　后　来　294

01. 彗星捕手

“各位，你们知道苏格兰人怎么称呼彗星吗？”

“不知道。是叫她‘宇宙里的冰山’？不对，这像是个德国式的说法。”

“NO, NO, NO，我们这样称呼——”频道里的男人咳嗽几声，清了清嗓子，“‘彗星，是一只被灌了一品脱[1]威士忌，然后在天上倒着飞行的小猪崽。’”

频道里传来一阵笑声，我也跟着笑了。说实话，我不是很懂这个笑话，不过哪怕是出于礼貌，我也得表示一下。

说话的男人是马尔克斯。他说着一口带着低地国家口音的英文，还有如同英国小伙一般的仗义与欢脱，却拥有德国国籍——估计也

① 容积单位，主要在英国、美国及爱尔兰使用。1品脱在英国和美国代表的是不同的容量。文中指的是英制品脱，1英制品脱等于568.26125毫升。

只有他这种德国人，才能理解这个对文化背景要求很高的笑话。

“陈晓云，你看起来好像不太开心。”

“工程队在舱外工作的时候，我一直是很认真的。”这次通话在私人频道。我转过头，看着那个比我大得多的飞行器从我身边滑过，那是队长马尔克斯的“作业5号”飞船。我操作舱外宇航服里的旋钮，推进背包将我推向前去，跟上了它，“马尔克斯队长，你的玩笑太难懂了。对我这个临时工来说，着实有些难……”

“那我得找个时间，给你科普一下欧洲的笑话。”他笑起来。

说话间，我瞥了一眼收件箱，把眼前的一堆未读消息丢进了“垃圾桶”。

“右舵5，上舵把定，航向定标03，‘脏雪球’。”

“Copy, starboard five, up steady, target 03, dirty snowball...finished the wheel.”①

我们的闲聊中断了。在我们的脚下，一艘庞大的飞船缓缓地旋转起来。它拥有百万吨级的质量，动起来却如同冰上芭蕾一般，轻盈、静谧而灵动。舱外的工程队员们纷纷点亮自己的推进器，大家像是闪着蓝色尾灯的萤火虫，滑过宇宙空间那犹如黑色冰面般的舞台，和群星一起，跟上她的脚步，和她一起舞蹈。

“‘喧嚣号’。”我喃喃自语，虔诚地注视着她。

不论看多少次，我还是会觉得很震撼。“喧嚣号”以一颗铁镍小行星为核心搭建而成，体量超过三百万吨。她代表了人类太空力量

① 即“收到，右舵5，上舵把定，航向定标03，‘脏雪球’……正舵。”由于故事涉及多国合作，许多操控指令会使用不同语言，为体现真实感，本书予以保留。下同。

的巅峰，也是欧亚太空探索舰队的旗舰，负责探索小行星带和火星；在人类的太空舰队里，也只有北约舰队的旗舰“查克·耶格尔号”能和她相比。她的身躯看上去像一块大陆一样雄伟，在她的面前，作为人类的我就像一粒微不足道的尘埃。

现在，她就在小行星带里，执行研究冰陨石的任务。

飘在外太空的时候，面对的几乎是空无一物的虚空，这个巨大的物体将会是你的寄托，你的希望，你的一切。

我又看了看收件箱，仍然有很多未读消息，但还是没有那个人的。

“Ease to midships, stand by engines.”①

“转向完成，正舵。各单位注意，主炮开火准备，最低功率，倒计时10分钟。”

舰桥下达了指令，我靠上马尔克斯的工作飞船，将我负责巡检的部分再次检查了一遍。头盔显示器上弹出了几个窗口，检查项目从眼前快速地闪过。个人终端自动将所有正常项剔除，又将可能有异常的几项罗列出来。

去掉几个虚警，一切正常。我放心地点了点头，“E99汇报，B区域，黑洞区块，备用通信系统，正常。”

“舰桥收到。谢谢您。”和我联络的舰桥管制员是个来自日本的女孩子，甜甜的女声颇为好听。

“E01汇报，亲爱的星野小姐，这里一切正常，请放心。”

E01是马尔克斯，E99则是我。就像足球场上大多数替补球员的

---

① 即“回舵，正舵，引擎备车。”

号码总是很大一样，我的编号是临时的。

频道里传来了队员们揶揄的喧闹声，马尔克斯队长撩妹，大家都成了电灯泡，自然要起哄一番。这下子，马尔克斯里外不是人，最后承诺办个派对犒劳大家，他们才作罢。

直到一个冷硬的、像是锉刀在铁砧上打磨的声音插进了我们的频道："好了，E小组，工作期间，不要在舰桥通信频道里聊天。"

这是我们的雷舰长——雷震。他一出马，一切恢复如常，大家立刻回到了紧张的工作中去。

"5分钟倒计时，各单位请后撤至安全区。"

气氛骤然紧张，"喧嚣号"舰艏亮起红色的闪光，在不远处的冰质小行星上投下一个十字准星。频道里安静了下来，队员们靠近工作飞船，用安全带将自己绑起来。马尔克斯开动飞船，拖着大家回到了舰体表面。随即，一阵让人须发倒竖的战栗感传来——"喧嚣号"张开了偏转电场[①]，保护我们免受炮击余波的影响。我把工程队的作业界面关掉，登录上了另一个ID，一个风格完全不同的页面在我面前展开。

"BE02就绪，欢迎登录黑洞部。"

一切正常。

"王部长，一切正常。"我终于回复了那一串未读消息。接着，我把那一串信息删掉，丢进了垃圾回收站。

这是我的另一个身份——黑洞舱的技术员。作为"喧嚣号"核心的铁镍小行星之中，有一枚黑洞，准确地说，是两枚——它们像是

① 使用电力在舰体周围形成一个电场，以偏转带电粒子，降低飞船受到的宇宙射线伤害。

双子星一样旋转，却从不相撞。多年前，科学家们在利用地球赤道上空的环赤道加速器做实验的时候，它们从作为靶材的陨石之中诞生了。黑洞舱则是存放它们的地方。

“王部长，求求你就别折腾我了。黑洞一切正常，此刻我正在工程队当临时工呢。”我回复他，“都啥年代了，还喊口号，烦不烦啊。报告我过会儿会给你的。”

“好吧。”频道那头的人沉默了一会儿，“陈晓云，注意安全。”

脚下的“喧嚣号”发出沉闷的噪音，穿透作业飞船传递到我的耳膜。黑洞舱附近的散热器发出咕噜咕噜的响声，漆黑的散热鳍片像是翅膀一样展开来。整片空域已经清空，所有人都躲进了“喧嚣号”的偏转电场里。我张大嘴巴，死死地盯着远处那个在缓缓自旋的“小猪崽”。

“30秒倒计时！两车微速前进，正舵！”

“30 seconds in counting! Dead slow ahead—Midships!”①

所有人的HUD②上都跳出一个红色的倒计时来，随着雷舰长用雄厚的男低声宣告，“喧嚣号”的散热鳍片发出炽热的红光，舰体前部的轨道上出现了像是薄纱一般的电离云，那些荷电粒子旋舞飞升，顺着看不见的偏转电场越过我们的头顶，就像缥缈的极光。全舰的超导电容已经加载完毕，舰艏的荷电粒子炮蓄能完毕，巨大的电势差甚至在缥缈的电离云里拉起了须发状的闪电，层层叠叠，像是狂舞的彩色电蛇。

---

① 意思是：“30秒倒计时！引擎微速前进（以平衡后坐力）——正舵！”

② Head Up Display，即下文中的抬头显示器。

但是谁都没有心情去欣赏这曼妙的景致了，“喧嚣号”的荷电粒子主炮即将发射，这可是难得一见的光景；更何况，这美丽的“极光”可是高温的等离子，要是被它沾到，人可是会瞬间气化的！

“10秒倒计时！”

“10 seconds in counting!”[①]

“喧嚣号”全舰的姿态调整发动机做了一次制动，将全舰近一千米的长轴对准了远处的彗星，这百万吨的巨舰在舰员们的操纵下，像是穿针绣花一般调整着自己的位置和指向，精确地瞄准了她的目标。

“5，4，3，2，1！发射！”

“Shoot!”[②]

一瞬间警铃大作。我感觉被推了一把，以为自己会跌出去，幸好被安全带死死地勒住。真空中没有声音，我看着一道炫丽的五彩云团喷薄而出，就像默片一样，看着刺目的眩光横贯天际。哪怕这只是最低功率、千分之一光速的荷电粒子炮弹，它都在我的视网膜上留下了一道明亮的白色光带。用肉眼可见的速度，冰彗星被击中的地方变得红热，随后变成炽白，最后逐渐呈放射状崩解殆尽。

“喧嚣号”的主引擎闪耀着蓝光，平衡着主炮发射产生的后坐力。眨眼工夫，作为目标的彗星已经被对半切开，就像被热刀划过的黄油块，兀自打着转儿。被气化的彗星物质拉出了一条长长的尾迹，就像它靠近太阳时那样。而在一瞬间之后，这一切又归于平静，五彩的光幕不见了，缥缈的等离子云也消失了，喷发出的荷电粒子流在真空中冷却，仿佛什么都没有发生过一样。

---

① 即“10秒倒计时！”

② “发射！”

真是极为壮丽的景色，E组的所有人都欢呼起来，就差有人朝着空中丢一把纸屑。“喧嚣号”主炮发射的机会不多，而每一次发射都象征着一次气吞山河的大事，有些时候是推开威胁地球的小行星，有些时候是处理无用的空间站，或者是像今天一样的科考探索活动。自从我登上“喧嚣号”以来，只有幸目睹过数次，所以我也跟着鼓起了掌。

只不过，这种幸运很快就要不属于我了——我所在的部门很可能要被裁撤了。

黑洞舱，很可能要被裁撤，而我也将面临“下岗”、离开“喧嚣号”的命运。

“不要遇到困难就垂头丧气，拿出你的勇气和坚持来，像个男人样！回舰之后就来找我吧。”我点开收件箱，里边有一个人的标注特别醒目，在她的头像下边，跳动着这样一句话。

这个时候你会在看吗？你也会在调黑的面罩之后，欣赏着这样如同神迹一般的壮观景象吗？我不知道。我只知道你一定不曾感受过我此刻这般焦虑的心境，只是不知你那总是带着骄傲的面孔中，会不会有着和我一样的震撼和激动？

楚倩，你在哪儿？

02. 楚 倩

切割彗星的事情很快就结束了，飞行队中的科学家们带着锚索，在融化的冰质小行星上采集样本，并将半块彗星牵引回来。这些固体水是宇宙航行中珍贵的补给品，“喧嚣号”运行的每一个环节，从舰员的日常生活到等离子引擎的推进工质，都需要淡水和“气体冰”[①]；此外，这些陨冰还是科学家们研究太阳系起源和星际物质的重要材料，具有很高的科研价值。

所以我想弄一块来，当作纪念品。

如果黑洞舱真的被裁撤，我又没有及时找到新的岗位，这很可能就是我和“喧嚣号”最后一次相伴了。而且，能够到达小行星带的飞船，除了她，好像还真没几艘。能够在这次最后的航程中弄个纪念品，

---

① 彗星的重要组成成分之一，即为固态气体组成的“冰”，以可以被飞船利用的氢为主，也有甲烷等其他气体。

也算是对我这几年航行生涯的告别……我叹了一口气，自嘲式地笑了笑："陈晓云，你就不能有点儿出息吗？事情还没恶化到完全无法挽回的地步，居然已经开始给自己准备告别纪念品了吗？"

但现实就是这样啊，我怎么可能改变"喧嚣号"的部门安排？我只是一个普普通通的舰员，而"喧嚣号"是一艘如此庞大而运作精密的巨舰。

我无力改变什么，但是她可以，她至少能帮我完成这个微不足道的愿望。

宇宙航行专业的高才生、"飞行员舰长培训计划"的成员、"喧嚣号"舰载机中队队长——当这么多头衔压在一个人头上的时候，带来的必然是金灿灿的光环。此刻，这个人就在我的面前，由此带来的压力可想而知，特别是你还在求着她帮你办点啥事儿的时候。

"所以说，你想去采一块冰来当纪念品？"远处一架带着尖头的舰载机朝我发出了接驳指令，机头的红灯和翼尖的白色灯同时闪烁着，投射出一条航道来。我推动旋钮，背包上的等离子引擎将我向前推去，我感觉自己就像一只小小的萤火虫。"那种东西有什么稀奇的？"

"毕竟是陨冰啊，那半块被你们拖走了，这不还有半块嘛！"我指了指逐渐飞远的另外半块小行星，"去那上边采一罐子就行，工具我都带好了。你的舰载机飞得快，来去就半个钟头，不会浪费你太多时间的。"

楚倩没有回答，她关掉了通信系统里的视频，只剩下一个话筒标志。面前的舰载机越来越大，我转过身来减速，视野里的她消失了，宇宙中无边的黑暗淹没了我。

“陈晓云，你也太废物点心了吧！不就是部门裁撤吗？探索舰上部门裁撤、合并是家常便饭，人员调动也是常事了，用得着这样大惊小怪?！你想弄陨冰，就是为了离开之后当作留念吧？”

我的小心思一瞬间就被看穿了。果然，只有楚倩才能如此一针见血，语言充满攻击性和天然的骄傲。“是啊，就是想当作临别纪念。部门被裁又找不到新岗位的人，可不就要从舰上下去‘休养’，然后重新进入上舰候选区？那要等到猴年马月去？到时候结婚成家了、安定了，谁想这样到处乱跑？”

“胡说！我就下过船。一次考试而已，成绩优异者可以提前上舰。”她立刻反驳。

“那是你，对口专业的学霸，高贵的舰载机飞行员！怎么可能和我这种小角色一样？‘喧嚣号’就更不一样了，舰员都是欧亚大陆集体选拔出来的，是精英中的精英，哪是那么容易就能上的？”

“自吹自擂，那你之前怎么通过的考试？”

“那是运气好……”被抓住逻辑漏洞的我反击无力，“你赢了，我服输。你愿不愿意帮忙？不帮就算了，我到时候去科学组问他们要一片也行。”

眼看着我和她的相对速度逐渐归零，我推动旋钮，让臃肿的工程宇航服转过来。楚倩的舰载机安静地停泊在我的面前。我刚想开口说些什么，舰载机的驾驶舱突然冒出了一阵白雾，开始缓缓地向上开启。

“你疯了！”我条件反射般地朝她扑过去，这个女疯子在自杀！在宇宙中直接开舱，和送死有什么区别？真空和接近绝对零度的低温会瞬间要了她的命！推进背包上传来巨大的推力，猛地将我推向前方，像是鱼雷一样朝她撞过去。借着液压系统的推力，我不管三七二十一，一把将那个苗条的人影抓住，立刻伸手在腰带上一拉！

那里有个紧急失压情况下可用的救生包。伴随着剧烈的充气声，一个巨大的气球把我俩都罩了起来。

“该死的，你怎么每次都这样反应激烈！”楚倩有些气急败坏，但是这种语气随即就消失不见，“好了，放开我。”她的声音从我的面罩外传进来，显得很遥远。

“别闹，救生球里的大气压相当于海拔九千米的气压，只能让你不死翘翘！等我把我的氧气放出来一些，再让人把咱俩带回去……”我急急忙忙地操作着宇航服上的阀门，救生球里非常暗，只能凭着记忆摸索，结果半天都没把氧气阀打开。

“好了，我说，放开我。”楚倩把我宇航服上的灯打开了，LED雪白的灯光照亮了这个封闭的小空间，“不要浪费你的氧气了，我没事……不要闷头找阀门，抬头！”

面前是一个戴着头盔的苗条身形。我能认出那是一般人员在舱内使用的便捷航天服，在舱外用也没事，只是要戴上头盔。飞行队用的抗荷服也是以它为基础设计的，不同于我那臃肿而笨重的工程航天服，便捷航天服非常贴身，甚至有些暴露。我俩如此地接近，以至于我能看到她干练的短发温顺地盘在头盔里，在无重力的环境下微微飘荡，像是河底柔软的水草。她肩膀上银色的雄鹰标志闪闪发亮，就像她一样美丽而骄傲。

听说这种宇航服是法国人设计的，我曾经质疑过为什么要在这种实用为主的宇航工业中引入所谓美学的因素，但是现在我觉得我完全理解了。

“你真以为我会做没准备的事？”她松手的同时把我朝后一推，我们俩便分开了。

“不是，我只是担心……”

“听着，陈晓云，不要搞不清楚情况就莽撞得像野猪一样，更不要动不动就做出那种颓废得像要溺死的表情来。事情总会有解决办法的，没有办法就去想办法。彗冰我带你去找，但是舰载机你来开。”楚倩说完就打开救生球钻了出去，朝着自己的舰载机飞过去。

啥？我来开？

“那你呢？”

“JL300型是双人座舱，本来就是一款教练机。能当宇航员，至少要有航天器的驾驶执照，别和我说你把航天员培训里的东西都忘了！我来当你的老师，要是你能开JL300型，还担心什么失业。”楚倩坐到飞机的后座，指了指前排的座位，“说起来，你还是我第一个学生呢！”

“那我真是荣幸之至，尊敬的老师。”刚才那股给自己准备临别赠礼的悲观情绪莫名地不见了，内心像是得到了慰藉，生出一股前进的动力，“当你的学生，我怕不是要被你公报私仇给折腾到死……不过，尽管放马过来。”

“这才像样。说吧，打算怎么付我学费？”

学费……我有点儿麻爪[①]，只好道：“我请你喝西瓜汁行不行，西瓜鲜榨的那种。”

---

①“麻爪”是北方方言，意思是因为某些烦恼、惊奇的事物而不知所措。

03. 真空之声

“侧杆管俯仰和滚转，脚舵控制前进和后退，拇指上的摇杆是姿态控制，还记得吗？和你玩模拟飞行可不一样。”进入教师状态的楚倩似乎变得温柔了一点儿，“不过大多数时候，你只要指定航线，计算机会帮你完成大部分工作。那样就没有教练存在的必要了，现在我把你的辅助系统关掉了。”

“这些我还记得……好的，我准备好了。”我握紧了操纵杆。在航天员培训的时候，我的确学过驾驶航天器，不过学成之后就没怎么开过飞船了。在我的ID卡上也只是有个驾驶证的记号而已。

“舰桥，这里是第四舰载机中队幺叁拐①，申请带飞菜鸟。”楚倩在

---

① 文中采用了汉语“数字军语”的叫法读数字，0~9分别读作：洞、幺、两、叁、肆、伍、六、拐、八、勾。“幺叁拐”即137，后文的“教肆两”即“教42”，也就是后文的“J42”。

后座，接通了舰桥的通信，“教官楚倩，ID已经上载。”

“学员陈晓云，ID已经上载。”

“舰桥收到，你的临时代号是教肆两，祝你好运。”舰桥的回复一结束，JL300的座舱就暗了下去；随后，大量高度专业化的飞航数据被隐去，只剩下简单明了的电子仪表。

“放轻松，遇到情况不要慌张，我在后边给你盯着。”她补了一句，“别像我们第一次见面时候那样，毛毛糙糙……不过你现在好像还是那副模样。”

“好了，你够了。”果然，什么温柔一点儿，都是假的。我推动节流阀，飞船朝前滑去，就像在纯黑色的天鹅绒布上飞翔。

我是怎么遇到她的呢？楚倩这种骄傲的“白天鹅”，怎么看都不会和我这种人有交集，我们的人生轨迹，本就应该在不同的平面上。说起来，那一段经历的确有些阴差阳错，要是有人问我，我总是还以长长的一声“啊”，接着胡诌个很狗血的故事。听的人大多会啧啧感叹，然后展示自己泛滥的同情心和浪漫感。

当然，也有一些洞察力敏锐的人，能判断出“你刚才说的肯定是在耍我”。

后来我想，是不是大家都对一个男人如何认识他的心上人抱有异样的八卦兴趣，意图发掘一个美丽浪漫的故事？不过我真的很难回答他们，因为这段记忆，就像隔着一杯水看那折弯的筷子，明明知道这就是事实，但是每次回忆，仍像在阅读一本杜撰的小说。

那时我刚上舰不久，还在适应舰上的各种设备，但是新鲜感很快被各种琐碎的事情吞噬得干干净净，尤其是在黑洞舱的重要性不断下降、人员也一个接着一个地离开之后，原本的热血在这个接近绝对零度的空间内冷得飞快。

我开始在工作时发呆，或者说是偷懒，无边的宇宙和无重力感的环境让我感到烦躁。直到有一天，我在舱外例行检修设备的时候，发现了一位只穿着便捷式航天服就在外边飘着的人。这种航天服因为追求轻薄和方便，在宇宙空间里只能维持30分钟的内循环，而维持宇航服运转的电力，则是从“喧嚣号”的偏转电场发生器里支取的，离得远了就会断电。

这人要自杀！这个念头在我的脑海中闪过，接着我就像今天这样冒冒失失地冲了上去。

那个人当然就是天不怕地不怕的楚倩。因为通信频道未连接导致没法沟通，我俩还在太空中用滑稽的姿势格斗了一番。学过防身术的她全面占优，不过最后我还是靠着工程宇航服上力量巨大的液压杆一力降十会，将她擒住，并硬着给她接上了电源。

剧情到这里，本来算是个误打误撞英雄救美的好莱坞电影，结果当这一切完成之后，楚倩从背后掏出了一枚超导电池狠狠地拍在了我的脸上，对我进行了超过半个小时的嘲讽，言辞清晰，逻辑严谨，不带半个脏字。毕竟，靠着那个东西她可以在舱外自由自在地飞，而我却是个打搅了她休假时光的笨蛋。

不过呢，我俩倒是这样阴差阳错地认识了，从此我的心里就分出了一块小小的角落，给了那只骄傲的“白天鹅”。偶尔有空的时候，我也变得喜欢找个安静的地方蹲着，梳理一下工作和生活中狗屁倒灶的烦心事，然后选择一个相对更加积极的态度继续工作。

相对而已，毕竟人是现实的动物嘛。

遐想间，飞船已经临近了那块被对半切开的冰陨石。我扳动操纵杆，JL300转了180度，之后开始减速。工质水被等离子引擎加速，抵消了我们的速度，自己则变成一圈细密的白雾，围绕在舰载机周围。

“做得怎么样？”我问。

“还行，能给个合格，基本功很扎实，主要问题是接近速度太快，宇宙里相对速度判断很难，要多注意仪表；还有，你太依赖航路规划系统给你的提示了，有些时候，飞行员需要相信自己的判断。”楚倩的声音从耳机里传来，听不出褒贬，“你还需要多练练。”

“我倒是觉得按提示来就行，你不能要求一个刚刚恢复训练的人就有你这种水平吧？”

“有点儿追求行不行……好了，你打算怎么采集你的纪念品？”

半颗彗星在缓缓地自转，受到它引力的影响，我们还在向着它逐渐靠近。JL300有自动锚泊系统，位于机头的等离子引擎能够维持飞船和小行星的相对距离，但是没法让整个陨石停止转动，登陆也就成了白日做梦。我想了想，“我出舱，工程宇航服上有锚枪，能当作取样器用，打一发，收回来就行，肯定能取到样冰。”

穿过气闸室，我重回宇宙空间。“喧嚣号”在视野里已经只剩下一个小小的点，面前就是那个巨大的“脏雪球”。从近处看，它的表面有不少气孔正在喷出水汽，附近还有一些被它吸引的尘埃。我把锚枪固定在手臂上，启动宇航服上的加力和推进器，瞄准了目标。

“那么大一个家伙，你还瞄准什么？”楚倩说道。

“因为离得近，反倒感觉不知从哪儿下手了——靠太近还是很有压迫感的。”毕竟，即便在只剩下一半的彗星面前，JL300还是很小个，而我就更小了。

“还不是被我们一切两半……”楚倩话音刚落，锚枪就在压缩空气的作用下飞射而出，带着一根碳纤维绳索。我明显地感受到了发射带来的后坐力，手腕上的线轮嘶嘶作响，牵着飞行的锚爪。不一会儿，我就看到彗星的表面腾起一阵冰雾，钛合金的锚爪已经打进了冰层。

“取样脱离！”彗星还在自转，我的动作必须加快。

就在这个时候，锚爪绷紧了，旋转的彗星拉扯着我，就像是运动员甩出一个链球。紧接着，我的手臂上传来像是地震一般的颤动感，从未听过的嗡嗡声传进了耳朵，这声音厚重坚实，像是巨人踏过冰面，冰层随其脚步而碎，轰隆轰隆，每一声悠长而低沉的吼叫，都像是有一只手攥住了我的心脏。

我咽下一口唾沫，这可是在真空里！哪里来的声音？

我的大脑来不及运转。嘭！没有声音，刚才锚爪命中的地方登时喷射出一股高高的冰雾来，冲着我劈头盖脸地打过来。那种沉闷的声音却丝毫没有消散的意思，依旧在蹂躏着我的耳膜。

“气孔，我打到气孔了！”我手忙脚乱地回收锚索，立刻朝着JL300退过去。彗星上的气孔就像是喷泉一般，受热的彗核会把融化甚至汽化的物质像是霰弹一样打出来。宇航服虽然厚实，但是抵挡这种如同微型流星雨一样的袭击还是力不从心。而它一旦被击穿，失压和低温会在几分钟里把我变成一具尸体！

推进背包最先遭殃，一枚冰碴儿打坏了我肩膀上的等离子推进器，我立刻像陀螺一样旋转起来！

“楚倩！你在哪里？我找不到你了！”视野在飞速旋转中变黑，急速变换的光影让我一时间难以做出任何反应。我急忙关掉推进器，努力制止自己旋转的势头。

祸不单行，就在这千钧一发之际，我的周围全部暗了下来！

该死的！是阴影区！伴随着相对位置的改变，我和楚倩的飞船进入了彗星的背光面——太阳光被这个肮脏的大雪球给挡住了，我的视觉被无边的黑暗迅速吞没，什么都看不见了。就算我收回了锚索，轰隆隆的声音依旧持续不断。我像是一个拼命挣扎的落水者，每一次挣出水面的呼吸，都意味着离生的希望越来越远。

灯光！我打开头盔上的探照灯，但在空无一物的宇宙里，雪亮的LED灯照亮不了分毫，我连光柱都看不到。在分不清东南西北的时候，找一架小小的教练机根本是一件不可能的事情。宇航服上警报声不断，提示我由冰雹组成的流星雨正在迫近。进退失据的我在无线电里大喊起来：“楚倩！收缆绳！重复，我看不到你了！”

随后，我就听到了楚倩天使一样的声音：“冷静下来，看看你慌张的样子，贼蠢。”

视野的边缘闪烁出五彩斑斓的光芒，温暖而热烈。我扭头一看，JL300像是一朵盛开的金色鲜花——楚倩释放了飞船的热诱弹。闪耀的热诱弹犹如节日的烟火，四散绽开，灼热的铝热反应驱走了周围的黑暗，还有我的恐惧。

而她就站在花朵的正中心。

“超越控制①，线缆回收最大速率！陈晓云，抗冲击准备！”

---

① 即当出现异常数据时，系统将自动切换为手动操作，并且迅速转换至预设的安全状态，也叫超驰控制。

04. 黑洞舱的老干部

我被安全索像是拖死狗一样拖了回去，在气闸室四仰八叉地飘着。气压刚一恢复，我就把头盔摘了下来，大口大口地喘气。肾上腺素的后劲儿过去之后，整个人虚脱得像是跑了个马拉松一样。

空气里有一股好闻的香味，楚倩飘了过来，“看着你惊慌失措的样子，不知道为什么，总有一种解气的感觉。”

“随你怎么说吧，我刚才真的是要死了。”我此刻毫无吵架的力气，“不管怎么样，你把我拉回来了，被你嘲讽就嘲讽吧。”

“我说，你这么怕死啊？”她歪了歪头，“舰载机驾驶员遭遇的险情多了去了，各种险情都有，冰碴儿版本的流星雨，对我们来说只是小意思罢了。你面对这点儿事就进退失据，以后怎么去当飞行员？”

我有点儿气不打一处来：我能和你这种高手比吗？刚才各种突发情况不断，是个人都会慌张好吧？不过，我还是和她说了一遍刚才的遭遇，连带那个奇怪的声音一起说了。

“你说，一阵轰隆隆的声音？那不该是你的锚枪打在彗星上的声音吗？”无视了我的遭遇，楚倩对我在真空中听到的声音更感兴趣，“不会是你编出来的故事吧？”

“哪有！回去我把记录发给你，你自己听听。真有声音，轰轰轰的，低沉又可怕。再说了，我讲故事的水平还没这么好。”

“嘶……J42，收到请回答。重复，J42收到请回答。”说话间，JL300飞出了彗星的阴影区，阳光照进驾驶室里，而无线电里传来了舰桥的呼叫。

“舰桥，这里是J42，我能清楚且明确地听到你。完毕。”

“J42，请确认你们的方位是否正确。刚才你们的无线电出问题了吗？我看不到你们了。完毕。”

“舰桥，方位确认无误。刚才我们进入了‘脏雪球’的阴影区，无线电被阻断了。”楚倩回复，我俩都在驾驶座上坐好，开始操纵着飞船往回飞，“菜鸟出了点儿问题，不过现在已经没事了。”

“那就好，我这边看不到你们的生命指标，还以为出事故了。”星野小姐的声音甜甜的，带着如释重负的庆幸，让人忍不住想要安慰她几句。她可是比后座的这位有女人味多了，和她比起来，楚倩简直魔王气息十足。

回舰的过程乏善可陈，楚魔王把控制权转走了，前排的我只能干坐着。花了点儿时间，我小心地将锚爪里的冰芯取了出来，封进一个保温盒子里。虽然冰芯里的固态气体都升华跑掉了，但这反倒让剩下的冰体呈现出多孔的奇怪结构来——如果在底座里加个光源，这就算是一个很好的纪念品了。我用手挡住阳光，只留下一条缝隙，光线透过座舱玻璃投射在飘在空中的冰芯上，发出彩色的眩光。轻轻地拨动保温盒子，里边的冰芯转了起来，好似舞厅的迪斯科球。

“就像是小时候拿着玻璃弹珠看太阳的感觉。”楚倩说。

“嗯。”

我们顺着引导降落在了舰艉的飞行甲板上。刚下舰载机，楚倩就帮我在他们的第四航空中队挂了一个学员的名儿，把我编入了他们的培训系统里。这样我就可以和他们一起飞行、参加培训，并且在通过考试之后加入航空队了，就算没有通过考试，只要合格我也可以去飞工程队用的机型，比如马尔克斯队长的作业飞船等。

只要能合格就行，楚倩算是解了我的燃眉之急。心头的阴霾散了，我心情舒畅了不少。午休时间早就过了，我检查了一下时间表，急匆匆地赶往我的办公室。随着我逐渐深入“喧嚣号”的内核，通道里的人越来越少了。最后，变成了我一个人在通道里滑行。

当脚下能感受到些微的重力，我就知道目的地已经到了。

黑洞舱，曾经的“喧嚣号”核心，位于铁镍小行星内核的表面，这里是“喧嚣号”除去旋转重力区外为数不多能够感觉到重力的地方，大约有铁镍小行星表面几乎一半的面积。那对双子黑洞，就在我的脚下，在小行星内部的一个球状空间里。它们在那儿无休止地旋转着。

在“喧嚣号”还没有造好的时候，这里是大批科学家和工程师们工作的地方，他们实地研究，设计飞船。因为黑洞的出现，“喧嚣号”修改了设计方案，不但整体布局和它们息息相关，还利用全舰的质量分布组成了一个重力井，将两枚黑洞陷在中心，方便人们做进一步的研究。我的工作，就是负责调整它们的位置，维持它们的稳定——这一切，足以体现出黑洞舱曾经的重要性，毕竟用环赤道加速器轰出黑洞这件事，当年可是号称人类物理学史上的巨大突破。

可是研究了这么多年，科学家们还是没有多大的收获。后来他们改变思路，试图在理论上有所突破。这是个很正确的决策，只不过，随着科研方向的转移，这里就被渐渐地淡忘了。我们的任务只剩下维持黑洞位置的稳定，但哪怕是这点儿工作，也正在被AI逐步取代。这么些年下来，在AI的稳定维持下，这两颗黑洞作为宇宙中最狂暴力量的代表，一直和大家相安无事，久而久之，我所在的这个部门就要被裁掉了，之前同事们纷纷被调到别的岗位，承担新的工作。

现在，这里就剩下我一个人，还有我那个聒噪的部长了。之前在我出舱的那么点儿时间里，他就发了一串消息过来，大约都是“我们一定要排除万难”和“要像爱护眼睛一样爱护舰船”这样口号式的内容，还有诸如什么时候搞个“实战化演习”之类麻烦的事情，这些信息全被我给删了。

我打开舱门，踏上青黑色的地面。办公室里空空荡荡的，偌大的办公区只剩下两把椅子，前几天调职的同事已经把东西搬走了，新风机里有一股霉味儿，显然有段时间没有清理了。桌上用胶带粘着一盒水果沙拉，里边满是沙拉酱，还有一张便笺。是王部长写的。

这个王部长就是我的上级，全名王鹏，非常老派的一个干部，老派到和21世纪初的国有企业里那种抱着茶缸子、经验丰富但是风格古板的老干部一模一样。我看都不用看就知道他在便笺上写的啥，无非是年轻人要注意身体，多吃水果，然后附带几句关于工作的嘱托和布置的新任务，最后给你几句类似心灵鸡汤的鼓励。

陈晓云同志，我的水果份额吃不完，就给你了，年轻人要多补充维生素，在宇宙航行中更当如此。两位同事的东西已经搬走，请勿惊讶。关于黑洞的日常报告请发到我的邮箱，标注“日常报告”即可。放心，不要担心工作的事情，安安稳稳地做好你的本职工作就好。

王鹏

果然如此，这便笺的内容，猜都能猜到。我把便笺扯下来揉成一团，精准地丢进了垃圾桶。

我把自己捆在椅子上，使劲伸了个懒腰，随后调取了黑洞的日常报告，简单地处理了一下。因为大多数都是双子黑洞相对位置的报告，对此我已经非常熟练，工作效率很高。“喧嚣号”的质量分布呈一个完美的重力井，加上AI的辅助，双子黑洞就像是在凹坑中旋转的陀螺，乱窜不得。我把数据调出来，运行分析程序……嗯？今天有些小小的异常，双子黑洞在几个小时前出现了一点儿相对位置的偏离，不过还在误差范围内，舰载AI已经自动修正了误差。我把那一段数据标成高亮，写了一小段分析，就发给了王鹏，同时抄送给舰上的科学家们。

不一会儿，今天的工作就做完了。我有点儿百无聊赖地离开座位，在无人的办公室里飞来飞去。过了这么久，王鹏还是没有来上班，这可不像他的风格。我飞过去查看他的座位：桌面干净整洁，放着几本罕见的纸质书，还有一个1.5升的大水壶，里边是袋装的茶叶，也不知泡过几次了。电脑的屏保图案是一张三口之家的照片，画面中有一个慈祥的父亲，戴着眼镜，衣着朴素，还有一个温柔的母亲和一个开朗的姑娘，照片非常普通，也非常温馨。

在桌子的一角，贴着一张便笺，上面写着：

黑洞舱部长王鹏，随时为您服务。如果我不在办公室，请联系以下ID。

下方还有一个二维码。

不知道等到黑洞舱被裁掉了，他会去哪儿呢？

王部长已经有四十多岁了，早就过了适合上太空的年纪，他留在这里是因为对相关业务有着丰富的经验。当这个部门不复存在的时候，我还能去工程队兼职，又或者去学习驾驶飞船，可是他该怎么办呢？我拿出我的ID卡，下边连着一把钥匙，这是黑洞舱的核心"双人钥匙"中的一把。"双人钥匙"代表这个部门的最高权限，要打开通往黑洞的最后一道闸门的时候，需要两把钥匙一同转动——我这里有一把，还有一把在照片上的那个男人身上。

这两把钥匙是一种责任的关联，但又像是一条锁链，把我俩束缚在了一起。

我的心情莫名其妙地烦乱起来，思来想去，我决定去一下静思室。

05. 静思室

如果你没有近距离接触黑洞的特别许可，静思室就是你能到达的最贴近黑洞的地方。顺着走廊走到尽头，当你周围的舱壁从发泡铝和钛合金板变成暗灰色镍铁的时候，静思室就到了。

这里和联合国那间放着6吨铁矿石的默思室[①]很像，区别是没有那幅抽象画派的艺术作品和那束温暖的黄光，只有墙壁上的电子墨水屏显示着舱外摄像头实时拍摄的星空。这里只有黑暗，还有些许的重力，安静而不虚无。在这个空洞的球形空间中，别的什么都没有。我关掉了墙壁上的电子墨水屏，无边的黑暗立刻笼罩了我。

有人会在这种环境中想很多，或是痛哭流涕，或是沉沉入眠，而我只能感觉到绝对的安静，让我的心情如同镜面一样平静。

---

① 一间供信奉所有宗教与信仰的民族祈求世界和平的静室，室内有一块铁矿石，位于联合国大厦大厅的西侧。

现在，我的周围就是万吨重的镍铁，寒冷而坚硬，它比地球上任何铁矿石的比重都更高，也更坚硬。当初这颗小行星若是坠落在地面上，会产生不小于核战争的巨大灾难，然而我们捕获了它，并且将它作为黑洞实验的靶材和“喧嚣号”的核心。最终，这颗小行星孕育了人类制造出来的第一个黑洞，支撑起了“喧嚣号”硕大无朋的身躯，造就了它服役生涯之中的传奇。

我把平板电脑放在自己的胸膛上，蓝色的虚拟屏幕在黑暗中投出一块浅色的光斑，衬得周围安静而空旷。屏幕里，双子黑洞遵循着它们神秘的规则，在重力井里跳着永不停歇的圆舞曲，各项数据逐项跳出，犹如背景里的伴舞演员登场又退场，今天的黑洞有点儿不安分，不过一切都还在误差范围内，不会引发问题。

轰隆隆，轰隆隆，耳边传来了声音。

这个声音太熟悉了，像是巨人踩踏冰原，冰层碎裂的隆隆声和嘎吱声，很轻，像是细细的鼓槌敲着鼓边。我一个鲤鱼打挺，头却撞在墙壁上。顾不得疼，我仔细听了听，声音非常轻，但是的确存在。

我一边按下终端上的录音按钮，一边把自己几小时前的录像调出来。

这究竟是什么声音？我静下心来思考，第一次听到是在宇宙中，这次是在飞船上。

声音源于物体的振动，通过介质传播，是一种可以被调制频率的波形——它在真空中无法传播。那么我当时听到的是什么呢？我现在听到的又是什么呢？

我首先排除了彗星喷发的噪音，如果是这个，在静思室肯定听不到类似的声音。

JL300的工作噪音？不太可能，这还是没法解释为什么我现在还能听到声音。

“喧嚣号”的振动？这更不可能了，持续的振动会缩短飞船的寿命，如果“喧嚣号”一直这样震，她早散架了。

声音一直持续着，但是逐渐变小了，录音设备还能捕捉到它。那种周而复始的隆隆声变成了轻微的抓挠声，让我有点儿发毛。

工作记录很快就调出来了，我从头盔的摄像机里提取了在舱外时的工作录像。我剪出那一段声音，和在静思室里的录音放在一起。两条极其复杂的声谱线条逐次展开，像是一团由无数乱麻组成的线球，而每一根线上都布满了微不可见的绳结。这不可能只凭目测看出什么规律了，我只能求助于声纹分析程序。只是当进程读完，倒计时显示出来之后，我不由得骂了娘。

“剩余时间3782小时58分钟12秒……”

干！这两段声音里的信息量超乎了我的意料，终端的处理能力根本不够。我需要运算能力更强的计算机，例如“喧嚣号”上的中央计算机，但是我没有能力申请到它的使用时段，这得有专门的科研项目才行。近3783个小时，等这个处理程序跑完，都是小半年之后了，到时候……我没准儿已经离开“喧嚣号”了。

唉，想那么多干什么，日常报告里提一句得了。我点开自己的终端，正准备打开操作界面，王鹏的通信频道切了进来，他的声音很急切，带着一点儿喜悦，不复往日的古板。

“小陈！陈晓云！你在哪里？办公室里看不见你，快来！有要紧事！”

“我在静思室，马上就来！”

匆匆地赶回办公室，王鹏已经在那里等着了。他急急忙忙地拉住我就往外跑，一边跑还一边埋怨我为啥不在办公室里：“小陈，你怎么一直不回信息，我给你发的邮件是不是没收到？”

“等一下，部长，你这火急火燎的，不是出任务为啥要这么急？难道又是演习吗？各种特情我们上个月刚刚演练过一次好不好？”我自然不会说我屏蔽了他的大多数消息，只能这样应付过去。说话间，我俩爬上一辆通勤车，朝着舰体中部飞驰而去，“先说好，再搞什么演习我就免了。”

“不了，不了，这次不是。”说到这个，王部长有些不好意思，但是随即变回了严肃的表情，“是这样的，我帮你问了问轮机组的人，他们那儿缺工程师，又有不少项目可以做；我们部门没有研究项目，我想凭我的关系，应该可以参与他们的项目。如果可能的话，能帮你找个下家。”

我没法反驳，这个事情我无法拒绝，虽然我挺不喜欢这位部长唠叨的性格，但在争取留舰这方面，他的一句话可比我说的有分量多了。见我低头不说话，王鹏拍了拍我的肩膀，“到时候去了轮机舱那边，好好表现。轮机舱的轮机长是我的老同事了，她是个很严格的人，但是对年轻人属于那种恨铁不成钢的严格。她作为过来人，大多是这样要求年轻人的……你明白不？”他笑呵呵的，活像个只会和事的工会主席。看我点点头，他又补充了一句，“你能明白就好。”

“轮机舱的工作忙的时候辛苦点儿，但是很安全，清闲的时间也很多。”他继续絮絮叨叨地说，“现在不是以前了，以前轮机手经常要冒着高温和高压蒸汽去冲锋，现在的聚变引擎是非常成熟的设备，还有着完善的应急措施，你只需要坐在办公室里边盯着屏幕就行，你们年轻人一学就会。实操部分和我们的工作很像，你的知识也能用上很多……”

“但是王部长，我不是已经在工程队里找了个活儿了吗？”

“那是舱外工作队啊，遇到的险情多了去了，能和轮机舱比吗？”他正色道，又语重心长地劝说我，“小陈，伤亡最重的都是在舱外工作的，你在工程队那边肯定也听说了。轮机舱的工作又不差，你是太空工程师，不论在哪个部门都能发挥作用，把实现自我价值和为集体出力的目标统一起来，多好啊……”

安静却不死寂，辽阔而不虚无，说实话，我挺喜欢飘在宇宙里的。去那里的时候，我总是能感受到无与伦比的美丽和震撼，不论是神奇的宇宙，还是“喧嚣号”所代表的人类力量，也许只有在这些伟大的存在面前，我才能心安理得地接受自己的渺小，放弃一些不切实际的幻想，更加积极地投入往后的生活中去……

嗯，还有那个窈窕的身影……

我朝着王鹏点点头，不再做更多的反驳。他开心地点了点头，像是完成了什么心愿一样。通勤车很快就到达了轮机舱，冰层碎裂的声音不见了，取而代之的是发电机涡轮叶片旋转的嗡嗡噪音。

不一样，我摇摇头，这和那个声音不一样。

06. 重力依旧

“什么？人满了？”

“是的，王部长，真不好意思。”轮机长不在，迎接我们的是一位年纪不大的组长，他担任的是机工长的职务，“我们的后备干部到岗了，所以人员就满了。”像应和他似的，远处有一位哥们儿挥了挥手上的工具，朝我们点头示意。

“上次你们部长和我说缺人的，就几个小时前。现在我来了怎么就不要人了？”王鹏敲了敲桌子，气愤极了，他的声音因为激动而变得尖厉起来，“小同志，你不能这样啊！”

“但是我也没办法啊，现在都什么年代了，轮机舱也不需要多少人啊，都是AI在工作。”那组长一副苦瓜脸，被王鹏的逼问搞得手足无措，“现在真不需要那么多人，我总不能把人硬塞进编制里，对吧？都是做本职工作的人，就请您理解一下，行不行？”

“答应人的事儿，怎么能……”王鹏摇摇头，一摆手，“那让我去找一下你们部长总可以吧？”

“部长真不在，不信您进去找。”轮机组长站起来，摆出一个请的手势，“找到算我输。”

话说到这份儿上，已经摆明了。王鹏也没法继续坚持，只能摆弄起他的终端来。那位组长用颇为玩味的表情看着王鹏点击虚拟屏幕上的联络按钮，见我在一边不说话，他安慰道：“老前辈，舰载AI越用越熟，全舰的自动化程度只会越来越高。各个部门都有换下来的人，你们部门不也是嘛，这就是正常优胜劣汰的过程。这种变化不也意味着‘喧嚣号’越来越成熟了嘛……”

王鹏的脸一下子绷紧了，面前这人不知道是有意还是无意，他的这番话直接戳在王鹏的软肋上。是啊，随着自动化程度的提升，越来越多的部门都会逐渐缩小，甚至消失。但是你在即将被裁撤的人面前说这些话，还自称能者上，做人也没这样的道理啊！

王鹏转过头瞪了那位一眼，抿着嘴像是要说点儿什么，但始终没有说出口。“那我们先走了。小陈，走吧。”他像是刚刚从火线上退下来，疲惫极了。

“等一下，老大。这位同志，”我转过头面对着那位组长，“问一下，贵部安排缺员的时候，是优先考虑自己的储备干部吗？”

“啊？是啊，没错的。”他被我吓了一跳，下意识地回答道。

我当着他的面打开了终端上的录音机，“‘喧嚣号’各个部门早就是竞争上岗了，和您说的一样，是优胜劣汰。现在，劳烦您再重复一遍您刚才说的话。”

对面顿时噎住了，被我一通抢白的他突然有些懵。

“那位储备干部同志，”我的视线越过轮机组长，问他背后的储备干部，“请问您具备的工程师资质有哪些呢？”

这是一次挑战，在这方面我还是很有自信的。

“中级太空工程师，还通过了轮机舱的内部培训。”那位回答道。

“真抱歉，我也有。”我把自己的ID卡朝着他们的信息屏上一拍，我的头像还有各类资质跳了出来，照片上的我昂着头，一副无所畏惧的模样，正盯着他们，“中级太空工程师、舱外作业许可证、中级建模师、人工智能协会认证……这可都是真的，如假包换！此外，我还在航空队参加培训，过不了多久我就能开作业飞船了。您呢？”

那位储备干部像是被掐住了脖子一样，憋红了脸，一句话都说不出来。王鹏转过头惊讶地看着我，然后把头抬得高高的，像是一只骄傲的雄鸡。

“优胜劣汰，公平竞争，挺不错的规则。这个职位我放弃，打扰了，您可以继续工作了。”我把ID卡收回来，屏幕上的所有信息一下子消失了。单论资格证，我的底气很足，从登上“喧嚣号”之后，我就像仓鼠一样拼命往自己的证书库里存储新东西。这几年下来，我倒是存了很多本本，和工作有关系的我都去学了。

那么我为什么要登上“喧嚣号”呢？是为了这些资格证吗？

我不知道……但是现在这个情况，我必须反击，我还没有被人欺负到头上不还击的习惯。

“胡闹！”出乎意料的，王鹏往我脑袋上重重一拍，使劲把我朝身后一拽！他笑着对面前目瞪口呆的轮机组长道歉，落数起我的莽撞来，“我们这孩子，也是有点儿愣，您啊，就别往心里去……我们部虽然要撤了，但是年轻人的积极性还是有的，我也希望给他一点儿锻炼的机会，才会……”话音未落，他就推着我走出了轮机舱的大门。

“陈晓云！你……你叫我怎么说你好？”刚才的笑脸没了，王鹏的脸因为愤怒扭成了一团，声音因为强烈的情绪而颤抖不已，“你怎么能这样！你什么时候变得……这么冲动了？”

“这不是冲动不冲动的问题，老大。他们做得太过分了。”此刻我的心境十分澄明，“兔子急了还咬人呢！优胜劣汰，亏他说得出来。再不反击，别人只会当你软弱可欺。”

“你说得没错，但是这种反击要分场合的呀！当时那么多轮机舱的人都在，你让我们以后怎么和人家打交道？在船上低头不见抬头见的……小陈啊，做人要留一线啊，为什么要把事情做这么绝？”王鹏还是痛心疾首，或许在他的认知里，人就不应该这样坚决地抗争，凡事最好都是以圆滑和稳妥的方式处理。这样才方便日后托关系、走后门。

我有些恨恨地说道：“反正黑洞舱也要没了……我留在船上的时间也不多了。”

“胡说！你这是在气我！别以为我不知道你在工程队找事做……你刚才还说了，你去飞行队学驾驶了。你比谁都想留在飞船上……陈晓云，我这是在帮你啊！你为什么就不明白呢？”他像是被刺痛一样，“你把和别人的关系弄得这样僵，以后怎么留在船上？”

“那也总比被人当作丧家之犬强！”

“你怎么能这样说！”

……

我们俩吵不下去了，互相喘着气，只是盯着对方。实话说，现在的情况我们俩都不能更明白了。黑洞舱裁撤在即，是连王鹏这位老干部都没法改变的事情。他现在干脆已经放弃“振兴部门”的努力了，他把所有的希望都寄托在我的身上。我在他的眼里变成了另一个“黑洞舱”。

我当然想留在“喧嚣号”上，不论是去马尔克斯那边，还是和楚倩学飞行，我还能够为了自己的命运而努力。但是黑洞舱要完了，他把所有的希望变成了巨大的压力，朝着我的身上压迫而来。

突然，我想起了王鹏电脑桌面上那张温馨的全家福。

“部长，我知道你是为我好，但是你有没有想过你自己呢？”

王鹏一愣，径直转过身去。他在口袋里掏来掏去，最后发出一声苦笑：“‘喧嚣号’上不能抽烟。”

“你还管我做什么？我都老了，不适合飞了。你还年轻，有太多东西需要历练，不要不给自己留后路。唉，算了，话已出口……我再帮你问问吧。今天晚了，你的报告明天再给我，有什么异常上报就行。现在的年轻人真不让人省心……”没有直接回答我的问题，他摆摆手，离开了。

第一次没有絮絮叨叨的嘱托。

07. 第三种选择

我又是一个人了。

从轮机舱外回到飞船的中轴线，飘行一小段距离，就是飞船的重力环，半径足有一千米的巨型圆环缓慢旋转，为人们提供等同于地球的重力。这里是舰员们的生活区、娱乐区和一些需要重力支持的功能区。这样的旋转环在前部还有一个，只不过旋转的方向和这个相反。

从中央通道乘坐电梯回重力区，身体逐渐变“重”了。我没有回宿舍，而是先去了边上的酒吧。这是个不那么吵闹的酒吧，没人开派对或者唱歌跳舞。现在是换班的时候，没啥人，我径直在吧台边坐了下来。

“哎哟，稀客。”酒保站了起来，惊讶地说，“陈，你可是个大忙人，今天怎么有空来这里？”

“心情不好，来放松一下。怎么了，碍着你了？”

“天哪，火药味儿真浓，吃了枪药了？”酒保是个陆战队员，叫维京，脾气挺好，“来点儿酒精放飞一下？每个月的酒精配额就从没见你用过。让我给你弄点儿带劲儿的，保准你一杯下肚，啥都不想。”他把我的ID卡拿过去，在操作界面上比画起来。

我急忙夺回来，“别！别点酒！你这杯酒一点，我晚上就别出舱了。”

“晚上还要出舱啊？”

“是啊，去E组，例行的舱外巡检，明天凌晨。喝完了我就回家睡一下。”我调出自己的时间表，上边已经被各项工作填满了，但我还是给自己留出了几个小时的休息时间，“你这酒一喝，我的出舱许可就批不下来了。”

“那群俄国人怎么喝也不见他们出岔子。”酒保把酒瓶子放回去，拿出速溶饮品来，“热巧克力？”

“嗯……他们是真能喝，但我又不是他们。”我低下头，把头枕在自己的臂弯里。

今天纷乱嘈杂的事情太多，此时此刻我一点儿都不想去想……嗡嗡嗡，终端模块震动起来，有人在呼叫我。本以为震一会儿就停了，结果对方显然耐性十足，连着等了快一分钟还没停下来的意思。

遭了，一定是楚倩！

我呼啦一下把头抬起来，紧接着一只手就把我的头给按了回去。

“别别别，女侠……好汉饶命，小的命不值几个钱，脏了您的手就不好了……”

周围的人爆发出欢乐的哄笑，就像是看着话剧中的小丑被正义的主角捉弄。楚倩穿着一套飞行员的皮制服，她的头发没盘起来，而是温顺地绕在肩膀上，“陈晓云，电话也不接，你不看看我给你打了几个了。”

我一看通话记录，她的头像下边挂着好几个未接通话，肯定是刚才我和王鹏去轮机舱的时候打的。要命，今天我怕是要出点儿血才能糊弄过去。“尊敬的老师，您想要点什么？我请客。”哦对了，我突然想起来，“酒保，给这位大美人来一杯西瓜汁，鲜榨的，刷我的卡。”

周围有人吹起口哨来，“喧嚣号”上的给养很多，但是像新鲜西瓜这种汁水丰富的水果还是很珍贵的，鲜榨西瓜汁的价格可以和一瓶上好的酒相比。

“想贿赂我？”楚倩随意地坐下来，“既然没在舱外飘着，今晚跟我去练飞吧。我们飞行队有任务，让你当我后座。”

“当然……”我生生地把后半句话吞回喉咙里，今晚还要和马尔克斯他们出舱作业呢，“我和E组他们有舱外巡检任务，在凌晨的时候……所以很抱歉，没法去了。”

“他可是大忙人呢，一个人做着两份工作。在黑洞舱工作，又在工程队当临时工。”酒保笑呵呵地拿出一个西瓜，熟练地把皮削掉，再将果肉切成一根根的长条儿，“你说带他去开飞船？他啥时候当起飞行员啦？”

“你以为我想啊。”我又把头埋下去，刚刚甩脱的压力又袭来了，身体的每个零件都重得要命，“部门就要裁了，我再找不到事情，这次回港之后就要下船了。我可不想就这样被裁掉……虽然按着今天下午的情况，黑洞舱铁定要完蛋了，我自己嘛，八成也要一起完蛋。”

是啊，这种感觉真的很难受。当原本不确定的未来以清晰而无可改变的方式呈现在你眼前的时候，你会突然发现，自己的任何努力都无法挽回即将发生的巨大损失。这种时候，我能怎么办呢？尽可能地保住自己所拥有的一切，或者在两个选择里选一个不那么烂的，然后告诉自己，我已经努力过了？

“把头抬起来。”

“不想。”

“把头抬起来。”她命令道，“否则我就再要一打菠萝汁和草莓汁，把你吃到破产。”

“算了，你的状态这么糟，出门飞我也不放心。”西瓜汁上来了，陆战队酒保还送了我俩一份蛋糕，配了俩叉子。只是他的这份好意没起作用，蛋糕被楚倩整个捞走了，“这么说，你的部长也没办法争取一下编制了？”

“他自己怕也是自身难保。”酒保开始给我做热可可，我盯着他把巧克力胶囊盒拿出来塞进咖啡机里，整套动作像是一出默剧，“那样被欺负，我可是忍不住……不过，现在静下心来想想，我还是太冲动了，不该和人家那样说话的。”

“你做得没错，对付这种得寸进尺的家伙就该这样。”她突然大声地说道，像是宣告一般，吓了我一跳，“怕什么，干翻他们。”

开始工作的咖啡机发出嗡嗡嗡的声音，炽热的水蒸气被15个巴[①]的压力驱动着，钻入小巧的胶囊盒里。盒子里的可可粉被水蒸气濡湿，融化，并在胶囊盒的下边汇成一股咖啡色的细流，流入杯中。

① 巴（bar）是表示压强的单位，不属于国际单位制，1巴=1标准大气压=100千帕。

很快，一股可可豆的苦涩香气在空气中弥漫开来。

热可可在压力的作用下流出，发出嘎吱声。

我和楚倩对视一眼，有什么东西在我的脑子里闪过，“像是冰层裂开的声音。”

“哪有那么浪漫，我看倒是像你尖叫的声音。”她说，眼睛闪闪发光，“你的工作录像，快点儿调出来。”

我急忙把工作录像和声纹处理软件启动，多层虚拟屏幕在面前快速展开，我一边操作系统，一边和楚倩详细地描述了一下在采集彗冰的时候听到的声音，还把我在静思室听到类似声音的情况描述了一遍。“现在的问题是我的软件没有足够的处理能力。”末了，我把声纹分析软件打开，两段声纹还在缓慢地分析中，现在剩下的时间还有3000多个小时，“等到跑完分析程序都已经猴年马月了。”

“我来看看。”她把程序接过去，“个人终端的运算能力不够，你得去申请算力。留舰与否不只是看工作的，你有参与的科研项目一样可以，如果能够对这个奇怪的声音进行一些研究，你肯定能留下来……这样你也不会和一只无头苍蝇一样，什么目标都没有。”

她敲敲屏幕，把程序和声纹下载到自己的终端里。

“我哪有那个能力，等报告送上去，最后批下来的时候，我怕是已经下船了。”

感受到我的颓废，她摇了摇头，仰头把剩下的半杯果汁一饮而尽。玻璃杯磕在桌上，发出咚的一声，“瞧瞧你废柴的样子，我当你老师都觉得丢人。如果觉得哪个选择都不好，那就想想第三种两全其美的办法。”

“哪有那么简单。”

“当你软弱的时候，绝望就会如影随形。”她潇洒极了，“办法是人想出来的。走，我带你去见个关键人物。”

08. 如何和俄罗斯人打交道

“还有酒吗？”

“啥？”

“用玉米或者大麦，或者你们的糯米蒸馏出来的，那种能让你浑身有劲儿的东西。”

“‘喧嚣号’上不允许我们在工作前6小时内喝酒。”

“那你的人生少了整整一半的乐趣！”通信面板上，一个俄罗斯汉子冲我手舞足蹈，“你好，陈！如果要来找我，就请带点儿烈酒来！”

“但是我今晚还要出舱工作，我们先见面，酒我下次给你补上，行吗？”

“那可不行！”他满脸通红，却没有神志不清，“那我只能下次再和你见面啦！”

这个男人的“下次见面”没准儿是在几个月之后，我牢记楚倩的提醒，死死咬住不放，不断试图说服对面这位今晚就和我见个面。只是他显然一直在装傻充愣，任何话头都能被他扯回到喝酒这个话题上来。

“达维多维奇，我隔着屏幕都能闻到你身上的酒味儿。现在，立刻，放下你手里的酒，站起来，整理好你的仪容仪表，我在5分钟之后到你面前。如果你还是这样，我就先戴上蓝帽子，把你按到马桶里溺死。”见到这个情况，楚倩果断地插进我们的频道，毫不留情地一通爆锤，“现在，你还有4分58秒。57，56！”

“好的，女士！”

频道那边传来噼里啪啦的声音，图像晃了晃，消失了。

见面的地方自然是酒吧，和我去的“安静酒吧”不同，这里的气氛可是热火朝天。在欢乐的人群里，一个人挺着微微凸出的小肚子，站得笔直，眼睛却总是朝着边上的酒瓶瞟。只见他鸡窝一样的头左右转了转，手指在吧台上跳起了圆舞曲，悄悄地摸上了那个还有一半酒的酒瓶。

“楚魔王，这酒鬼就是你说的关键人物？看着真不好对付。”那人一边喝着度数肯定不低的酒，一边四处张望，“你怎么会认识这种疯子？他居然还服你管。”

“列夫·达维多维奇·达维多夫，拉沃契金联合体派驻的天体物理学家，在地面上开过歼击机的大牛，还是个酒后驾机的神经病。”楚倩努努嘴，“物理学家都精通数学，你可以找他问问，把那两段录音给他听听。至于为什么他服我管，哈，他有小辫子在我手里。”话刚说完，她用手比了一个框框，开始录达维多维奇喝酒的视频。

"可是他只会开歼击机，不会开宇宙飞船，所以跟着我们队学飞行。然后呢，在打实弹靶的时候，把一发'恒星阴影'导弹朝着自己人射过去了。哈，现在他在禁飞期，而禁飞期里他的思想状态评估，我可以说上话。"

如何和俄罗斯人打交道？酒自然是第一选择；情况允许，鱼子酱和红菜汤也是不错的选择；如果条件有限，这些都无法满足，且你的对手还是个油滑惯了的老头儿，那么在你的头上戴一顶蓝帽子，左手再拿着一本证件就是个很不错的方式。不过这些都是玩笑话，当我和楚倩出现在达维多维奇面前的时候，这位顶着鸡窝头的科学家立刻立正站好，一脸庄重，只是浓烈的酒精气味让整个场面没有了严肃，只剩下荒诞和滑稽。

楚倩向达维多维奇简单地介绍了我，便切入正题。

当楚倩复述了一遍我的经历，又将两段音频传输给他之后，他脸上的玩世不恭消失了，"陈，复述一遍你在哪儿听到这个声音的。"

"舱外彗星附近，还有静思室。"

"彗星已经飞走了，我们去静思室。"他站起来，大步流星地朝外走，"同志，我怀疑是引力波。"

从"喧闹酒吧"去静思室得花一点儿时间，在通勤车上，达维多维奇便跟我俩科普起引力波的知识来。这是一种以波动形式和有限速度传播的引力场，按照广义相对论，加速运动的质量会产生引力波，就像在绷紧的桌布上滚动的桌球一般，会在桌布上产生运动的"涟漪"。简单地科普过后，他便介绍起了这个领域的最新研究进展和他自己的猜测。

“激光干涉引力波天线[①]需要很长的距离和稳定的环境，毕竟这是一个互相垂直的激光‘直角尺’——这导致在地面上很难做引力波探测，因为激光是沿着直线传播的，而地球是圆的。所以我曾经参与过一个旨在用其他方式探测引力波的研究项目，其中有一个设想就是通过一些特殊的物质来间接探测引力波的影响。”在谈及自己专业领域的时候，达维多维奇和喝酒一样兴奋，“我们发现引力波会使一些极精密的设备的准确度产生误差，而前沿的研究已经发现引力波通过作用于空间、进而影响物质的情况。所以……哈，我们难以看到桌布的颤动，于是我们在桌布上撒一层面粉，通过面粉来观测桌布的振动。”

“但是这不能解释为什么只在静思室和彗星边上才能听到声音。”楚倩打断了他，提出了质疑。

“不不……不，请让我说完。”他摇摇手指，指了指我，“陈，根据广义相对论，质量会影响空间的曲度。那么什么样的东西，会对空间曲度产生更大的影响？”

“质量更大的。”这个我学过，自然知道。不等他问出下一个问题，我恍然大悟道，“你的意思是，质量很大的彗星和黑洞舱的……黑洞？”

“没错！通过影响这些东西，引力波在你的耳朵里制造了可爱的噪音。”达维多维奇开心地鼓起了掌，但是楚倩依旧不依不饶，“那为什么只有在静思室能听到？如果影响的是黑洞，应该整个‘喧嚣号’都能听到这个声音。”似乎质疑是她的本能一样。

---

①借助激光干涉仪聆听来自宇宙深处引力波的大型研究仪器，采用互相干涉的垂直激光，以测量引力波在不同方向上对空间的作用。

"'喧嚣号'毕竟是一条飞船，船内的声源太多了。而隔音效果良好，又和黑洞距离很近的，也就只有静思室了。"达维多维奇的眼睛亮了亮，点点头，"很棒的质疑，这也能解释为什么陈在舱外听到的声音反倒更强……我已经向SLIGO[①]那边发去了申请，请他们把最近一段时间的引力波数据发过来。虽然星际通信的带宽很小，但是最多也不过是几天的工夫罢了。到那个时候，我们的猜想就可以得到证实了。"

他兴奋和充满干劲的模样，简直和刚才判若两人。我莫名地羡慕起达维多维奇这样的人，他有明确的目标和充足的动力。

我当初为什么选择来"喧嚣号"呢?

我想想，当年大学里写职业规划的时候，我应该是写了很契合自己专业的职业，想当个优秀的理工科人才。为了一个模糊且不明确的规划，随大流去考了各种各样的证件，从工程师到建模许可证，书看了一堆，成绩也不错——最后莫名其妙地就来了"喧嚣号"。面前的这个俄罗斯人显然跟我不同，他对科学的喜爱不加掩饰，就像是对酒精的喜爱一样。

那么我当初……有如此喜爱和执着的东西吗？或许我应该回忆更早些的时候……

正这样想着，我的脑袋突然被达维多维奇搂住，脸贴上了他带着酒气的、坚硬的胸肌。"陈，真要感谢你，提供了这么有意思的发现。你知道吗？我好像回到了年轻时那激情澎湃的岁月……"

激情澎湃的岁月吗?

---

① 即宇宙激光引力波干涉天线。对应现实中的"LIGO计划"，区别是小说中将引力波天线架设在宇宙中。

09. 声波猎人

果不其然，静思室里已经听不到声音了。

“别担心，我早有准备。”

达维多维奇一通电话叫来了一车的设备，在和舰桥报告之后，他开始领着我俩给整个静思室布控——人的耳朵听不到并不意味着声音消失了，敏锐的监听设备能够弥补人类听觉的不足，捕捉到那个缥缈的、像是冰层碎裂一样的声音。我们的探测系统涵盖了从超声波到次声波的宽广范围，其中一些设备捕捉的甚至根本不是声音，而是单纯的振动。

这些东西像是蛛网一样密集排布，需要均匀地铺设在整个静思室里。每一个传感器都是负责某个频段的拾音器，里边有一个用单壁碳纳米管编制成的音叉，只有几个原子那么厚，对整个声场进行精确的汇总分析；音叉的尾巴则悬浮在液氮里边，上边连着没有电阻的超导线，为的是减小误差。

按照达维多维奇的说法，借助这套设备，我们能得到完整而准确的声音图谱，甚至能“看”到静思室里的声音。

设备很快送到了，帮忙的工程队过会儿才来，在这之前，我们三人就开始动手了。楚倩也来帮忙，令我惊讶的是，她作为一个飞行员，干起这种工程活儿却非常麻利，我之前从未见过她做这样的事情。这些传感器通过有线方式传递信号，那些细细的超导线非常脆弱，而她像是熟练的缝纫工，在失重的空间中“穿针引线”，将一个个传感器接入监测系统。

“你之前做过这些吗？”我跟在她的身后，朝着传感器里注入液氮，“好像就没有你不会的。”

“你不是也会去学一些和你工作不那么相关的事情吗？”液氮在空气中带起阵阵白烟，楚倩的声音显得很远，但她轻柔的语气像是滴落的水珠，滴答滴答地敲在我的心上，“多一种选择总是好的，没人想被逼着做出选择。”

说这话的时候，她的影子被探测器淡蓝色的灯拉得很长，延伸向我看不见的远方。

我和达维多维奇主要负责编程，他给我讲明白了框架和大体的逻辑，告诉了我一些可以调用的数据库和专业程序。我在黑洞舱就写过很多程序和模型，有数学逻辑和编程的基础，而达维多维奇的数学能力也很“俄罗斯”，所以这套程序编得非常快，不一会儿，程序的第一版就完成了。我把这套系统链入一个模拟机里，开始模拟运行，同时寻找里边可能存在的BUG。

这比编写程序、调整黑洞相对位置的工作要简单许多。那个可是涉及诸多艰难繁复的数学方程和模拟程序的工作，这里只是调用现成的模型并加以调整而已。

布设完了传感器阵列之后，我们把所有的数据汇总到一个服务器里。我将抓了几次“虫”的程序上传，链入黑洞舱的监测系统。屏幕上显示着处理的进度。当进度条跑到100%的时候，黑洞舱的墙壁亮了起来，电子墨水投影出了一条条错综复杂的曲线，接着这些曲线被揉碎，像是阳光下发光的微尘，飘浮在整个空间中，构成了一个不停翻滚的光之海洋。

“看啊！这就是我们周围所有的声音构成的声场。”达维多维奇张开双手，宣布道，“程序写得不错，陈。”

“谢谢。”第一次看到声场，我好奇地用手去拨动那些细小的闪光颗粒。和想象的不同，这些如同繁星一般的光点随着我的手势滑动，而我的每一次拨动，都会带起一阵小小的波澜。

“这是你手臂挥动带起的风声。”达维多维奇说道。他说话的时候，嘴唇附近的光点也发生了振动，就如同石块落入水面激起的波纹。

“你说话的声音也引起了波纹。”楚倩饶有兴致地看着自己的声波和达维多维奇的声波相撞，在一个区域内相互干涉，然后在墙壁上发生了反射，最后逐渐衰减为零，“那出现在真空里的声音，也会藏在这里边吗？”

“没错，但只是这样我们还是找不出它的，这里的干扰因素太多了。”达维多维奇指了指自己和花岗岩一样的胸膛，那里有不断振动的光点，像是有手指轻触水面一样。

“是我们的心跳……”

“还有体温，这里需要降温。我们要尽可能地降低这些不利因素产生的影响。只是，光有这些还是不太够。”

“这还不够？”我提出了疑问。实话说，我想不出哪里会有更好、更加精密的声音探测设备了。

“就算有了声场数据，哪怕是把我们能想到的所有干扰因素都排除，也很有可能什么都发现不了。引力波、黑洞和这若有若无的噪音，看上去毫无关系，我们却要在其中发现什么规律——看上去简直就是不可能的任务，只有傻子才会去做。”他摇了摇手指，“但是呢，这就是科学，自然总是把她最美丽的规律隐藏在纷繁的异象之中，想要找到最后的宝藏，可是极其困难的事情。”

“你会放弃吗？”楚倩突然问道。

“不会，至少在丧失信心之前不会，而我的信心可是一直很足的。我想，陈晓云同志也是，他也有一颗和我一样执着的心，我能感觉到。”达维多维奇拍了拍自己的胸膛，我有些惶恐地点了点头。

“现在我们要把这里的温度降到零下196摄氏度以下，以后再来这里的话，记得穿宇航服。”他推着我俩走出了静思室，“所以你们都出去，让我来寻找那个奇怪的声音吧。

“对了，我还需要引力波的数据。SLIGO的数据还没有拿到，就算有了，传回来也有十多分钟的时滞，如果可以的话，我希望在‘喧嚣号’上做一个引力波探测器。这东西给你，它能够显示这里的声场，还有SLIGO的引力波数据。”他丢给我一个手机一样的终端，狡黠地笑了。

“现在，这地儿归我了。就让我来和这些古灵精怪、藏头露尾的小家伙们打交道，你还是多花点儿时间，陪陪这位姑娘吧。”

10. 舱外工程组 E

忙碌起来之后，时间总是过得很快，几天的时间转眼就溜走了。“喧嚣号”完成了在小行星带的考察，马上就要返回地球了。达维多维奇以随舰科学家的名义重新提交了我的那份科研申请，已经得到了上边的肯定答复，估计不久就能批下项目来了。

在这期间，我的空余时间大多花在了和楚倩的飞行训练上。在每天的日程做完之后，我还利用空余时间在模拟机上复习当日的课程，过得很忙碌，却也十分充实。

我暂时不需要离开“喧嚣号”了：在自己的命运确定之后，压在身上的重担就消失了，这种突如其来的轻松感一度让我有些无所适从——在“争取留在‘喧嚣号’上”这个愿望达成之后，我突然没有了目标。加上这几天王鹏不知为何都没来办公室，只是用远程系统做他的工作，也不像之前那样对我进行短信轰炸，于是我只能一个人在办公室里盯着黑洞舱里两枚旋转的黑洞，去工程队也不如之前那样积极了。

马尔克斯很敏锐地察觉到了我的异样，他专程跑到黑洞舱的办公室来看望我。

“原来如此。”听完我的讲述，他拍拍我的肩膀，“晓云，你其实不应该把这一切都憋在心里，任何问题都是能够解决的，只要我们齐心协力。”他从自己的终端里调出名单来，找到我的名字，“你的舱外作业成绩非常优秀，等这个科研项目做完，你可以一直在我的队里做下去，大家也都会欢迎你的。”

我衷心地感谢马尔克斯的帮助，纵然我已经确定了去向，他的援手还是让人暖心。

黑洞舱的办公室空空荡荡，马尔克斯在屋子里飘来飘去，“你最近还在和飞行队的姑娘学驾驶？”

我点点头，多一种选择总是好的。

“你是不是在想你的另一半？”他露出了然于心的表情，像是一只情场老狐狸，“难怪如此萎靡不振，哎呀，年轻人呀！”

“你也没比我大多少，少在这里装老头儿。”我从桌上抓起一个苹果，猛地甩过去，马尔克斯敏捷地抓住苹果，用衣角抹了一把，自顾自地啃起来。

“你居然直接开吃了，这可是我老板留给我的。”

“我不管，到我手上了肯定不能放过。”他一口把苹果咬掉半个，“不过你说的那个声音是什么？我跟着‘喧嚣号’很久了，出舱工作很多次，也没有听到过这样的声音。”他显示出低地国家特有的严谨来，“就算有你的录音，我还是持怀疑态度，毕竟终端上的接收设备很简单，存在电磁干扰和温变噪声等一系列的误差。这些误差都有可能产生你所说的‘碎裂声’。”

“但是两次的声音如此类似，如果纯是巧合的话，概率该有多低？”

“但是毕竟有可能不是吗？存在可能性就意味着也许会发生。”说话间，他已经啃完了苹果，正在想方设法地把果核上边的一点儿果肉弄下来，“没准儿是咱们的录音设备存在着同一类型的设计缺陷。”

“反正我的确听到了，达维多维奇的声场探测器也发现了一些异常，只是他目前还是分析不出规律来，说是要调引力波探测器以前的历史数据做分析。”我从兜里摸出达维多维奇给我的数据终端，上边显示着一条几近平直的曲线和一条有轻微起伏的曲线，“看，引力波曲线和静思室的声场曲线，你能看出啥吗？”

“别了，这种东西还是交给物理学家和数学家们吧，他们和我的思维不是一套的。”马尔克斯终于把所有的苹果肉都吃完了，只剩下果核。他把果核丢进了垃圾桶，扭头盯着我，“陈，你不会有了这个项目，以后就不来工程队了吧？”

“不可能的，怎么可能！”我反射式地否认了，我怎么可能会这样过河拆桥呢？只是他的这句话，揭示了我自己有些时候都不愿意承认的事情：不论是去E组当舱外工程师，还是跟着楚倩学驾驶，我的本意实际上真的只是留在“喧嚣号”上而已。现在我的去留问题解决了，但却又面临一个新的问题。

我为什么要来“喧嚣号”呢？就因为她号称“人类历史上最强大的太空舰”，是太空时代的金字塔尖，在她上边工作就代表着从事太空相关职业的人员的最高成就？或者是因为别的什么？

此时此刻，我竟然发现让我魂牵梦萦的“喧嚣号”，似乎已经不是那个我追求很久的目标了。

“马尔克斯，”我问，“你为什么要来‘喧嚣号’呢？”

“啊？”显然，马尔克斯对我的这个问题没有防备，他挠着下巴，仔细地想了想，“我啊……可能和家庭有关系。我的爸爸是英国伯明翰人，妈妈是从东欧逃难过来的，他们都从事宇航相关的工作；我在德国出生，长大之后，几乎所有人都希望我也能从事宇航工作。但是我的想法是：从21世纪初开始，德国就从没有发射过自己的载人飞船，只是有自己的宇航员罢了。

“当时我的梦想是以后成立公司，就像美国的SpaceX[①]一样，造出德国自己的太空飞船。不过很不幸的是，创业失败，公司破产了。”

他摊摊手，吐吐舌头，“竞争激烈，没办法。”

“于是我就想，虽然我不能造出德国自己的飞船，不过当一位宇航员还是可以的啊。我去瑞士念了太空工程专业的硕博连读。上学的时候，正好赶上欧空局选拔去‘喧嚣号’的见习工程师，我就上来了——也算是我的梦想以Plan B的方式实现了！”

“的确是的。”我点了点头，能来“喧嚣号”，可比去别的太空公司更接近成功。

“所以我算是实现了人生的第一个目标，而现在……”他像是变魔术一样掏出一张照片来，这可是个不多见的东西，“就是她了！”

哈，不用看，我也知道他嘴里的“她”指的是谁，一定是那位声音好听的舰桥管制员，星野小姐。每次我们工作组出舱，负责和我们

① 即美国太空探索技术公司。

联络的都是她，马尔克斯经常在无线通信里撩她，“马尔克斯，啥时候上本垒啊？喝喜酒一定得叫我……对了，上次你答应请兄弟们喝酒的！”气氛变得欢快起来，我揶揄他。

“哈，一个信徒能那么容易追到天使吗？”马尔克斯夸张极了，在这方面他意外地不熟练，简直是对他自称情场老手的最大讽刺，“哥们儿你知道的，我一见到喜欢的姑娘就紧张，无线通信里是一回事，面对面又是一回事。”

“那你要抓紧，她那么可爱，没准儿哪天我就和你抢了。”我发出呼呼呼的声音，“决斗吧，马尔克斯！”

“好吧，陈，虽然你是我的朋友，但是决斗还是得按照我们的老规矩来，先去超市买一把左轮手枪，不，买一把单手剑吧！”

我和他互损起来。其实，我觉得马尔克斯和星野小姐挺配的。我看过马尔克斯西装革履的样子，很有特工范儿，永远剃不干净的胡茬很有男人味儿；星野穿婚纱一定也很漂亮，日本虽然不像俄罗斯那样总出美艳的封面女郎，但那儿的妹子总有种温柔美好的感觉。如果他们两个人在一起，一定是郎才女貌的一对。

就在这个时候，办公室的门铃响了，一个颤颤的、像是刚运动完的姑娘轻喘的声音从门外蹦了进来。

“这里是黑洞舱吧？有人在吗？”

11. 解　散

星野小姐是那种非常单纯的姑娘，至少和她接触过的大多数人都这样认为，她有着不属于她这个年纪的天真和欢脱。办公室的门其实根本没锁，她愣是在那儿按了半天的门铃，才肯进门。

“晓云先生，王部长在吗？”她的声音带着颤颤的喘气，“啊，马尔克斯，你也在这里。”

星野像是一只跳脱的小鹿一样从门口蹦进来，她今天没有穿舰桥那边的制服，穿了一件白衬衫配了条短裙，贴身的便捷级航天服还是穿着，像是黑色的连体衣：这么简单的服装配上她孩子气的笑容，显得十分可爱。

马尔克斯像是被电击了一样，登时绷直了身子，他猛地一立正，“尊敬的星野女士，中午好！”憋了半天，马尔克斯居然憋出一个正式礼节来，朝夹着文件的星野鞠了90度的躬，然后整个人在舱里打起转来。

我见状从背后猛踢他一脚，接着拽住他，让他停止滑稽的自转，“作死，你以为是在觐见女王？”

“上帝！那你要我怎么办？”

“该怎么办就怎么办，至少别像现在这样！”

看着我们叽叽咕咕说个不停，星野终于忍不住笑了起来。“天哪，你们两个人……”她的长发用一根银色的发绳绑成了马尾，笑得一颤一颤的，“你们俩像演哑剧一样，不要这样！停下来先听我说啦！”

马尔克斯终于反应过来，整理好仪容仪表，我把他一把按回座椅里边，结果让自己飘了出去。这一番滑稽的操作又换来了星野持续不断的笑声，她的文件都快握不住了。

文件？纸质文件？我这才注意到她手上的那份文件，很厚，装在文件夹里边，文件夹上还挂了一把指纹锁。这年头纸质文件几乎已经消失了，只有在通知非常重要、非常严肃且还需要留档保存的事情时才会用到这东西。注意到我的视线，星野不自觉地把文件抱紧了。“晓云先生，请问王部长在吗？”她看了一圈周围，确认这里只有我和马尔克斯，“啊……好像不在。”

“的确不在，有什么文件先给我吧。”我伸手把文件接过来，电子锁盖住了文件的详细内容，但是标题漏了出来，“《关于黑洞舱室合并与工作交接……》”我没读完，拿着文件的手就哆嗦了一下。

“多谢，麻烦王鹏部长把这些处理一下就好了，是一些交接……”星野努力装出公事公办的样子来，但是很快就宣告失败，她不好意思地看着我说，“当着你的面给你这个，抱歉。”

“你道歉干什么，不关你的事。放心，没事的。”都已经走到这一步了，虽说我早就有心理准备，但是靴子落下来的时候，那声巨响还是震得我有点蒙，“真的没事。”

我抬起了头，天花板上均匀的灯光照得我发晕，于是又低下头，正看到她有意转开的脸庞。我突然觉得周围的东西失去了实感，桌上的水果和闪烁的电子锁组成了一幅让人捉摸不透的画。王鹏的那张全家福还在电脑桌面上，画面里的三个人是那样温馨——我努力地告诉自己，我已经找好了安顿之处，就算黑洞舱解散了，也不用担心被裁员，我之前做的一切还是很有意义的。只是这种试图说服或者欺骗自己的行为可耻地失败了，这份厚厚的文件像一座山一样沉重，压得我有点儿喘不过气来。

有些东西并不会因为你付出了努力就改变，就像现在这样。

我深吸一口气，看着不知道该安慰我还是先走的马尔克斯说道：“啊哈，两位，我这就去找王部长，先走一步啦！”

“陈，不要把情绪都憋在心里。大家能帮你的……”

“没事的，真的没事。”我一边说着，一边用眼神暗示他：我都给你创造两人相处的机会了，还不珍惜？

我把门打开，溜得贼快。很好，现在他们俩有私人空间了，偌大的办公室里没有人会去干扰他们俩谈情说爱，而我也需要一点儿空间安静一下。

“部门要解散了，今天文件已经到了。”我在屏幕上写道，轻敲发送。楚倩的头像是灰色的，她并不在线，“以后跟你学驾驶的时间会多得多。”转过拐角，我本想去找个地方安静一下的，却看见一个熟悉的人影靠在墙边。

我没想到会在走廊里看到王鹏。

他抱着他的大水壶，眼窝深陷，带着黑眼圈，四十几年的岁月从未在他的身上显示得如此明显。恍惚间，我觉得面前的人再也不是那个唠叨的部长，而是一个面临中年危机的老前辈。

“啊，小陈，你把文件拿来了。”他直起身子，朝我挥了挥手，示意我把文件递给他。

“看来完成所有的交接工作，这次出航差不多就结束了。小陈啊，就麻烦你陪我站好最后一班岗了。”他轻描淡写地说着，像是在说家长里短的事情，“你的事情，我会帮你关注一下的，到时候别的部门还会有机会，不要失了信心……走，咱们边走边说。”他说这些话的时候，那个絮絮叨叨的部长又回来了。

或许这就是长辈的特征吧？我曾以为他是那种固执而麻烦的人，待在“喧嚣号”上的这段时间里，每天都少不了各种各样的“练兵”和“演习”，所有人都不胜其烦。不过，当这些事情都变成回忆的时候，你倒不会再记恨他太多。正是那些严格的训练，让我的各项技能有了很好的提升。

“部长，其实，”我咽下一口唾沫，“上次我出舱的时候遇到了一点事……”

我和王鹏仔细地说了我在舱外听到的奇怪声响，后来又在静思室里听到了类似的声音，当然，楚倩介绍我去找达维多维奇，还有最后我们布置声场探测器的事情也都说了。这个项目已经获得了批准，我可以先把这件事情做完。何况，我还在马尔克斯和楚倩那边接受培训，以后也能去他们那边当一名工程师或者飞行员。说话间，我俩身边的白色内墙变成了深青色的铁镍合金，静思室就在眼前了。

静思室的门已经被封上了，外边放着很多运作的设备，达维多维奇正带着他的几名学生做分析。看到我和王部长，他惊喜地站了起来。

“你好，王部长。”王鹏在科学家团队里知名度很高，达维多维奇毫不掩饰对他的尊重，“原来陈是您的学生，难怪他能发现这个有趣的现象。”

“哈！你们年轻人！”王鹏像是活了过来，神采奕奕，“我这老头子跟不上你们了。达维多维奇，你好，我这臭小子就拜托你们照顾了。他这人做事还是很认真的，就是有些冒失……”他看着仪器上闪烁的LED灯，“小陈，把你们的监控程序拿出来。哈，我看看我把老骨头还能不能帮上你们什么忙。”

他哈哈大笑，几分钟前那个心事重重的他消失得无影无踪，取而代之的是那个我熟悉的王鹏。

“最终还是尘埃落定了吗……不过我建议你不要太难过，悲伤是不能改变不幸的。”收件箱里有一封新的留言，是楚倩，“如果你觉得实在找不到解决办法，可以先不去想它，但是总是能找到别的选择。”

“楚魔王，虽然我没法改变不幸，但是我可以换一种心态，去做一些我能做的事情。”

“这就是你的选择吗？”她简单地回答。

12. 飞行训练

“喧嚣号”在小行星带的任务很快就结束了，我们开始返航。

在科考舰加速的时候，舰上的生活变得不太一样：舰体内出现了上和下的概念，重力环停止转动，然后所有人都需要把家具搬到“墙”上，平常的“门”需要用梯子爬上去，颇为好笑。

不过大家都习惯了这种事情，工作生活一切如常。只不过楚倩和马尔克斯就闲了起来——在科考舰加速的时候，没人可以进行舱外作业。而本来应该非常忙碌的我和王鹏，因为黑洞舱的功能被别的部门代行，所以也不忙。舰载AI维持黑洞相对位置的工作十分顺畅，也不枉我和王鹏一直以来的调试。

于是在接下来的这段时间里，王鹏便整天拖着我，优化监控静思室声场的程序。不得不说，他的专业水平着实很高，我那套臃肿的检测程序经过他的修改变得轻便了许多，效率也提高了不少。此外，他还和达维多维奇一起设计了一套匹配分析的模型，能够在SLIGO的历史数据里逐一排查，寻找和声场数据相关度最高的引力波记录，而我每天都要对着那杂乱无章的声场和引力波数据，在一个又一个模型里努力选择，挑出更好的。

不过，如果马尔克斯或者楚倩来找我，王鹏必然会放我走。

就在我以为这趟回程之旅会这样平淡地结束的时候，测控中心转发了国际宇宙监测计划ISP的消息给我们，说是我们的回航航线和一颗具有威胁性的小行星存在交叉点。按照他们给出的模拟图来看，这颗小行星在几天前偏离了原有轨道，似乎是受到了什么物体的撞击，撞击点刚好和“喧嚣号”切割彗星的那次作业区重合。

ISP的监控网络由地月系之间的一系列光学监控平台和激光雷达[①]组成，这颗小行星的轨道正好在我们切开彗星之后发生了异常变动，从而引起了ISP的关注。这就成了一件颇为尴尬的事情了，因为看上去似乎是“喧嚣号”切开的那颗彗星在小行星带里引发了连锁反应，最终导致这颗小行星轨道变动，还偏偏和自己回航的航线相交。雷震舰长在全舰广播里通告了情况，并宣布我们得再来一次“清扫作业”。

“自然真是充满了奇怪的恶意。”舰载机里，我和楚倩有一搭没一搭地聊着天。

“一次致命的巧合。”她回答，“你说，会不会是你抓那一爪子的冰芯导致了彗星轨道的偏离？如果是这样的话，那我们这次全员出动就全是你害的。”

① 一种以激光来探测目标位置、运动信息的雷达设备。

我立刻举手投降，这样的锅可不能随便扣的，如果真追究下来，没准儿还要蹲监狱。

“玩笑而已，你别这么紧张。现在，我要把控制权给你了……你解除自动驾驶，体会一下各种操作要领在实际飞行中的运用，我会盯着你的。”

“好的。”我搓了搓手，接过了飞船的操纵杆。

“喧嚣号”已经加速到高速状态，调整轨道前去拦截已经不现实，于是就由舰上的四个舰载机中队全体出动，前往这颗小行星上作业。在我们的身侧，48架舰载机编成数个宽阔的三角机队，像是宇宙中一群闪着蓝光的萤火虫。

我也被楚倩带上了，名义上是她的副驾驶，实际上是训练飞船的手动驾驶①。依照楚魔王的说法，千百次训练不如一次实战，这种真实的太空经历对教学很有帮助。控制权转换的瞬间，我的侧杆有明显变重的感觉。

这些东西我在模拟机上训练过很多次，应该不会有问题。

“第四舰载航空队，J42，控制权交接。学员控机。”

“舰桥收到。”

这次行动，雷舰长亲自指挥，他的声音沉稳有力，给人一种踏实可靠的感觉，就好像坚固的铁镍合金一般。在“喧嚣号”上，他是舰载机部队的直接指挥，又有指挥航行的能力，是一位优秀的飞行员舰长。

“楚倩，好好带带你的学生，你们的安全虽然有保障，但是责任一样不小；陈晓云，不要紧张，你看看你的心跳和呼吸指标，都上了天

---

① 也被称为“超越控制”，是在电子辅助系统失灵的时候紧急控制飞船的技巧。

了。深呼吸，把你的杂念赶出去，就当作是一次模拟训练。”

“收到。”我深吸一口气，抓住了操纵杆，开始指引舰载机向前方飞去。

实话说，在空旷的宇宙里，没有任何参照物，你很难对相对速度有一种直接的观感。目标小行星刚才还像是在无限远处，只是HUD上显示的一个小框框；没多久，它就会像是突然从天幕中跳出的朝阳一般，占满了你的整个视野。这种时候，你就必须学会相信和直觉相反的仪表数据。

——错误。按照楚倩的说法，宇宙航行中，仪表很多时候会给你安全的错觉。在飞船接近目标的时候，其他飞船齐刷刷地转过身来，使用主引擎减速，我也学着照做。结果减速到一半的时候，控制权被楚倩粗暴地切走了，手中的侧杆一松，我便被巨大的过载压在了座椅上。

“你干什么？”

“危险接近，你的动作太慢了！”她厉声道。JL300转回机身，小行星暗灰色、布满坑洞的表面占满了整个舷窗，“小行星也是有引力的，你这样折腾，我俩都会死！”

她从来都没有像现在这样愤怒过，我一时间也被吓得说不出话来，本能地辩解道：“我按着提示做的。”

“提示不是借口，AI面对复杂情况时的反应，比不上你的随机应变。”楚倩立即反驳，“AI判处你死刑，你就放手等死吗？太空里的飞船动不动就能达到几倍第一宇宙速度，你想在碰撞中被蒸发掉，直接对准了撞吧！科目不合格！给我重来！”

哪有你这么变态的！我很生气。从学飞行开始，我可是把当年丢下的课程捡起来好好地重新复习了的，模拟机上也训练过不知道几次了，但是哪有一上来就不允许一个新学员犯错的？

“我来示范一次，你好好看着，如何快速接近一个目标，安全减速，然后保持环绕。”

楚倩没有理会我的小情绪，她将飞船驶向远处，很认真地带我飞了一遍。不得不说，她做得优雅而连贯，信手拈来一般。在她的操纵下，JL300像是一只灵巧的燕子，在HUD上的各个光环之间来回穿梭。

不一会儿，教练机回到起点，“这回好好飞啊，不要眨眼。相信你自己的判断，我会把辅助系统关掉，只保留最基础的数据。你要自信一些。”

“我会看着你，放轻松。”像是不放心，她补上了一句。

后来我想，楚倩当时真的非常负责，是一个非常严厉但是称职的老师，我没有任何权利责备她什么。但是有些事就是这样，你再怎么后悔自己的年轻气盛和年少无知，都是没有用的，犯下的错误能够改正，但是结果却难以更改。

毕竟，这也是一种命运。

13. 不同的人

四个中队的舰载机分成四组，分别位于小行星的几个方向。这颗小行星是岩石质地的，正在缓慢自转，看起来个头不大，但质量肯定有上万吨。如果用火箭去推，效率实在太低。于是我们采用了另一种方案——三个舰载机中队组成两个激光阵列，由舰载机的核动力引擎供能，驱动激光的强大能量，将小行星表面一部分区域气化，从而产生推力以改变其轨道。为了应对突发情况，第四中队携带了足量的武器，作为激光方案失败后的备选方案。

说是武器，其实就是挂在我们机腹下面的那枚胖头胖脑的“恒星阴影”导弹。那可是货真价实的核弹。

第四航空队在机群前建立了一道警戒幕，保卫着在背后准备发射激光的其他航空队。这就要求我们和小行星保持一段稳定的距离——而这颗小行星的运动轨迹是不稳定的。楚倩关掉了我的自动锚泊系统，要求我用“超越控制”的方式来驾驶飞船保持稳定。

这简直是刁难人！其他飞行员能够打开星体跟踪飞行模式，然后舒舒服服地坐着就行，而我要面对飞速变化的各项飞行数据，快速反应到自己的每一个操作中，调整飞船的方向舵、引擎乃至姿态发动机，就像是用球拍掂着一个倒置的金字塔一般，我左支右绌，漏洞百出，飞船像是喝醉了酒一般，歪歪扭扭。

“距离偏差值超过最大限制。”机载电脑温柔地提醒，“是否需要启动自动锚泊？”

“不需要。”楚倩简短地下达命令，接过了我的控制权。

手里的操纵杆被夺走了，JL300像是活了过来，灵巧地跃动着，伴随着姿态调整产生的白色雾气，飞船和小行星的距离很快保持在了安全范围内。

“注意引力的影响，用点儿心，再来一次。像我这样就行，很难吗？”看不到她的脸，但我很明显地听出了她语气里的失望。

我深吸一口气，努力压住心中的不快，重新握住操纵杆。但是很快，飞船再次发出了警报，提示我的操作出现了必须要进行干预的误差。这次楚倩没有再拿走我的控制权，她只是打开了飞船的自动驾驶，幽幽地说：“如果我不跟着你，你这样是要撞上去的。

“你之前的水平不是这样的啊，为什么就不肯用点儿心、全力以赴地去做呢？”

没用心？没全力以赴？我连问了自己两次。你要知道，我几乎快把几本教材倒着背下来了，模拟操作也做了不知道多少次，就算是后半夜跟你上机飞行我也一次都没有落下过，每一次你的要求我尽了全力去完成，你现在居然说我没用心？我之前做的一切努力，在她轻蔑的语气下，似乎变得一文不值。

有些东西并不会因为你付出了努力就改变，就像黑洞舱的解散那样，或者就像这样。我想起了王鹏，那个在走廊里突然老去的，曾经聒噪的部长。

“楚魔王，我真的很努力了。”我努力压着自己的怒气。

“那你为什么连这点儿简单的操作都做不好？”楚倩把头发绕在修长的手指上，吹了吹气，“你之前不是一直做得还行吗？只不过把辅助系统关掉，你就什么都不会了？你看我的操作，就知道驾驶舰载机并不是什么困难的事情。”

“就像是你在争取留舰工作时那样，你只要一样地努力，保准可以克服这个问题。”

从来没有过的怒火从身体的每一处涌了上来，将我的大脑迅速加热到沸腾，即将喷发而出！我和你能一样吗？你可是专业飞行员，握着操纵杆的高级人才，自然不需要像我这样为了留舰这种鸡毛蒜皮的小事儿发愁，你也自然能够站在事不关己的高处，磨炼着你本已优秀的技术和能力，维持着你的优雅和高傲，然后高高在上地施舍给我这样的可怜虫一点儿怜悯和鼓励！

“我哪儿他妈的能有你这样聪明？这事情就是他妈的这么难！”我失态地大喊，连麦克风都被震得嗡嗡响。是可忍孰不可忍，我被自己的怒火冲昏了头，“关掉辅助全凭手动操作，你看有几个人在做？我没有你那么强我也不敢奢求能有你那么强，求求你饶了我这个可怜人吧，我和你不一样，不要拿着那种高标准来为难我这种普通人行不行！”

“你怎么能这样！”被我突然爆发的怒气吓了一跳，楚倩立即尖锐地反击，“当初可是你为了留舰才来我这儿学飞行的，怎么，一个超越控制而已，这就破罐破摔了？知难而退了？我当初怎么就没看清你是这样一个怂包？”

“你为了你的目标而努力的勇气呢？哪儿去了？”她诘问我。

“别奢谈什么目标和梦想了，别以为别人都像你那么优秀！”我恶狠狠地咬紧牙关，“我哪像你一样无趣，还在这里拿着没用的科目来为难我这个傻瓜！”

“超越控制教学一直都有，而宇航训练的每一个项目都是用血换来的。”似乎是我的错觉，楚倩的声音带着一股委屈，“从我的父亲开始，一代代宇航飞行员，都是从这样的训练中走出来的。失败的人，没有资格驾驶飞船，也没有能力为你的乘客和同僚负责！你这是在为自己的无能寻找借口，你知不知道！”

“是啊，我就是无能，我这种小人物，又能做什么？如何反抗得了你的刁难？看来你父亲也是个飞行员，你从小就抱着操纵杆长大，我才开始练飞行几天？”愤怒已经变成了潜意识的对抗，我将整个舰载机的控制权交了出去，“做不到就是做不到，你再激我，我也没法完成这种刁难人的科目。”

“有本事你再说一遍。”她的声音冷下来，不再尖锐和充满挑衅，却让人心生恐惧。

“我说，这种科目就是刁难人，我做不到。不要拿你的标准来要求我。”

我成功地激怒了她，激怒了这个永远高高在上指责我的楚倩，这种“成功”竟然让我有一种莫名其妙的快感，让我觉得出了一口恶气。

实话说，我怎么能和楚倩比，她是近乎万能的飞行员。从第一次见面开始，她亭亭玉立的样子仿佛和庞大的“喧嚣号”融为一体，在某种程度上，她就是我心里“喧嚣号”的代言人。和马尔克斯说的一样，一个信徒怎么可能轻易追到天使？我怎么能和她相提并论呢？

舰载机失去了我的控制，猛烈地震颤了一下，随即，自动驾驶程序接管了“失控”的JL300。耳机里，舰桥的询问传来，是星野好听的声音。

“第四中队J42，听到请回答。你们的飞行模式非常奇怪，飞行员的生理指标也有问题……”

“J42收到，一切正常。”楚倩的声音冰冷无比，肃杀的寒意在宽敞的驾驶舱里弥漫开来，“陈晓云，你给我滚出去，你太让我失望了。”

“叫我滚？用你的话来说，你这是在逃避问题？”我学着楚倩的语气，阴阳怪气，“理亏了吧？”

“不出去也行，你给我等着。”楚倩呼叫了舰桥，“舰桥，J42呼叫。我要露两手，给不知天高地厚的菜鸟上一堂课。”

“什么？等一下，等一下，楚倩你要干什么？”星野一时间没有理解楚倩的意思，直接用她的名字替代了呼号，“露两手？”

“就是字面上的意思，完毕。”

“J42，不要任性，完成既定任务，然后返航。”雷震舰长的声音插进了频道，语气带着不容置辩的威严，“作业马上就要开始了，闹矛盾的事情回来再说！”

此时此刻，第四中队背后的三个中队已经排好了庞大的激光整列，正朝着小行星上投射用于瞄准的低功率光束。利用激光推动小行星的工作马上就要开始了，我们的HUD上显示出即将发射的激光光路。

“雷舰长，我需要教给我的学员做人的基本道理。”楚倩这回连呼号都不叫了，眯着眼睛的她像是盯着猎物的猛禽一般，“放心，绝不会干扰作业。”

“你给我……”雷舰长大手一挥，似乎不准备让楚倩说完，但是她先手一步，切断了和舰桥的联系。JL300里所有的灯光一暗，随即变成了冷冽的蓝色。

“超越控制，所有辅控系统关闭。”机载电脑的声音十分机械，毫无感情地宣布着。

“看仔细了，陈晓云，这才是我和你的差距。”

旋即，剧烈的过载将我整个淹没。

中国科幻银河奖、华语科幻星云奖桂冠作家　王晋康

逃出母宇宙 · 天父地母 · 宇宙晶卵

自1993年以来，王晋康发表和出版科幻小说近百篇（部），共计四百余万字，包括《蚁生》《十字》《与吾同在》《逃出母宇宙》《王晋康科幻小说精选》（四卷）等。其作品沉郁苍凉，既融汇了丰富的科学知识，也有对宇宙及生命的哲思睿见，深受读者喜爱。

“活着”系列讲述了一场全新的宇宙级别的灾难。但这场灾难并非清晰明朗地矗立在人类面前。人类智者透过重重迷雾，依据蛛丝马迹确认了它的存在，便带领人类开始了义无反顾的抗争和逃亡。在此过程中，人类逐渐了解到灾难的本质。

星海旅人

阿 缺

一场穿梭星际的传奇和冒险

成长于偏远星球的少年靳川，因父辈受到权势熏天的疆域公司压榨而参与反抗，也因此与心爱的女孩站在了对立面。其后靳川入伍参军，辗转星海，无论如何改变，都无法忘怀女孩的笑靥。

十年过后，为了筹集养女的医药费，靳川来到地球，再次见到了心上人，但这一次，他们共同陷入了空前危机，而这一切仍与疆域公司有关……

《三体》秘密

田加刚

一部《三体》迷写给《三体》迷的脑洞书

少女叶文雪之死背后的秘密、三体的基本社会形态、神秘组织“未来史学派”、“三体”结局之结局……《〈三体〉秘密》通过周密的逻辑推理、演绎分析和合理联想，探索“三体”系列文字背后的秘密。几乎读者所有关于“三体”系列的疑惑，本书都做了“解密”。这些补充的情节可能完全颠覆你的原有认识，足以让你脑洞大开。

14. 尘土球

视野发黑，思维缓慢，呼吸艰难，你的手指、你的每一个器官乃至每一个细胞承受着其质量几倍的拉力——这就是过载。物理法则强硬而毫不留情地将我死死地压在座椅上，视野急速变化，JL300如同海中冲刺的旗鱼一般从队形中急速冲出，向着几条激光通路之间飞驰而去。

"她疯了！"

"谁去把那个神经病拦住！"

频道里一阵混乱。

"第四中队，J42情况正常，各中队不要终止激光照射。"楚倩说话变得吃力起来，但是吐字依然清晰，反倒像是颇为享受这样的状态，"继续作业！"

我已经被剥夺了说话的权利，牙齿咬得咯咯响，每一次呼吸都像是竭尽全力拉开沉重的风箱，消磨着我仅存的意志力。现在这架教练机已经变成了一头上蹿下跳的野兽，我感觉自己像被绑在一头狂躁的公牛身上，而且是一头能做出7g[①]以上瞬时机动的野公牛。

楚倩左手握着操纵杆，右手握着节流阀，还接管了矢量推进系统。在她的操纵下，JL300跳着旋转舞步，从几条激光通路之间钻了过去。此时，用于推动小行星的激光已经积蓄了很高的能量，在HUD上呈现出一条粗壮的光柱，正在散发出强大的光压和热能，小行星表面已经呈现红热状态，其自转也逐渐停止。而我们的飞船只要沾到一点，就会被融化成等离子！

“重复，不要终止作业！这种只是小意思而已。”

“第四中队，立刻瘫痪你们的长机。”雷舰长的声音及时出现了，因为楚倩关掉了和舰桥的直连，他越过了楚倩的长机权限，“这是舰桥指令，允许使用电磁脉冲武器！现在，传输二级授权许可和新的IFF[②]代码。”

几秒之后，刺耳的警报声响起来，我们被其他舰载机从不同方向给锁定了。肾上腺素闪电般掠过我的身体，我感觉到所有的毛发立了起来！电磁脉冲武器，到现在为止，能够最方便制造这玩意儿的，就是核弹！也就是说，我正被好几枚货真价实的核弹瞄准了。

死亡的恐惧从心底泛起，汹涌而来，瞬间淹没了我。“楚倩！你疯了，送死不要拉上我！”我战栗着，艰难地喊着，同时用手摸索着弹射拉环。

“不要弹射，弹射你就真的死了。在这种环境下，没有办法找到

① 即7倍重力加速度。

② 即敌我识别系统。

你这么小的目标。”她的细语像是富有魔力，使我平静了一点儿，“我不会让你死的。”

楚倩一推操纵杆，我们的飞船打出如同焰火一般的诱饵弹，接着俯冲急转，朝着小行星的背阴面转过去。锁定我们的舰载机追上来，却跟不上楚倩的机动速度，无法保持稳定的跟踪。锁定警报断断续续地叫着，最后居然就消失了。

“J42，我们遭到激光照射！是你吗？”频道里也警报大作，有人焦急地问道。

“他们的飞船没有装备激光武器！”有人立刻指出错误。

“我是J42，发生什么了？”楚倩操纵飞船转过身来，只见远处追击我们的飞船躲在浓厚的气溶胶里，闪烁的激光将气溶胶加热，发出耀眼的白光。很快，许多作业的飞船都接收到了高能激光照射的警报，纷纷打出烟幕躲避。

“哪来的激光？”

“终止作业！终止作业！”雷舰长最先反应过来，“激光是我们发射的，是散射光，小行星表面有尘埃！”

“J42，小心！”

轰隆轰隆，嘎吱嘎吱，一阵熟悉的声音从远到近，奔腾而来。随着小行星自转的停止，它的背阴面转出来一个好似蝗群的巨大云团，遮天蔽日，在阳光下，像是无数光点组成的滔天巨浪，正朝着我俩扑面而来！

“是尘土球！”通信中传来队员绝望的喊声，“快跑！”

小行星不仅有铁镍的、岩石的或者由水、冰块和气体组成的，还有一种“幽灵”小行星，它们就是“尘土球”。由无数细小的太空尘埃组成，在重力作用下聚合在一起，这种小行星极难探测。刚才它一定是躲在那颗岩质小行星后一同自转，现在岩质小行星被我们的激光停住了，而跟着小行星自转的尘土球就因为惯性被甩了出来。

其他几个中队还有机会撤离，而现在，在这些快如子弹一般的太空尘埃面前的，只有我和楚倩的J42号舰载机。

我的手僵住了，心脏似乎停止跳动，脑中一片空白。我的内心在狂吼着、号叫着，让自己赶快动起来，但是身体却一点儿也不听使唤。机舱里的警报响个不停，HUD已经被醒目的红标占满，机载AI在尽全力计算出一条逃生的航线，但是失败了又失败。

我们要死了！我们会被高速运动的太空尘埃打成马蜂窝的！

“舰桥！”楚倩的喊声击碎了凝固的空气，将我从死亡的深水中一把拽了出来，“陈晓云，你来接管操纵杆！”

“怎么飞？”

“全速前进！”

全速前进就是一头撞上尘土球！但我下意识地服从了她的指令，向着海啸一般的尘土球毅然决然地猛冲过去。我的面前出现了一个快速跳跃的倒计时，提示着我们与这些危险的太空尘埃只有不到一分钟的距离了！

楚倩抡起锤子敲碎了面板上的玻璃，“重复！ J42呼叫，我需要核授权！”

“冲不过去的！飞船会解体的！”舰桥里有人喊道，“你炸不碎它！它太大了！”

“不需要炸碎！只要崩个缝就行！”

雷舰长接过了话:“有把握吗?”

“管它有没有把握！陈晓云,砸开面板！舰桥！我们准备好了！”

我掏出安全锤,砰的一声敲碎了面前的面板,有机玻璃的碎屑飞溅而出,立刻被加速度给甩到了身后。拨开剩下的碎片,我竭尽全力拉住那个红黄相间的扳手,“我抓住扳手了！”

“‘喧嚣号’舰桥指令！”HUD上,雷舰长掏出了一把金色的钥匙,另一位舰长也拿出了他的钥匙,两人一起插入控制台,同时转动,“核授权开启,允许攻击！”

机械开关沉闷地落下,我的视野里出现了一个闪烁的“三瓣花”①。随即,一个跳跃的进度条飞快地走完。“一级授权完成,激光扳机充能完毕。”机载AI毫无感情的机械语音响起,“二级授权。”

我和楚倩同时扳动面板下边的扳手,沉重的咣当声立刻响起。

“二级授权完成,核装药完成。碰撞倒计时30秒！”

“快发射！”楚倩喊道,现在飞船的操纵权在我的手里。

省略导弹自检以及航迹优化,设定起爆模式,全分布光电系统启动,头盔随动瞄准…… “楚倩！你是个疯子！”我行云流水地做完一系列动作,随后一拳捶在了发射钮上,“‘恒星阴影’,发射！”

胖头胖脑的“恒星阴影”以不可思议的加速度超越了正在全速向前的JL300,一头栽进了飞驰而来的尘埃球里。随即,激光扳机触发了氘氚聚变装药,超过50万吨当量在毫秒内被释放,紧跟着的就是创世般辉煌的核闪光。

太空中的核爆没有声音,显得特别安静。整个尘埃球都抖动了

① 即电离辐射标志,文中指代启动核弹授权。

一下，辐射压激起的巨大尘埃呈现出完美的球形，一部分尘埃被甩了出来。以“恒星阴影”击中的地方为中心，被加热的星际物质瞬间融化并急速膨胀，辐射压将这些炽红的尘埃熔浆撕裂，挤出一条狭窄的通道。

但这毕竟是在真空中，“恒星阴影”带来的辐射压转瞬即逝，随即在万有引力和表面张力的作用下，熔浆开始凝结，四周的尘埃也开始重新聚拢，庞大的灰色海潮像是被激怒了一般，想要封闭这条生命通道。

不过，这点时间已经足够，楚倩和我一同猛推操纵杆，舰载机从这条通道内一闪而过。

而就在穿越“尘土球”的一瞬间，那阵强烈的、如同巨人踩踏冰原一般的声音，响彻了我们的舰载机。

轰隆隆，轰隆隆，震天巨响从四面八方传来，一下下地敲打着我们。

15. 犯错的孩子

“你听到了吗？”我惊魂未定地问道。

“听到了，很清楚……”楚倩喘息着回答我。

JL300带着一身的伤痕冲出尘土球的瞬间，隆隆的巨响也戛然而止。机身有多处损伤，但都不致命：机身表面像是被烧过，等离子调姿发动机有不少坏点，座舱有一些失压；由于害怕舱内也有损伤，导致有毒或易燃易爆物质泄漏，为避免发生其他意外，我俩都把宇航服穿了起来，还把座舱里的氧气给放掉了。

迎接我们的不是鲜花和掌声。附近发生了两次低沉的爆炸，剧烈的电磁脉冲瘫痪了我们的飞船，第四中队的其他舰载机靠上来，控制了我们。

“由第四中队执行拖带。楚倩，下飞机之后给我来舰桥。陈晓云，你也来。”雷舰长话音冰冷，不给我们任何辩驳的机会。

我们违反了纪律。

虽然楚倩和我在危急关头的处理非常得当，甚至可以说因为我们提前发现了隐藏的尘埃小行星，从而让四个中队获得了预警时间，但更重要的一点是，我们违反了纪律。楚倩的一系列“显摆”行为严重违反了舰载机飞行的相关规定，会遭到严肃的处分，只是不知道我会不会一同遭殃。

“陈晓云，你不用担心你自己，你不会有什么严重的处分。”像是看穿了我的心思，楚倩发出一条文字消息，“这次事情是我引起的，不需要你负责。”

不知是不是冲动退去，又或者是肾上腺素水平下降的关系，我感觉到了高度的疲惫，只不过与此同时，久违的理智又回到了脑海中。

我刚想开口说话，这才记起舱内已经没有空气了，只好接通了舱内对话频道。“楚魔王，你这话一说，感觉我像是个渣男。”我试图把这种“临刑”的压力缓解一些，现在飞船里这奇怪的对话气氛让我浑身不自在。

“去死吧，你这蠢货。”她踢了我一脚，“就你也背得起这锅？”

这才像是和楚倩正常的对话，不过转念一想，我这是被虐出快感来了吗？我赶紧把这个糟糕的想法从脑袋里甩出去。

“你不担心因为这次违规被赶下飞船去？”过了一会儿，她又继续了话题，没有语音，只有干巴巴的文字。

“不担心……怎么说呢，我也挺奇怪我现在这种状态的，或许是因为刚才发生了那么刺激的事情，反倒不担心了。”我回答她，“本来我以为我死定了，结果咱俩用核弹开路，从尘埃球里穿了过去，这种事情我想都不敢想，你却做到了。”

“应该的……其实也不算难。”楚倩似乎是思考了一会儿，“主犯是我，到时候你只需要把事情推到我头上就好。”

“谢谢，这还是免了，我还没无耻到这个程度。”

“喂！”她探出身来，踢了一脚我的肩膀，“陈晓云，你究竟知不知道这次我们闯的祸有多大啊？你不是一直想留在船上，现在怎么反倒一点儿也不在乎了？”

“我当然知道了，违反太空作业操作规程，违反舰载机飞行员守则，还有主观盲动、藐视上级什么的，一堆违规加起来，处分和留舰察看是轻的，滚蛋也是很正常的事情，上军事法庭也不是不可能。”

“那你为什么……”

“哎，好歹你救了人家一命，留舰与否，死人是不需要担心这种事情的。”摆摆手，我知道她看得见我，“所以尊敬的楚大魔王，也让我帮你一把吧。‘如果有能力，就要选第三种两全其美的选项’，我现在就选第三种，有什么错我们一起承担。”

好久，楚倩都没回复我，真空的周围安静极了。忽然间，有一双手从座椅后边绕上来，搭住了我的肩膀。嘭，头盔轻轻地相触，她用几不可闻的声音喃喃道：“谢谢你……晓云。”

“谢什么，刚才我也不该朝你发脾气的。”

她的眼眸映着舱内的清冷荧光，闪闪发亮，空中的微尘像是海洋中的发光水母，和她柔顺的头发共同起舞。我浑身一震，不敢有丝毫动作，因为我感觉哪怕是些微的动作，也会破坏这个美好的瞬间；我也不敢转过头去，因为心里有另外一个声音告诫自己，一旦转过头去看她，我就再也放不下她了。

拖拽的回程漫长而无聊，虽然被尘土球耽误了一会儿，舰载机中队最终还是成功地把小行星推开了。而在这期间，“喧嚣号”沿着原定轨道滑行了很长一段距离，四个中队追了好一会儿才回到舰上。

我和楚倩已经无权控制飞船，我便调出了刚才穿越尘土球的记录来。在穿越尘土球的短暂几秒钟里，那个悠远而沉重的声音再次响起。这次不止我和楚倩听见了，连飞船的录音设备都清晰地捕捉到了这个声音。

我一边把这个声音上传到任务日志并抄送给达维多维奇，一边点了播放。一个录音带的光标飞起来，落进了碎裂的操纵面板里。

“感觉像什么？”她出神地听着在宇航服里播放的录音，这轰隆隆的声音没有明显的来源，就像是来自整个空间。

“像什么……我感觉像是有人用脚踩碎薄冰……”我仔细想了想，感觉这个比喻最贴切。

“你的比喻真没趣，你应该这样说：像是电影里，巨人在冰湖上奔跑，他每踩一步，冰层就多一圈裂缝，然后裂缝一直延伸到主角们的脚下，为了不掉进冰冷的湖里，主角们只能尽全力奔跑……”她点了一下重播，“陈晓云，‘喧嚣号’这个名字，本身就源自北欧神话中的喧嚣巨人[①]吧？”

是啊，这个名字还是当时在网上投票选出来的。北欧神话中有一个冰霜巨人名叫索列姆，因为盗走雷神索尔的雷锤而被索尔和基洛设计杀死。不过大多数人并不会去深究古老的神话，也不会在意

---

① 喧嚣巨人“Thrymr”，源自挪威神话，是盗走雷神托尔的雷锤、并要求以美神芙蕾雅作为交换的巨人，同时，Thrymr是土卫三十号的名字。

这个名字是否吉利。作为人类历史上最庞大、最先进的探索舰，这个名字已经被赋予了太多美好的祝愿。

“冰霜巨人奔跑在宇宙这片寒冷而黑暗的荒原上，追着‘喧嚣号’，他的脚踏在大地上，发出了隆隆巨响。咱们能听到这个声音，是因为我们用核弹绊了他一跤。”她的思绪跳跃，像是一个小说家，“这个想法怎么样？比你说的可浪漫多了。”

“的确浪漫得多，不过这一点儿都不像你的风格。”

“不行吗？谁没有这种中二的时候？我还想变成冰霜巨人呢，或者超级英雄也行，力大无穷，遇到什么危险都不怕。”

“他不也败在索尔和基洛手下了？”

“那就成为索尔和基洛吧！”楚倩输出的文字轻跳到屏幕上，这时候的她看起来只是个普普通通的小女孩，“成为不会失败的主角。”

“喧嚣号”近在眼前了。她停止加速，亮了全灯，迎接着远航归来的舰载机们。我们顺着引导光束飞回到飞行舰桥，当舰载机停稳、气闸落下之后，我将飞机的座舱打开，新鲜的空气涌入机舱，掀起了一阵小小的风。

“两位，先不要乱动，把你们的武器丢出来，举起双手，走出来。”

停机坪上站了两排持枪的陆战队员，枪口对着我们，领头的居然是那位和蔼的酒吧柜员，他快速地收走了楚倩的手枪，这才给我们送来了登机梯。

啊，现实依然是现实，坚硬而死板。我摇摇头，老老实实地举起了手。

16. 雷舰长

指挥舰桥坐落在“喧嚣号”舰体的正中部，微微凸起以便顺利监控两条主要的起飞轨道。

在工程队的时候，大家会开玩笑说，那边是舰长们瞭望自己王国的钟塔。

话说回来，在远航的船舶上，舰长的意义的确重大：他象征着这条船上所有船员的信念，也在很大程度上代表着这艘船本身。这种始于航海时代的传统，到宇宙时代还固执地保留着；同时，这种传统也意味着舰长的雷厉风行。

作为一名舰长，他应该坚毅而不固执，勇敢而不莽撞，博学而不死板。雷震可以说很好地做到了这几点，所以尽管不少时候他死守纪律，显得有些不近人情，但大家都还是很服他管。

只是不知道这次他会把我俩怎么样。

陆战队员把我们带到了舰桥后就离开了，没有什么进一步的指示。我们只能在等候区站着，看着四周悬浮着的各类信息窗口。

这里是“喧嚣号”的信息中枢，不时有几个信息窗口从河流一般的信息队伍之中分离出来，飘落在某一个工作台处，管制员们低声地交流着工作。

我注意到，舰桥里属于雷震舰长的那张宽松的靠背椅上是空着的。

“你们找老雷？”另一位看上去更加年长的舰长和善地对我们说，“别急，他去起降跑道了，马上就回来，你们等一会儿吧。来，坐这儿吧，孩子。雷舰长不在，这里也不是审讯室，不需要那么严肃。”

我们道了声谢谢，找了个地方坐下来。舰长席处在几条信息河流的交汇处，淡蓝色的信息窗从我们头顶缓缓地飘过，像是蓝色河面上的波纹。或许因为这个环境并不适合聊天，我俩都没有说话，只是静静地坐着。楚倩不安地搓着手，像是在办公室等着老师的小学生。

她是个骄傲的人，身上总有种不知来源的优越感。她有配得上这股优越感的强大实力，这种状态从我第一次见到她开始一直保持到现在。但是直到今天我才发现，楚倩不像是我所了解的那个样子，而是变得让我捉摸不透——脑海中，以前树立起来的她的形象有些不稳定，带着噪点。

胡思乱想中，身边工作人员的交流声一下子不见了，就像音乐播放器的电源被粗暴地拔下了，大家突然埋头干活，周围安静极了。我和楚倩推开椅子站起来，随后就看见一个高大的身影从通道里走了出来。刚才的那位老舰长也回过身，向他敬了一个礼。

“雷舰长，首长好！”我啪地立正，因为有人在我后边狠狠地戳了一下。

“你们好。先坐下吧。”

“是！”我和楚倩像两个乖乖的孩子，脸上挂着真诚的微笑。我双脚并拢、双手抚膝，摆出认真听讲的样子。

“楚倩，我没对你说。”他补了一句。他面对着控制台，只留给我们一个背影。

楚倩愣住了，她的身体以一种很不舒服的姿态僵着。她应该和我一样震惊。我的视野底部弥漫起了雾气，像是有人把液氮浇在了我的身边，诡异的蓝光透过那片雾气传过来，冻得我瑟瑟发抖。

“是……”楚倩低低地回答，老老实实地站着。

另外一位舰长知趣地走掉了，雷震坐下来，转过头来盯着我们，“如果我没记错，今天推离危险小行星的任务，第四航空队是负责警戒和备份的工作。”

“是的。”我俩同时回答道。

“那很好，看来我还没有老到不记事了。”雷舰长点点头，微笑着继续道，“之后，在警戒的过程中，发现了激光散射的现象，目标小行星附近出现了大量的宇宙尘埃。楚倩和陈晓云驾驶的17号教练机，发现了目标小行星背后的‘尘埃球’，教练员楚倩判明本机所遇特情，及时处理，使用‘恒星阴影’导弹制造了核爆炸，冲过了危险区域，摆脱了太空尘埃。

“这是一次果断的决策，不仅保证了人机无失，也为其余中队提供了足够的预警时间，避免了更大的损失，这是值得表扬的。”雷震舰长的语气中颇有赞许的意味。

但这只是一种错觉，因为在下一秒，他的声音就变了。虽然声音依旧波澜不惊，但是温暖的阳光嗖的一下消失了，只有冷如冰霜的寒风。

“但是……”

“但是，”他强调道，“楚倩，你挺能啊，敢关舰桥的通信了？无视纪律，擅自脱离队形，还做出危险动作，真是翅膀硬了！在高能激光束之间穿来穿去，嗯？我该夸你还是给你个大奖状啊？”

“雷舰长，其实当时我俩因为吵架才……”我话都还没说完，雷舰长一挥手，止住了我的话头，“陈晓云，下次说话之前要先喊报告。”他对我倒是不那么严厉。

“是！”

“我愿意接受一切处罚。”楚倩低着头，“但是我当时是有把握做到不干扰任务的正常进行的，我最后也没有碰到激光束，或者影响推星作业……是尘埃球的出现太过意外。”

“这样说来，你对自己的这次违规行动，还颇为满意，认为这体现了你高超的驾驶水平？”雷震静静地看着她，“我可不这样觉得。”

他伸手从空中拿下一个信息框来，里边是一个飞行记录的文件，“飞行记录里，你的生理指标可是典型的应激状态。楚小鬼，你当时紧张得要死。”

“飞行记录里，大大小小的错误加起来不下二十次，其中很多都有成熟的应对方案。哦，飞控辅助被你关掉了，如果你还开着，会有更好的操作提示。”

“当时哪有那么多时间去想……”楚倩有点儿不甘心地反驳。

“而控制权转换记录显示，最后的操纵权在你的学生手上，最终的操纵可是你的学生完成的。”雷舰长沉下声来，“就这样还敢自称水平高超？我看你连你爸爸的水平都没到！”

楚倩抿着嘴，握着拳，没有说话。

雷舰长不紧不慢地说：“纪律是用来遵守的。你们这些小年轻，冲动的时候最好估计一下后果。英雄不是随便逞的，也不是每个人都可以逞的。”

“‘喧嚣号’不需要自以为是的英雄，需要的是团结一致的行动和钢铁的纪律。”雷舰长转向楚倩，“抬起头来，楚小鬼。”

楚倩把头抬起来，她的眼角映着飘动的冷光，亮闪闪的。

双方都没有说话。雷舰长站得随意却挺得笔直，像是一座挺拔的雕像，刀削斧劈。他比楚倩高出不少，楚倩像是一只死硬死硬的小猫，仰头盯着他。

没有任何对话，两边的较量变成了两个持刀相向的日本武士，时刻观察着对方的破绽，真正的决胜应该是长刀出鞘的一瞬间。

塔台里的空气开始变得黏稠，就像是新风机坏了一样，让人浑身不自在。我真希望那个家伙突然跳起来大吼一声，骂我们一顿也好受点儿啊，因为没丢下来的第二只靴子才是最让人胆战心惊的。

周围一点儿声音都没有，雷舰长和楚倩还在对峙着。舰长所在的指挥室里，一个工作人员蹑手蹑脚地出去上厕所，脚步轻得像一只猫。

1分钟，2分钟，楚倩最终败下阵来。她慢慢地低下头转向我这边，躲开雷舰长的目光，她捏紧的拳头也无力地背在身后，脚尖有些局促地点在地面上扭来扭去。高傲的日本武士消失了，这里只有一个闯了祸的小女孩。

“停飞审查和心理鉴定程序你是知道的，自己去处理，禁闭也自己去领。好了，今天到此为止。你先走吧。”雷舰长的声音恢复了春日般的温暖，朝我们点了点头。

楚倩不声不响地走了，一直被晾在一边的我见状终于舒了一口气。太难熬了，我实在是难以忍受这种剑拔弩张的气氛。我匆匆地站起来，向雷舰长道别，也准备离开。

“等等，陈晓云。你留下。”雷舰长用手指敲敲桌子，发出咚咚的声音。

17. 往昔如雷

“是……是！”我马上立正，转过身来，我感觉后背冒出了冷汗。

雷舰长的目光越过我的肩膀，他不耐烦地挥挥手，像是在赶人，但是对象不是我。

“来，小伙子，别这么拘束。”

雷震在椅子上坐下来，卸掉了刚才的不耐烦和严肃，只剩下锋芒尽收的自如。他的表情真挚，就像一位特别看好你的老前辈一样，温暖而亲近——如果我刚才没有见到他训斥楚倩的样子，我真的会这样认为。

“看看你，绷得那么紧，这里失重，你这站得七弯八拐的，玉米秆都比你笔挺呢。”他很随意地活动着手腕，“来，别这么紧张，这不是审讯，坐下来就行。”

“怎么了，对我这么有戒备？楚倩给你打了预防针了？我先跟你保证，我们接下来的聊天，绝对不涉及今天的这点破事儿。”

“哦……这样。”虽然我还是有些放不开，但是脑中的弦却不争气地松了下来。

他看起来真的很像老谋深算的特工，微笑着，只用几句话就化解了我的心理防御。

“陈晓云，嗯，中级太空工程师，舱外作业许可证，中级建模师，人工智能……你还是个多面手。现在……在黑洞舱上班，在E工程队兼职，前段时间，才找的楚倩学飞行？”雷舰长调阅着我的档案，“现在的年轻人，真是比我们当年强多了。我三十年前上天的时候，还得跟着运输机玩自由落体，躺在载人火箭的顶上才能上天，根本没时间学别的东西，你可算是个正儿八经的‘复合型人才’。”

我有点儿不好意思，“不敢当，其实就是学得多了，却在哪方面都不精通。”

“现在你还参与了科学项目的研究？”

“嗯，我发现了一个异常的现象……已经和随舰科学家取得了联系，完成了科研立项。”我简单地和雷舰长介绍了一下我、楚倩和达维多维奇三人捣鼓的声场探测以及引力波分析项目，连带着今天听到的声响，我也一并和他说了。

“那你其实不用担心留舰问题的。”他像是看穿了我的心思。眼见这句话把我吓得不轻，雷舰长摆摆手让我坐好，“你看你，这么焦虑，这样怎么算是一个优秀的宇航员？如果需要找人谈谈心，舰上的心理咨询部门非常愿意帮助你。”

一下子把我的底给掏了个干净，真不愧是舰长。

“所以说，你认识楚倩，也是前段时间去学飞行的时候？”他问出了第一个问题。

“这倒不是，我认识她挺久了。”不敢隐瞒，我便一五一十地把认识楚倩的过程和雷舰长说了一遍，连带着她如何带我飞行、如何帮我联系达维多维奇的事情都说了。我一口气说了快半个小时，他就一直认真地听着，不时还问几个细节上的问题。

“看上去你俩的关系还不错。”他狡黠地笑了起来，“你们俩在开舰载机的时候吵得很欢嘛！”

“不过，正副驾驶还是要多多配合，吵架可以放在回来之后。”他摩挲着下巴，又敲敲自己的脑袋，“年轻人一吵架，情绪激动，就容易做出冲动的选择。我希望你不要被情绪冲昏了头脑。”

我点点头。

“那么，我拜托你一件事。”他的声音沉了下来，显得郑重其事。

“我？”这个稳重得像钢板一样的家伙有什么需要拜托我的？

“我希望你在回程的时候，盯着楚倩一些。”他盯着我的眼睛认真地说道，“她是个会冲动的人。”

这真是太奇怪了，楚倩这么强的家伙还需要我管着？别说需不需要，就算我去管着她，她也会十万个不愿意吧？我可没有那么大的本事能管住她。

察觉到我的疑惑，雷舰长似乎并不意外，“那我们换一个说法，楚倩和你提起过她的家庭吗？”

我仔细地思考了一下，好像真的没有。从我见到她开始到现在为止，她都未曾说过和自己家庭有关的事情。不对，就在刚才，在飞机上她好像提过一句，“我只是知道，她的父亲以前好像是一名宇航员？”

雷震点点头，他从抽屉里拿出了一张照片，很罕见的纸质照片，“没错，她的父亲以前是一名宇航员，或者说是Fighter Pilot，是一名战斗舰飞行员。”

我把照片接过来看，上边是几位英姿飒爽的飞行员，穿着臃肿的旧款航天服。照片是在月球高轨道上拍摄的，能看到背景里半圆形的月亮，几位飞行员一字排开，阳光照亮了他们的脸，他们的笑容自信而阳光。

“左起第二个是楚倩的父亲。”雷舰长点了点其中的一个人，“我当时和他们在一起，不过我是拍照片的那个，照片里就没我了。”

“你可以把它扫描到你的终端里，不过我不建议你把这张照片给楚倩看。”雷舰长郑重地说着，他压低了声音，“我接下来要说的话，你要不要听？如果你想继续听，就得答应我这个要求。”

“答应什么？”

“帮我盯着楚倩。”他突然提高了半个音调，“我就问你一句话，干！还是不干！不干我找别人去。”雷舰长这话说得不容置辩。

“是，是！保证完成任务！”

不知是吓的还是应激反应，我的回答脱口而出。雷震有些惊异我回答得如此之快，过了一会儿，他搓了搓手，“我接下来和你说的事千万别说出去，这算是个机密。”

“哦，我知道了。”我话刚说完，他的眼睛嗖的一下锐利起来，目光像刀子一样直射过来。

“是！明白！”我立刻吼道。

“楚倩的父亲，已经不在了！”他沉默半晌，低声叹道。

我的颈子一冷，不祥的预感涌上心头。像是被泥沼中的毒蛇缠住了脚踝，它缠绕着我的身体一点点地爬向脖子，它吐着芯子，审视着已经到手的猎物……难怪提到她父亲的时候，楚倩的反应那么大。我略有一些庆幸，当时没有继续深究这个问题。

“关键……他可能是因为她而牺牲的。”雷舰长补充道，“当然我们对外不是这样说的，但是楚倩知道了事情的经过。”

毒蛇闪电般爬上了我的脖颈，锁住了我的喉头，窒息的感觉淹没了我，我的视野有些发黑，心脏怦怦直跳，我努力稳住自己的情绪，问道:“怎么发生的？”

“他是战斗舰飞行员，负责太空港附近的日常巡逻。一次，一艘客运太空艇遭遇太阳耀斑，因为那还是一艘老型号太空艇，屏蔽没有做好。高能粒子打在了某个芯片上，造成了逻辑翻转——你应该知道是怎么回事，太空艇的动力控制锁死在了全速，然后它就对着我所在的太空港冲过来了。

“那艘太空艇已经无法控制，在抓紧时间弹射了大多数乘客之后，它冲破了几艘拖船的拦截和阻尼网。为了保护太空港里更多的人，港区的指挥官下令击毁它。

“楚倩的父亲正好就在附近，他接到了命令，在施救无效后开火击毁了那艘客运艇。

“只牺牲了三个机组成员和一名没来得及撤走的乘客。”雷舰长停顿了一下，下了很大的决心才说出这两个数字。

“这本是件不得已而为之的事，能做到这样已经是最好。但是事后，楚倩父亲的生活几乎没有消停过。各路无知的记者蜂拥而至，还有那一群群所谓的知道真相的人。很多人说他是杀人犯，尽管军事法庭判决他无罪，而且他也没犯任何错误，但现实不是可以讲道理的。”

真是像极了那个经典的哲学命题，两条铁轨上各有一群孩子和一个孩子，单独的那个孩子告诉一群孩子那儿是有车的铁路，不能在上边玩耍，但是他们不听。现在火车来了，扳道的按钮在你的手上，你是选择按下按钮解救那一群犯了错的孩子，还是不按按钮解救那个做出正确选择的孩子？

有些人可以轻松地做出回答，然后理直气壮地给出自己的理由，甚至和别人争辩不休，因为他们知道这一切只是假设。但只有当你真正面对这种情况、必须做出抉择的时候，才会发现你很可能什么都做不出来。

“后来啊，在家属们都达成谅解、拿到抚恤金之后，有一些所谓的正义感爆棚的家伙找上了楚倩父亲，甚至找到了当时还在上学的楚倩。”说这话的时候，雷舰长毫不掩饰自己的不屑，“能找咱们麻烦的人很少，毕竟不是谁都有本事上太空的，他们也不敢找我们的麻烦。但楚倩当时还在上学，那帮家伙就整天缠着小姑娘，搅得人不能安生。公安部门总不可能24小时盯着，那些人来了一批又一批，不知道哪来的那么多。更要命的是，媒体也开始质疑她的父亲，各种说法都冒出来了，什么‘其实可以拦下飞船’，或者‘可以把飞船推开而不伤到里边的人’。

“哼，他妈的有这么简单就好了！”雷震难得爆了粗口，“后来围堵小姑娘的人就更多了，连她的朋友都不相信她，她被孤立了。现在想想，那帮家伙真应该被抓起来敲碎脑壳，扔到西伯利亚去喂棕熊。”

细细咀嚼着这些话，我努力想象着她当时的处境。

“她的父亲远在太空，没法及时赶回去，等到他把工作交接完，急匆匆地往回赶的时候，他乘坐的穿梭机出了事故。”雷舰长叹了一口气，真是难以想象，这个钢铁一般的男人也会有这样无奈的表情，“致命的巧合吧，死亡的原因是座舱失压。飞行记录在出事之前就中断了，最后的调查结果是因为维生系统未设定完整，一个致命的BUG绕过了几重检查，导致穿梭机内部的空气循环停止了，变成了开环系统，机载系统一直在自动排出多余的二氧化碳，却没有充入新的氧气。估计等到他们注意到的时候，已经来不及操作了。

“但是，他们有什么证据、有什么理由说他——一位太空飞行员——是自杀身亡的！”雷舰长一巴掌拍在桌子上，甚至把一些摆件给震得飞了起来。

我从没见过他这样生气，也从未听说过楚倩曾经有过这样的故事。雷舰长没有说话，我也没有说话。

那条毒蛇轻吻着我的脸颊，注入了不致命的、却痛彻心扉的毒液，楚倩的魔王形象在我心里渐渐地融化了，她现在只是一个需要关怀和照顾的姑娘。

18. 未尽的独白

“所谓人死账清，楚倩她父亲的死让所有人沉默了，这事情也平息下去了。至于那次事故究竟是一次致命的巧合，还是一个精心策划的行动，也没有人在意了。不过，这些事情对于一个正值青春的孩子来说，着实太过沉重。”雷舰长声音低沉，“说到底，当时我们的工作也有疏漏，没有和她好好地把事情说清楚。这件事情，对她的性格也产生了很大的影响。”

“好了，故事说完了。”雷舰长的椅子转过去，背对着我，我只看到他那坚实的背影，“故事是过去的事，但没有人想看到这种事情再发生。”

“还有这次的违规事件，”雷舰长点出一个信息框来，“你是学员，违规操作也不是你的责任，所以对你没什么处罚，写一份检讨书就可以了。第四航空队那边会帮你换一个老师……不用担心留船的事情，专心学习和工作，你的科研项目也能继续。注意身体，年轻人不要没日没夜地拼……”

说完，他推给我一个锁着的盒子，“走的时候带上这个。你和她相处可能会需要，虽然我希望你用不上。”

“这是什么？”

“手枪，是她的。”他的目光如炬，“以防万一。”

没有“石头落地”的感觉，我只觉得心里空落落的。很多时候，摆在你面前的两种选择都有着难以接受的后果，但是如果你足够强大，就能找到第三种选择，而不需要面对痛苦的抉择。

我觉得我该去找她。

我也需要去找她。

只是我不知道是否还来得及。

走出舰桥，我在“喧嚣号”的中轴线上奔跑起来，就像在空中飞行。我需要找到她，当面向她吐露我的疑惑和不解，向她寻求一个答案。这些问题在我的心里埋了很久了，而我自己却一直都没有发现。你和我说过很多道理，是你告诉我可以不选择留念，也可以不选择在原来的岗位上安静地等待裁撤；你还向我展示了在死亡之中求得一线生机的巨大力量。

可是很多时候，我们好像都不够强大，楚魔王。

我拦住一个人。

“楚倩？那是谁？”一个胖胖的中年人摇了摇头，他的肥肉随着航天服摇来摇去。我一把推开他，转过身准备继续跑，背后传来他激动的喊叫声，“哎哎哎，你这人，怎么这样呢……”

“不知道她在哪儿，我没看到她。”一位工程队的同事回答了我，继续喝他的饮料。

“楚倩？是个姑娘？刚才有一些人走过去……朝那边去了，不知道里面有没有她。”一位陆战队员给我指了个方向。我过去一看，那边是条断头路。

天哪，这帮家伙到紧要关头一点儿用处都派不上！

仿造太阳光设计的、柔和的照明天花板渐渐地暗下去，取而代之以温柔的黄色灯光，“喧嚣号”的傍晚到来了。在轻柔的音乐声中，忙了一天的舰员们开始逐次交接岗位。楚倩的宿舍空无一人，她待过的静思室依旧封闭，她去过的酒吧熙熙攘攘。哪里都没有她的影子。

楚倩，你会在哪儿呢？在孤独和需要安静的时候，你会去哪里呢？

脑中灵光一闪，我用最快的速度冲向舱外工程队的整备室，在一群人惊讶的目光中，找出我的工程航天服套在身上，然后背上一个推进背包。

“陈，你去哪儿？”马尔克斯也在，他正用自己的终端发送信息，见到我像是快进一样的动作，惊讶极了。

“做和你一样的事情，队长。我申请出舱！”

几秒之后，马尔克斯就反应了过来，“登录你的ID，出舱许可已经给你了！去最近的气闸，出门左拐再直走！我看好你，加油！”

气闸打开的时候，耳膜有轻微的不适感。无尽的虚空笼罩了我，我开动等离子引擎，向着舰艏的飞行甲板飞去。“喧嚣号”此时没有加速，我用极快的速度滑行着，像是一道闪电划过。“喧嚣号”的飞行甲板后边就是舰载机的整备区，所有回收的舰载机都会在那里进行保养、维修和测试，而在整备区的侧面，有一排可以看到舰载机和整备区的天窗。

现在那里处在背阴面，一片漆黑，只有几个航行灯断续地闪烁着。我把头盔上的LED灯打开，雪白的灯光照亮了一片有限的区域，捕捉到了一个小小的人影。

长长短，短（GE）[①]。我控制着灯光闪烁。

晚上好，楚倩。

我重复发送两遍后，她有了回应。

长，短短长，长长长，长长（TU,OM）。

他妈的居然叫我老男人！我操纵着背包飞过去，速度飞快。

“干什么？赶着去投胎？”一则消息跳出来，自然是来自楚倩。她斜倚在整备区的天窗外，身上挂着一根细细的安全缆绳，苗条的影子隐藏在光影中，刚刚变成金色的灯光落在她的身上，像披了一件现代风格的金色纱丽，“你怎么也出来了？”

“楚倩，我问你件事。”我把双手搭在她的肩膀上说道。

“把手放开，等一下，你放开！”她被我的动作吓到了，“今天我带了电池，这里也在偏转电场里……我算是服了你了。”

我从背包里拉出一根导线给她，她有点儿无奈地接过去，插在宇航服的接口上。楚倩的宇航服没有和我一样的背包，只有舱内移动的能力，真不知道她是如何飞到这里的。

“现在说吧，什么事……”

---

①莫尔斯电码。“GE”是“Good Evening”，后文的“TU”是“Thank You”，“OM”是“Old Man”。

我咽下一口唾沫，面前的人亭亭玉立，熟悉又陌生，看起来坚强勇敢、果决自信，却又和普通人一样脆弱，有着别人所不知的故事。现在的楚倩，像是一个我终于看清面貌的宝盒，我拂去了上面的灰尘，端详着宝盒上美丽的花纹；我还有一把能对得上的钥匙，我究竟要不要试着去打开这个盒子？

我不知道盒子里究竟是光芒四射的珠宝，还是装满毒蛇的陷阱；我只知道，我一旦打开盒子，就再也没法把目光移开了。

"你……不在船里待着，来这里干什么？外面……还是不安全，'喧嚣号'可能会再次加速，你看你只穿着便捷航天服……"我有点儿语无伦次，但是终于捋顺了自己的舌头，"你这样会让人担心的。"

她歪了歪头，隔着金色的面罩，我看不清她的表情。

"在这里可以看到我们的舰载机。"楚倩敲了敲舷窗，"你看看它的样子。"

我凑过去看，在整备室温暖的光芒下，有一架JL300满身伤痕，外层的隔热层消失了大部分，露出了铝合金和钛的本色，亮闪闪的。

她出神地看着舰载机，隔着厚厚的舷窗玻璃，像是看着奖品的孩子。恍惚间，周围的一切仿佛都沉浸在空荡荡的黑暗里，整个世界就剩下我、她和我们的飞机，还有满目的星辰。

"我俩把飞机糟蹋成这样……"

"是我弄的啦，没你的事情。"她说，"都说飞机是飞行员的老婆，把老婆折腾成这样，我也觉得心疼，处罚我也是应该的。"

"你别把责任都揽上，我也有份……"

她摇摇头，轻轻地推了我一把，"好了，你别说了。这次的处分是该我领的，我不能再连累你了。关禁闭，停飞做审核这一套下来，回港之后，我就得下飞船啦。”

“所以后面一段时间，我就教不了你了，你跟着新的老师，好好学啊。”她面对着我飘起来，不知什么时候，她的安全索已经解开了，和我相连的电源线也被她拔了下来，“飞机看够了，我们回气闸，你送我去禁闭室吧！”

等一下！你要下船？山呼海啸般的阴影卷来，楚倩淹没在了阴影里。

一阵心悸，我狠狠地蹬了一脚“喧嚣号”，液压加力的推力传来，我像炮弹一样朝着楚倩飞过去！

“你干什么……哇！”她惊呼，我一手抱住了她的腰，“我又不是要自杀，你干什么！”

我沉默不语，开启了工程服的液压加力，巨大的力量让我轻松地抓住了她试图推开我的手。

“不是，楚倩，楚倩！停一下！”

“放开我！你想干什么！”

“听我说！听我说！求你了，先听我说！”我俩的面罩相撞。这些话很久之前就憋在我的心里了。

楚倩，我们都没有那么强大，我们都不需要那么坚强。

如果可以，我希望我能帮助你，帮助你解开心里的结。

你也能给我帮助，帮助我看清内心的迷茫。

楚倩出人意料地停止了挣扎。贴得这么近，我能看清她的每一个微表情。她专注地看着我，及肩的短发没有乱飘一气，而是服服帖帖地待在她的耳后，就像此刻的她一样温顺。

“楚倩，我……”

忽然间，警铃大作！

刺耳的警报声骤然响起，“喧嚣号”里温柔的金色光照立刻被闪烁的红光代替，连舰体外边也亮起了红灯。与此同时，我的周围开始疯狂地涌出各种信息框。

特情！货真价实的一级特情！

“黑洞舱，全体集合！”有声音在我的头盔里炸开，“黑洞相对定位漂变[①]！”

该死的！

“对不起。”气闸就在眼前，看着面前的楚倩，我咬咬牙放开了手，松开了加力，把她朝着气闸里一推。

对不起，对不起。这是多么廉价的道歉啊！要是道歉有用，人为什么还会害怕犯错？

可是我不能不放手，遥控气闸门落下，然后开始气压平衡，我看到她冲向了舷窗，正在冲我挥手。

不敢回头，我操纵着宇航服飞往黑洞舱。

---

① 原意指“基因漂变（drift）”概念，此处指偶然因素导致的变动。

19. 一级特情

“陈，看一下声场显示器！黑洞的位置偏离得很厉害，静思室的声场已经乱成一团了！”达维多维奇的通信焦急万分，“这里不安全，我们先撤离了，你们快把黑洞的位置整回去！”

“知道了，你们注意安全！”

气闸关闭，气压平衡的绿灯一亮，我就一边脱宇航服，一边朝着黑洞舱冲去。一进门就看到王鹏已经坐在位置上了，他还责怪我为什么来得这么迟！

“我哪知道会有这种情况！这种事情从‘喧嚣号’建成到现在就没发生过！”好在之前就做过各种各样的演习和训练，这种百年难得一遇的事故我们也不是不能处理。翻身坐在椅子上，数十个显示屏在我的面前依次点亮，“黑洞舱呼叫舰桥，BE02上线！”

“舰桥明白。”

系统的进度条读完，我快速地扫了一眼各项数据。见鬼了，双子黑洞的稳定度已经跌到警戒值以下，几个曲线图正跳得和舞池里跳恰恰的舞女一样。舰载AI正在全力平衡黑洞，调整它们的相对位置，但是AI显然有一点儿力不从心，需要我们的介入。

“怎么会搞成这样？”我俩的情绪稳定下来，噼里啪啦的键盘声此起彼伏，标志着这场战斗正式打响。

“就在刚才，我盯着屏幕，喝个水的工夫就跳红了。”王鹏的速度比我快得多，转眼间他就加了一段代码进去，但是黑洞的状态没有什么好转，“这次情况不妙，准备切干预。”

“明白。”

黑洞是一个无法通过常规手段约束的东西，在黑洞的视界[①]以内，已知的物理法则都对其无效。我们也没有像力场那样的黑科技，大多数时候依靠的是“喧嚣号”本身所形成的重力阱。但是如果需要主动干预，除了调整“喧嚣号”里的一些压载物外，我们没有什么太好的办法。

还好这两个黑洞是在同步加速器里产生的，质量不算太大，我们还能想点儿别的办法。其中一个办法就是朝着黑洞投放物质，在吸收了物质之后，两个黑洞的南北极会放射出黑洞辐射，射线撞击铁镍小行星后，会产生类似于水上飞机的“地面效应”[②]。我们能借着投放物质的角度、速度和总量，对这种效应实施控制，从而干预黑洞的相

① 即黑洞的“事件视界”，通常认为在该线以内，任何光线皆不可能从中逃脱。

② 亦称为翼地效应，指运动物体贴近地面运行时，地面对物体产生的空气动力干扰。这种现象在飞机或赛车产生的气流被地面或水面影响时会发生。

对位置。

但这不是一项简单的工作。小黑洞的事件视界非常小，我们需要高精度的激光对准那像是陀螺一样自转的双子黑洞，才能“喂”它俩“吃东西”，而且高能的黑洞辐射会让黑洞核心的温度持续上升——更重要的是，我们现在只有两个人！

舰桥分配了一些其他部门的人帮助我俩，他们的全息影像投影在空荡荡的办公室里，一时间竟让人有点儿分不清现实和虚幻。

“舰桥，BE02报告，主动干预申请。”

“申请许可，启动主动干预。”星野的声音带着一丝紧张，“损管[①]部门请就位。”

“暂时还不需要。”我交出编程的任务，伸手握住质量投放的控制杆，放在兜里的声场终端硌着我的腰，我把它取出来，放在面前。终端上显示着声场的曲线，一些杂乱的光点在无规律地跳动。

“稳定度如何？”王鹏问道，爆豆一样的键盘声一刻不停。

“72%，低于警戒线3%，高于临界值22个点。”

“核心热况呢？”

“正常，还在许可范围内。”核心指的是黑洞核心，我瞄了一眼屏幕上的温度计，还在黄色区域内，“我开始投料了，首批一组，激光投放开始。”

虚拟视野中，黑洞的四周出现了耀眼的激光，我按照王鹏给出的模型开始操作，就像是同时操作着好几把只有微米粗细的手术刀，给这两个不安分的小家伙做手术。随着物质被黑洞吸收，双子黑洞周

---

① 损管是损害管制的简称。损害管制是指舰艇为保持或恢复自身生命力所采取的预防、限制和消除损害的措施和行动。

围的吸积盘迅速变大，像是一个高速旋转的陀螺。

“稳定度75%，有效。”

“很好，核心热况？”

“正在上升，但是低于警戒线。”

王鹏双手不停，他很快为AI打上了几个补丁，让它能够对付目前的情况，我则根据这套新的模型调整干预的方式。

“自动调控一号模型完成！”我摘下耳机大口喘息，这才发现汗水已经湿透了自己的内衣。虽然交流不多，但我俩的精神高度集中，工作强度非常高，航天服上的生命监测系统正在震动，提示我的生理指标出现了异常。

“30分钟观察时间，倒计时。”

“小陈，你休息一下，盯着数据，我抓‘虫子’！”王鹏的精神状态很不错，难得有他这样全力以赴的时刻。接下来的工作直接交给电脑就可以，王鹏需要做的就是找到新模型中的BUG，而我需要目不转睛地监控这个新模型，并对它的稳定程度做出评估。随着模型运行反馈越来越多，舰载AI能够越来越顺畅地帮助我们控制黑洞的位置。

一般情况下，这次的任务就到此结束了。我调出信息框，楚倩的通信状态是灰色的，通信管制已经全面启动了。你安全回来了吗，楚倩？

“王部长，你的身体状态不是很正常，让轮机部门接手Debug[①]吧？”星野小姐建议。

王鹏很不客气地拒绝了。

“不正常个姥姥，我明明好得很！到嘴边的鸭子，哪有让它飞了

① 即调试程序，用于排除程序故障。

的道理啊！”

王鹏的工作终究被轮机部门接手了，他的身体指标很糟，而Debug又是个可以先放手的工作。接下来，我们只要等待30分钟，等到AI适应了新的模型，就可以宣告危机解除。对黑洞的主动干预做得差不多了，我松开控制杆，看着黑洞的稳定系数逐步上升，一切似乎已经尘埃落定。

桌面上的声场终端亮起了红色的指示灯，我的注意力被它吸引：那些像是群蜂乱舞的蓝色光点好似被花蜜吸引，逐渐排列成了一排排整齐的队列，队列之间的蓝色光点震颤着，逐渐向两边靠拢，变成了密密匝匝的栅栏，又像是凝固的波浪。

等等，凝固的波浪……引力波！我伸手划出通信面板，准备呼叫达维多维奇。就在这个时候，声场终端的红光像是瘟疫一样，蔓延到了几乎所有的信息屏上！

全面警报！黑洞的稳定度瞬间掉了近20个百分点，舰载AI反射性地投放了大量物质试图稳定黑洞的位置，却让黑洞核心的温度急剧攀升。现在用脚趾头都能想到，在小行星中央的黑洞核心里，如喷泉一般的射线横飞乱射，导致黑洞核心的温度上升到一个可怕的程度。

“应急冷却！”我按下按钮，冰冷的液氮涌入管道，取代了已经不堪重负的钠锂合金[①]散热系统。隔着舰体，所有人都听到了砰的一声巨响。

这是急剧汽化的液氮冲破限压阀，涌入宇宙的声音。

“王鹏，怎么回事？”是轮机舱的人，“刚才还好好的！”

---

① 一种液态金属，常用于核反应堆的导热。

“晦气！”王鹏扑回电脑前，“一群废物点心，陈晓云！”

“稳定度61%，持续下降。核心温度超标3.2%，临界区！”长久地配合磨出来的默契，让我本能地回答和动作，重新握住了控制杆，“主动干预！”

本来，第二次的操纵因为有第一次的基础会快很多，我们理所当然地开始对第一次的模型进行修改，并且依照模型控制对黑洞的主动干预。我才做完第一次投料，我的视野嗖的一下变成了红色！

稳定值又掉了整整10个百分点，进入了临界区！舰载AI自动切断了临近区块的普通用电供应，损管系统和救生系统上线！还好，备用的灯光随后亮了起来。

“怎么回事?!”雷舰长抢过了通信，他的咆哮声震得我们耳朵生疼。

“控制尝试失败……”

“不，我们能够控制！”王鹏打断我，“陈晓云，我们从头开始！”

“明白！”我立刻切出了已经失灵的模型。

“冷却剂超压！液氮不够了！”轮机舱那几位有些进退失据。

“那就拿你们的超导液氮！”王鹏吼道。

我的手微微颤抖，面前的数据没有丝毫起色，黑洞依然在控制区里到处乱窜，投料用的激光只能追着它俩乱跑。如果我们失手了，会怎么样？如果按照手册的描述，黑洞会冲破“喧嚣号”的铁镍核心，或许还会吞入大量物质，然后放出足以致死的黑洞辐射；而“喧嚣号”的舰体则会被开出一个无法修复的大洞，全舰失压，所有人都会死。

控制杆被我死死地抓住，整个世界变成了一个倒金字塔，端点就压在我的手上，气氛凝重到令人窒息。

20. 为了至爱

这次的战役开始进入极其艰难的攻坚阶段，接下来的每一刻、每一个操作都变得至关重要，事关生死。王鹏的键盘敲击声连成一片，像是节日里燃放的爆竹。我一只手操作键盘，另一只手握着物质投放的控制杆。

黑洞的位置控制是一个高深的数理问题，从投放物质的多少、投放的角度和速度、激光的角度和强度等诸多方面一起下手，同时还需要对舰体的质量分布进行调整。舰载AI在我和王鹏，还有一干轮机舱的工程师们的引导下，努力地跟上黑洞位置调整的工作。

“乖儿子，听话，听话，不要乱动！”我喃喃道。

自我暗示下，我开始慢慢地进入一种机械状态，眼前只剩下无数飘动的数字、曲线图和柱状图，手也是不自觉地操作着键盘和控制杆。我真的颇为怀疑，这种不通过大脑而直接由脊椎的低级反射完成的操作，究竟还有多少准确性。现在，全舰人的性命系在我的手上。你扳下的道岔并不仅仅意味着几个只存在于思想实验里的小孩子，而是真真切切的、活生生的人命，他们里边的许多人你都认识，是低头不见抬头见的朋友或者冤家，又或者是你热爱的人。

“数据。”王鹏的命令短而急促。

“稳定度……呼，67%，回升。核心温度，超标……4.0%，临界区。”我说话喘得很厉害，“降温正常，但是液氮消耗很快。”

“BE01，你的工作状态有问题！”有人在频道里喊道，随后砰的一声，王鹏的工作台被断了电。

“医疗队，快去黑洞舱！”舰桥的人呼喊道。

我的神经一紧，屏幕一角里我的心跳、呼吸和血压等指标也如屏幕上的数值一样飘红，险险地停在象征极限的红线之下。

“不，让我接入，我还能工作！”王鹏吼叫起来，他的声音有些沙哑，我们曾经和他开玩笑，他若去当歌手可以胜任中性和西部两种风格，可现在听起来却毫无西部歌手的沧桑之感，只有困兽的怒火，还有不甘。

他捶打着显示器的玻璃，发出吼叫。陆战队员冲进我们的办公室，迅速地控制了癫狂的王鹏，一个医生朝着他的脖子打进一针镇静剂，他就像没电的收音机，安静了下去。

“BE02，陈晓云，你来接手BE01的工作！”舰桥迅速地分配完工作。

BE01是王鹏的号，BE02自然是我的。我的号码曾经排得很靠后，现在却靠得很前了。

我？我来带头？我来带着那群还在交接黑洞舱工作的工程师处理这种一级特情？

手在颤抖，牙齿在打战，可怜的大脑在我的脑袋里不知所措。

“接手工作，BE02，快！”

“好……好！”我的前面再没有谁能帮我扛着了，不会再有什么强大而自信的人帮我分担压力了。就连“喧嚣号”，如此优雅而伟大、如此坚不可摧的太空巨舰，现在都处在生死一线，她朝着我们绝望地伸出手，希望我们能救她一命；而我，现在站在离她最近的位置。

我应该做出什么选择呢？

“报告现在的情况！”我喊道，希望这句破了音的指令能让我找回信心。

“稳定度69%，停止上升，开始回落！核心温度超标5.2%……高于临界值！”

“强制冷却！谁来接过主动干预？数学好点儿的，跟我一起重新写模型！”我回忆起了演习的内容，现在需要做的就是控制住核心温度，为重写模型争取时间，“我现在把模型分开，你们做一下任务分配，要快……”

“液氮储量低于警戒线，冷却剂压力超标。”AI回报了一条致命的消息。

又是限压阀被冲开的声音！隔着厚厚的舰体，我都能感觉到高压氮气冲出排气口的尖锐叫声。与此同时，黑洞舱的温度急剧上升，声光警报闪烁鸣叫，舰体内已经开始出现温度上升的迹象了。

“核心舱顶不住了！怎么办?!”有人绝望地喊叫，“稳定度还在往下降！”

坏消息一个接着一个。若是隔热层被破坏，且不说黑洞逸出的危机，暴怒的等离子体将会瞬间汽化它能接触到的一切，然后释放如核爆一般的高压，将“喧嚣号”的中部整个炸飞；接着，失超的超导电池组将会发生连锁反应，把“喧嚣号”烧成夜空中一朵亮银色的烟花！

“没什么怎么办的。”雷舰长的声音冰冷锋利，“所有人员注意，准备撤离核心区，黑洞舱准备紧急释放！

“把黑洞弹出去！黑洞释放指令，一级授权！”他和另一位舰长各自取出一把金灿灿的钥匙，共同插入了控制台。

我的控制台黑了下去，上面显示出一个巨大的警示标。

“拿出你的钥匙，砸碎操作面板，准备启动二级授权。”雷震说的每一个字都像是从牙齿缝里挤出来的，铿锵有力，震得我头皮发麻。

紧急释放？用“双人钥匙”放出黑洞？我从没有想过会走到这一步，在我的印象之中，“喧嚣号”就像一个无坚不摧的泰坦巨人，而且永远不会有一个名叫索尔的家伙来捣乱——在神话中后者设计击败了前者。她是那样的巨大而完美，以百万吨来计量的庞大身形，拥有无与伦比的力量。现在，居然要我掏出她的心脏，然后放弃她？这不可能！

这个巨大的家伙承载着我，那个小小的我，还有我渺小的希望。她怎么能毁灭，怎么能受到一点伤害？

但是频闪的红灯和警报强硬地将我从呆滞中拽回来，我从贴身的口袋中颤抖着拿出那把银色钥匙，插进桌面。一声脆响之后，一把锤子显露出来，我用尽全力，把手伸向了那把锤子。

“陈晓云，你……你住手！”王鹏靠在墙上，正努力从陆战队员和医护人员的包围中站起来，“没我的命令，你不能启动释放口令！”他死死地握着他那把银色的钥匙。

“王部长，现在的情况已经是万分紧急了！”另一位舰长劝说，“我们要为全舰人的安危着想！”

“‘喧嚣号’，没了黑洞……还能叫作‘喧嚣号’吗……”王鹏惨然一笑，镇静剂压制了他的情绪，却没法改变他的决心，“两位舰长，别这么早放弃，给小伙子一个表现的机会吧。”

“遵守命令，王部长。”雷震话音低沉，“我不是开玩笑。”

“我也不是。呵，我都和那俩小崽子打交道多久了……”王鹏艰难地抬起手，划出一个信息框，“按照现在这个速度……黑洞的稳定度跌破临界值，还需要5分钟。给我们5分钟吧，到时候再动手也不迟。”话刚说完，他就把自己的钥匙插在了桌上，“时间一到，我就转动钥匙。二级授权，弹射黑洞，绝不拖延。”

短暂的沉默。

“150秒。”雷舰长说，“如果……”

“150秒够了！没有如果！陈晓云……你们把我的椅子推过去。”他的声音提了半个度，中气却明显不足。陆战队员和医生们把他的椅子推到了我的边上，“小陈，不要慌，想想平常的演习就好。给个倒计时，我们重新开始。”

我的屏幕上出现了一个红色的150秒的倒计时。王鹏的话奇妙地让我冷静了下来：没错，这就是一次普通的演习，那种被我吐槽了不知道多少次，熟悉到不能再熟悉的演习。只是，这次我们需要拿出满分的答卷，而且绝对不能输。

“AI的运算能力分派到物质投放的计算上，设定为自动模式，你手动操作控制杆。”

“是。”

“轮机部门，管好核心温度和压力，你们的液氮就别抠抠搜搜了，该用就用。”

王鹏坐在椅子上，指挥着我和几个轮机舱的人再次重构黑洞模型，进行主动干预。尽管镇静剂还在发挥药效，但是他的指挥一直没有错。这位唠叨的上司此时颇有一股弯弓射日的豪气，让人不由自主地信任。

我的呼吸开始平复。屏幕中，各项指数开始稳步回升。

“模型进度72%！”

“报告数据。”

“稳定度79%，稳步上升。核心温度超标1.3%，冷却剂压力处于临界值以下。”我坚定地回答，“时间还有76秒。”

真的很奇怪，这个连安定[①]都压制不住的男人，他所在的部门马上就要被裁撤了，决定文件都发到了他的手里，他完全不用这么拼命。那个喜欢折腾人、好面子和唠唠叨叨的老前辈，和这个瘫在椅子上、用颤抖的双手滑动屏幕的人完全搭不上边。

难以置信，我又发觉了自己的渺小。不论是在“喧嚣号”面前，还是在他的面前。

如果你面对着你的至爱，你会尽你所能去改变不幸吗?

王鹏一定会的，那么我呢?

“黑洞调控第二模型重构完毕，BE02开始监控，适应观察，30分

---

① 一种镇静剂成分。

钟倒计时，开始！”

在接下来难熬的30分钟内，黑洞稳定度发生过数次下滑，但是加载了第二模型的AI逐渐能够应对这些问题：主动干预，质量调整。我没有过多地干涉，舰载AI改变了之前错误的调控方式，黑洞开始变得驯服起来。

“30分钟倒计时结束，判断二号模型可行。”

随着舰载AI的宣告，全舰发出了震耳欲聋的欢呼声！

“欢呼吧！我就说……我们总能做出些成就来的！”王鹏支撑着站起来，我从工作位跃出，扶住浑身无力的他，“黑洞舱虽散犹荣，让‘喧嚣号’记住我们吧！”

话音刚落，他就像被放了气的玩偶，迅速地瘫软下去，仿佛刚才的欢呼抽干了他所有的力气。

这句狂傲的话没有任何人反对，陆战队员们贴心地把椅子的靠背放倒，让他躺上去，然后把他高高地举起。

王鹏歪歪斜斜地躺着，鼾声震天，像个英雄一样被人簇拥着推出去。

今天发生的一切值得被“喧嚣号”上的所有人记住，也足以在“喧嚣号”的历史中留下重重的一笔。

21. 忙里偷闲的晚会

这次事故之后，“喧嚣号”重新加速。根据地球方面的指令，我们需要更快地赶回地球，去检查这次特情发生的原因。黑洞舱的交接工作也被提速了——王鹏和我被邀请过去，作为老师指导轮机舱的工程师们顺利接手我们的工作。

轮机舱的部长隆重地接待了我们，为此他们甚至举办了一个小型的派对，而这件事情不知为何被两位舰长知道了，他俩顺水推舟就把这件事情办成了一次庆功晚会，为这次特情处理中所有为之付出过努力的人庆祝。在“喧嚣号”的中央大厅里，除去值班的人，全舰的人几乎都来了。

晚会颇为热烈，作为绝对的焦点人物，王鹏显得有些不胜酒力，他早早地被人灌醉，不得不去休息了。随后，在危机处理中跟着王鹏的我就成了“火力中心”，不少人向我敬酒，邀请我进舞池跳舞，我左支右绌，很是狼狈。虽然大风大浪的场面我见得多了，已经算是经验丰富，但如此热烈的情景可真是少见，几轮酒和交谊舞下来，我着实有些撑不住。

幸好马尔克斯看到了我的窘迫，主动出击，帮我挡下了不少邀请，我终于能坐在场边休息一下了。

“谢谢啊，马尔克斯，多亏了你。”我拍拍他的背，他朝我比了一个大拇指，“没事，好兄弟，困难时刻我永远和你在一起。”

“不过，你今天好像没什么劲儿啊，都没看见你进场跳舞。”

马尔克斯今天穿了一件浅色的礼服，打了领带，穿了马甲，装着方巾，完全就是社交天王的打扮，他却只是拿着一杯酒在场边，没怎么进去跳舞。这很不符合他的习惯，那个总喜欢和大家开玩笑、乐天派的马尔克斯，今天去哪儿了？

环顾四周，我恍然大悟，右手随便一指，“星野小姐，你好。”

马尔克斯果然朝我指的地方看过去，但是什么都没有看到。

“你个浑球儿。”他给了我一拳。

不过气氛活跃了起来，我问他：“你们进展得如何？”

“大概是共进晚餐的程度，不过上次之后，就没有再进一步了。”他把杯里的酒喝完，对我神神秘秘地说，“知道吗？星野最近在和别人通信呢。”

“写信很正常吧……等一下，你不会是指书信吧？用笔写的那种。”

“没错。”他严肃地说，“陈，这意味着什么，你明白吧？”

“意味着你有一个强劲的对手，值得人家姑娘写信的那种。”我给他打气，“有什么需要兄弟我帮忙的？”

“好吧，如果有机会的话，帮我撮合一下呗？提供一些机会也行。”马尔克斯看周围没什么人，偷偷摸摸地说，“你知道，我在这方面可不擅长。”

“就不怕我先下手为强？星野姑娘那么可爱，你再这样畏畏缩缩的，我就追她了啊！”

“我一点儿也不担心这个，”他恢复了欢快的语气和神情，“你的心已经是另一位姑娘的了！”

“跳你的舞去。”我使劲把他推进舞池，马尔克斯活跃起来，他同意了一位姑娘热情的邀请，踩着舞曲的节奏跳起来。音乐轻柔而富有韵律，在酒精的作用下，我总算能暂时将自己所有的压力放在一边了。

我的心已经被一位姑娘取走了吗？或许吧，她现在会在哪里呢？被关在禁闭室里？我看着手里的酒，又喝不下去了。我自嘲地想，不擅长喝酒装什么大尾巴狼呢，陈晓云，瞧瞧你自己的模样，多可笑。

舞池里的交流还在热烈地继续，雷舰长他们也来了。他的到来让大家都很惊讶，大家齐刷刷地安静下来，另一位舰长笑着让大家别把他们两个当舰长，当作普通同事就行了，场内顿时传出持久的欢呼和口哨声。

我坐在场边，要了一杯没什么度数的香槟拿在手里。

“嘿，我们的英雄怎么坐在一边呢？”一个女孩的声音从门口转进来。声如其人，星野小姐像活泼的小鹿一样跳到我面前，“没有女生接受你的邀请吗？”

“我就这么没有魅力吗？”和星野聊天没有任何心理负担，就像是和邻居家的小姑娘聊天一样，“我只是没有邀请姑娘罢了。”

“啊，难道晓云先生……你喜欢男的？！”

“并不。”我坚决地否认，“目前还没有和同性发展超越友谊关系的想法。”

“我听说，男生直到遇到他喜欢的男生之前，都是……”星野歪着头，思索着什么。

不行，这小姑娘中毒不浅，我一拳捶在她的脑袋上。

“痛。”

“星野啊，这种事情，不要带着预设观点去看，否则全世界都会是你脑补的模样……”我将话题引开，“今天是交谊舞会，你不去跳舞吗？”

星野今天穿着一条白色的连衣裙，脚下的高跟鞋嗒嗒作响，完全不是一个宇航员的打扮。这也让她在所有人中鹤立鸡群，异常醒目。我的目光在舞池里四处搜索，转眼工夫，马尔克斯就不知道转到哪儿去了。正主出现，这人怎么溜号了啊？

注意到我的目光，星野后退一步，拉起裙摆转了一圈，朝我伸出手，“英雄先生，不邀请我去舞池吗？”

“亲爱的星野小姐，在下一介奴仆，怎敢僭越，去牵起高贵的大小姐的手呢？”我笑着摇摇头。她这样也挺不错的，像个涉世未深的孩子，还没见识过外边的风风雨雨，若是有人愿意保护这样的天真，她的一生都会快乐无忧。

不过，说得好像你自己见惯了大风大浪似的……

马尔克斯正从人群中挤过来，我朝他竖起了大拇指，表示一切尽在掌握之中。

“马尔克斯桑！你好！”星野也看到了马尔克斯，兴奋地挥手。

祝你们有个愉快的约会。我趁此机会溜了出去。

22. 往昔的起点

雷舰长把刚走到门口的我拦住了。

“陈晓云，这么早就走？”他的嗓门不大，声音却铿锵有力。

“嗯，舰长好。”一时之间，我说不出什么话来。他身边几个正和他聊天的人友好地让开一个位置，让我加入他们的交谈中。

“喝多了？我看你站得直，走得稳，也没有说胡话。”雷震把我介绍给周围的人们，“黑洞舱的二号人物，这次特情处理的中坚力量。”

于是又免不了说上一通场面话，好一会儿，我俩才脱出身来。雷舰长对这种情况倒是游刃有余，“看你浑身不自在的样子，没点儿出息。”他把手搭在我的肩膀上，“站直喽，你的重力方向是歪的吗？”

我立刻站直，旋转环的重力自然不是歪的。

“这几天的工作还顺利吗？”

“还行吧，一切顺利，马上就要开始做事故归零[1]了。”

“工作辛苦。”雷舰长放下酒杯，他眯起眼睛，把我从上到下地审视了一番，“楚倩今天没来，不过她的禁闭已经结束了，如果你想去找她，我绝对不拦你。”

我没有直接回答他。

我踱出大厅，生活区的灯光温暖而洁白。被人看穿的感觉真的不是很好，我独自走在没有人的过道上，光源亮起、暗下、亮起又暗下，好像一曲无声的歌。

你的心已经被某个人抓走了吗？我不知道，不过我现在真的不想去找她。我想找个地方安静一下。

本以为留舰的事情已经确定，科研项目进展稳定，就连被裁撤的部门也在最后时刻散发出万丈光芒，应该是没有什么需要担忧的事情了。可是耳边的噪音像是渗透进了脑中，挥之不去。

隐隐约约地抓到一丝线索，我似乎找到了这种焦虑的源头，深究下去，却又看不清楚真正的原因。

我向着生活区的旋转中轴走去，直观的感觉是重力在变小：从缓慢的踱步，变成需要借助墙壁上的把手前进，当到达旋转轴中心的时候，我已经进入了完全失重的状态。现在，失重的工作区里除去值班人员外，已经没多少人了，大家都在旋转的生活区里聚餐和跳舞，若只是找个安静的地方，可以说随处都是。

---

①航天领域的故障排查流程，指一旦出现故障或者问题，必须将涉及的流程从第一步至最后一步，全部从零开始进行排查，直至找出原因、复现问题并完全解决。

先是去了机库，机库的灯光清冷极了，满满地码着各种太空艇。值班的地勤人员和我打招呼："找楚倩队长吗？她没来这儿。"

"妈的，你们一个个怎么都知道？"

对方哈哈大笑。

机库里没有，我又去了黑洞舱，这里已经没人了。我和王鹏的东西已经打包完毕，放在一边，黑洞舱的牌子不见了，宣告这个部门的终结。不过我试了一下，我还是能够登录黑洞舱的ID，看来是在系统维护的时候，还没有把交接工作做完。

听说这里以后会变成科学家们的办公中心，或许我还有机会到这儿来。

再次转出门，我发现自己居然来到了静思室。

又是这里。

达维多维奇的设备还在，只是多了一些分析和采样的设备。处理器们用螺栓固定在支架上，信号灯闪烁不止，正处理着海量的数据；而在机柜的一角，有个人影被蓝色的屏幕给照亮了半边脸。

看不清楚，我只能辨别出清冷灯光下的那个人有一头及肩的短发。

"楚倩？"

没有回答。我看到她点击了一下悬浮的操作屏，走廊的灯光暗了下来。荧光从四面八方涌出来，组成光的海洋；不一会儿，周围就充满了这些飘浮的小颗粒，发着蓝色的光，我就悬浮在这光芒海洋中。

"达维多维奇说探究声场和引力波关系的实验有一定的进展，所以他把声场的探测范围扩展到了走廊上。”萤火虫一样的光粒照亮了她的脸，是楚倩，“所以我就过来看看咯，怎么说也是我们一起做的东西。”

“那我们在这里说话，会不会干扰探测呢？”我注意到，我们的话语在光粒中激起了阵阵涟漪。

“别担心，王部长优化了程序，监控器会通过你的生命探测终端捕捉你的心跳和语音，然后剔除掉这些声音信息。光粒只是让声场变得可视罢了。”楚倩敲击了几下页面，悬浮的光粒飞到了舱壁上，“陈晓云，你千里迢迢跑过来，开口第一句居然是问探测器的事情。”

“太不会说话了。”她双手叉腰，数落我。

“那我该说点儿什么？”说实话，我并不知道该问什么，“问问你为什么没有去舞会吗？我在那边找了你半天，结果没找到你。”

“写心理自述和检查材料什么的忙得要死，我才没那么闲。”她伸了个懒腰，靠在墙壁上，“谁还有兴趣去晚会艳遇啊。”

等一下！

“我那哪儿叫艳遇，就聊个天。”我立刻改口，“你不是没去吗？你怎么知道……”

“在外边看了一眼而已……”自觉失态，她试图转移话题。

我哪能放过这个机会？

“尊敬的楚倩魔王，我是在帮助马尔克斯和星野小姐建立神圣的超革命友谊，请您不要有任何的误会。”我弯腰鞠躬，“希望您对这场晚会感到满意。”

“去你丫的，电灯泡。”

话题歪了。好像每次和楚倩见面，话题总是会被带跑偏，逐渐发展为吵架，最后我被她驳倒或者击败。自觉在别人面前我还有一点儿硬气，只是在她的面前一点儿也无法发挥出来。

“所以……你来找我，是有什么事情呢？”她问道。

“没有事情就不能来找你了吗？”我用手指拨动了一下墙壁上的光点，蓝色的光点们纷纷避开我的手指，四散逃逸。

“那么，我们继续这场不着边际的聊天吧。”楚倩抬头看着我，她的手里拿着便捷式宇航服的头盔，“这样其实也不错……

“或者我来教你和宇宙航行有关的事情，比如怎么看星图？这个声场的可视化系统，还可以干点儿别的事情。”她来了兴致，在屏幕上操作了一番，刚才还蛰伏在舱壁上的蓝色光点们变得五彩斑斓，像是蝴蝶群一样飞起，错落有致地在我们的周围铺开，远近皆有，“看，比如这样，可以当成虚拟星图用。

“星图来自外部摄影机，这样我们和在宇宙里没什么区别。”

楚倩的眼睛闪着光，这种光芒曾经给过我力量，让我从焦虑和绝境中振作，去寻找更好的第三种选择，去改变之前认为无法改变的现实。只是现在，这光芒里有了一些更复杂的情感，是我以前从未感知过的。

沉默良久，我轻轻地问：“楚倩，你为什么会来‘喧嚣号’当飞行员？”

“为什么？我喜欢啊……这有什么好说的。”楚倩的目光一颤，“再说，‘喧嚣号’是一个很好的选择啊。你呢？别说梦想和信念之类的心灵鸡汤啊。”

“鸡汤就免了。至于我啊……我就是不想被淘汰下船罢了。”

“为什么不想下船？”她追问。

“你非要问为什么……其实我说不出来。上‘喧嚣号’本身就很难，就这样被淘汰了，会觉得很不甘心。”

“嘁，口是心非。”楚倩把头别过去，很轻蔑的样子。

“那我能怎么办？无论想做多伟大的事情，做不到也是白搭。要不是你，估计我拿到那个彗冰标本就等着下船去了……不对，如果不是你帮我，我连那个纪念品都拿不到。”我几乎是下意识地说，“现在感觉好一点儿了，但是之前的确没想那么多。你不是也有过这种感觉吗？”

“如果真觉得自己无能为力，那就放弃抵抗好了，接受命运，是死是活，听天由命。”楚倩盯着我的眼睛，“可是你每次都不肯放弃，虽然嘴上总是唠叨说我做不到，很艰难，但是到紧要关头，你还是会站起来反抗。所以我该说你口是心非，还是说你死鸭子嘴硬呢？”

她把手抬起来，遮住五彩斑斓的群星光辉，“实话说，这样也挺好的。我喜欢你这一点，继续保持吧。”

23. 强大之人

“从地球上看，哪颗恒星的目视星等[①]最亮？”

“天狼星，准确地说是天狼星 α 。”

“如果按照绝对星等分呢？”楚倩将虚拟星图里天狼星标出来。

“是剑鱼座的R136……a1 ？应该没错，是一颗超巨型恒星。”

这些都是宇航员的基本知识，我早已烂熟于心，直截了当地伸手指出，“在这里。”

“现在你的星空导航仪[②]失灵了，需要重新校准。”楚倩把刚才我们标出来的所有恒星名字隐去，“来说一遍手动复位操作过程。”

“首先对导航仪实施复位，以太阳为基准，然后选择三到五个坐

---

① 即以肉眼进行观测所划分的星星明暗程度等级，后文中的绝对星等则是以恒星的真实亮度划分的星星明暗等级。

② 利用存储的星图和星空进行比对，并且判明自身位置、实施导航的系统。

标星，一般来说是一等亮星最优先，系统会解算恒星之间的夹角，得出位置、旋转速度等信息。手动输入星名、星座名可以加快复位的速度……”我准确地回答出手册上描述的步骤，同时在星空中选出那些闪耀的一等亮星，并且注明它们的名字。

“可以给个优秀了。你看，不是挺简单的嘛。”楚倩点点头，“你努力一些，还是可以做到很多事的，这些事你之前都觉得不可能，不是吗？”

她轻松愉快地说着话，星光照亮了她的脸，这一刻的她只是一个开心的小姑娘。刹那间，看到这些从未在她脸上出现过的表情，我心里好像有什么情感被触动了，“不说说你的故事吗？”

“我啊……我啊……”楚倩犹豫许久，最终还是开了口，“我其实并不只是为了学点儿什么才来到‘喧嚣号’的。”

是为了你的父亲。

“我的父亲，在一次太空事故中牺牲了。事故原因还要被人质疑和诋毁，说他是为了逃避责任而自杀。”

虽然我已经知道，但是这句话从她的嘴里说出来，却还是像一条冰冷却柔软的丝带，绕上了我的心。

“事情的起因是这样的……”她慢慢地抱住自己的双腿，把头枕在膝盖上，诉说着我之前在雷舰长那里听到的故事。情节没什么区别，只是在细节上有点儿不一样。

“我的父亲是个优秀的飞行员。我小时候就乘坐太空电梯上过太空，他当时带着我飞，还教过我一些驾驶的要领和技巧。”她的语气很温柔，“在我的眼里，他一直是个优秀的飞行员，也是温柔的好爸爸。但是啊，作为一名军人，自杀是对他的职责与尊严最大的亵渎和践踏，可是那些人还是这样说，甚至别人也就是这样认为的。你觉得窝囊吗？”

“可是他当时那样做，是不得已的选择，怎么能够这样责备他？”我表达了自己的不平，“逻辑翻转，动力锁死，如果你爸爸不击毁那艘飞船，只怕整个太空港都要遭殃。

“当时太空港方面已经下了命令，你的父亲执行了命令，甚至留出了让飞船弹射成员的时间。最后只牺牲了几个人，其他人都被拯救了……我想不出还有什么更好的方法了。”我劝慰道，试图解开她的心结。

她沉默了一会儿。

“雷舰长和你说过我的事情了啊……”楚倩看着我的眼睛，摇了摇头，别过身去，“这样拿着答案来消遣我，很有趣吗？”

该死！极其恐怖的气息从她的身上冒出来，像是眼镜蛇立起了身子，发出咝咝的声音。

“大话谁不会说啊，那些人就是说着大话，拿着那些真相和正义压人……为什么，为什么你也要这样？”我看不清楚她的脸，但是楚倩整个人都在剧烈地颤抖。

“不……不是这样的……楚倩……”

没有什么词能更好地形容我的窘境了，我真该抽自己的嘴巴——陈晓云你真没有当特工的天赋，这么快就露出了马脚，还把老板给暴露了，最要命的是，我惹怒了面前的楚魔王。接下来会发生什么呢？她暴怒地跳起来，把我一口给吞了？或者抽出一条钢丝，把我勒死之后毁尸灭迹？

但是你现在得做点儿什么！我的内心在狂吼，不要傻站着不动!

“别碰我……”她未卜先知,“是我失态了,晓云。”

我僵住了,脑中拟订的千万个计划顿时灰飞烟灭。

“你总会知道的,也不差这么一会儿。”楚倩喃喃地说。她整理了一下自己的秀发,深吸几口气,重新变得坚定起来,“那我就和你说一些舰长不知道的事情,关于我自己的。”

“从那次事故之后到我父亲牺牲的这段时间里发生的事,你已经知道了。”她的语气冷静到近乎决绝,“之后一直是妈妈和舰队里的一些人在照顾我,雷舰长也关照了我很多,但是我发现,雷舰长的妻子,那位和蔼可亲的阿姨不见了。

“我有机会看到事故的报告,当时在船上牺牲的唯一一名乘客是谁,你知道吗?”

“不知道。”我摇摇头,但是我本能地预感到事情变得复杂起来。

“是雷舰长的妻子。如果我没记错,她是位老师。”楚倩把手抬起来,看着自己修长的手指,“那艘穿梭艇载着去太空基地实习的学生,而她就是带队的老师。在危急关头,她稳住了所有人,组织学生先撤离,而她打算最后一个走,但是很不幸,最后她没有走成。”

我张大嘴巴,发不出一点儿声音。

“她救了很多人。”楚倩垂下眼帘,“后来照顾我的人,雷舰长是很重要的一位,所以我才会去查这件事情。他的妻子我以前也认识,她是一个很好的人,很和善,也很敬业。

“还很勇敢!不像我父亲……他是一个懦夫!”她突然冲着我一字一顿地喊,“她没有逃避!她尽全力拯救了其他人的生命,没有说过‘这不可能’！一个普普通通、平平凡凡的老师，她可能从来没有受过危机处理培训，更没有驾驶飞船的经验，但是她做了，而且她做到了，她拯救了十几条人命！”

“你怎么能这样说……当时，命令如此，你父亲的处置也没有问题……”

“不！那不是命令，那只是他被迫做出了无奈的选择！你也不要拿着‘命令’这种无聊的说法来当作借口！”因为语气激动，楚倩努力地喘息着，“父亲是一名优秀的飞行员，但是在那一刻，他不够优秀，他不够坚定，他也不够有勇气。他只是从命运给出的选择里被迫选择一个不那么坏的，把剩下的事情交给概率，然后听天由命！”

我无言以对。良久，我小心翼翼地问：“楚倩，我问你个问题，如果有两条铁轨……”这个问题我憋了很久了。

“其中一条上面有一个孩子，另一条上面有一群孩子？”楚倩打断我，“好老的梗，你也不嫌发霉。”

“我只是想知道你的答案……”我盯着她的眼睛，想从中读出什么，无论是坚毅或无情，还是那一点点的犹豫。但是很可惜，楚倩的目光没有和我的交会。

“还有一个选择，像你和王部长这次处理特情一样：撕掉外边的衬衫，露出你的超人战衣，把火车拦下来就可以了。两边都能救，根本不需要做出选择。”

“但我们不是超人，我们……”我压低声音，努力反驳。

“所以我要变得足够强，我要有足够的能力去做一切我想做的事情，我要有能力去救别人，而不是像他那样只能被迫做出选择、放弃另一边！

“那次事件之后我就明白了，有些事，不论你怎么做都会痛苦；最好的办法就是你变强，变得足够强，强到能够把这些选择彻底摧毁。

“被迫去做这种无聊的选择题，然后把自己的命运交给概率，是一件多么愚蠢的事情。”楚倩面向我，直视着我的眼睛认真地说，“所以放心好了，你这种家伙就算来一百个，我都能救得过来！”

我看着她，她的眼神清澈而坚定，她眼里的光芒明媚又璀璨，这样的光芒让我心潮澎湃。我从来没这样近地看过楚倩，她像一个斗志昂扬的战士，冲我骄傲地举起她的战刀，散发出无可匹敌的勇气和自信。

雷震舰长，你绝对可以放心了，她是一个强大到无视阻碍的人，冲动对于楚倩来说，只是一个去做这件事的理由罢了——她有冲动的实力和勇气，她也能解决一切问题，她更相信自己能做到。在遭遇无法克服的困难之时，她只会越挫越强，最终站在胜利的巅峰。

这种所向披靡的气势……我真的很羡慕你啊，楚倩。

“我要出去静一静，工程师先生，不如一起？”楚倩打断了我的胡思乱想，冲我挥了挥手里的超导电池，不知什么时候她戴上了她的头盔，“抬起你的头，拿出你的勇气来面对困难。刚才惹我生气就不追究你了。”

“不胜荣幸。”

24. 归　零

定位准确、机理清楚、问题复现、措施有效、举一反三。

这是技术归零的“五步走”，也就是我们现在正在做的事情，烦琐但是必要。刚刚发生了这么大的险情，自然需要排查原因，以防再次发生。调取了工作日志之后，人员操作失误的嫌疑很快就被排除了，动力舱的工程师只能说是反应慢，并不能说是操作错误：他们在处理黑洞相对定位漂变时表现不佳，却不是发生这次特情的原因。

当时，我们很自然地认为是某个部件发生了故障，又或者是程序出现了一些逻辑矛盾。根据技术归零的第一步，我们试图在“喧嚣号”浩如烟海的零件和代码里定位故障。

“单元测试，区块代码1701，第1379次测试。”我穿着厚厚的工程宇航服，抱着一个平板电脑，“测试开始。”

我按下操作面板上的按钮，执行了一段代码。在舰体外，一个荚舱伸了出来，弹出一截短短的天线，闪烁着红光。这是一个救生荚舱，位于黑洞核心舱的外围，供舱外工作人员在紧急情况下使用。它的装甲板拥有一定的配重，在进行黑洞调控的时候，我们能够调用它，以改变“喧嚣号”的质量分布。

代码段很快跑完了，亮起了代表正常的绿灯。

“区块正常，设备工作正常。”我面前的人朝我比了个大拇指，那是马尔克斯，“辛苦了，陈。走，我们去下一个地方。”

把救生荚舱装回去，我们朝着下一个区块飘去。现在的“喧嚣号”外，整个工程队和相关的技术人员两两组队，对系统自检里标示出的可疑区块逐一进行排查。我作为E组的99号，和马尔克斯的01号搭配，已经检查了很多区块了。

但是这些区块测试的结果都是正常，为此我们甚至组织了一次和舰载AI的联调测试，也没有发现什么问题。从某种意义上来说，这次的特情更像是突然杀出的程咬金，没有任何预兆。

这不合常理，一定有什么地方遗漏了。我一边开启推进器飞行，一边仔细回忆那段惊心动魄的处理过程，还是没有找到那个关键的点。

“全体成员注意，第二次联调测试准备。”这个区块的最后一个检测单元在黑洞舱的正上方，依旧是完全正常。马尔克斯呼叫了全体队员，准备开始第二次联调。

“BE01，BE02呼叫。”我接通了王鹏的通信，“第二次联调准备开始。”

“收到，准备放宽黑洞稳定度。”王鹏那边会人为地降低一点儿黑洞的稳定度，方便我们执行联调。在测试中，舰载AI将套用我们编制的模型，对漂变的黑洞模拟位置控制。马尔克斯朝外飞去，以便纵览全局。

所有人都各就各位，我把平板电脑固定在胸前，从腰带里拉出安全缆，安全缆的一头是一个锁扣，我翻过身来，在舰体上找到一个可以挂锁的地方，把锁扣往上一挂。

咔嚓一声闷响，锁扣的振动顺着安全锁传到我的面罩里，沉闷而迟钝。但是，另一阵不同于它的声音接踵而至。

嗡嗡嗡嗡，轰隆隆隆，就像冰封的大地在巨人沉重的脚下逐渐裂开……那个曾经让我疑惑不已，并为此展开研究，最后帮助我留在“喧嚣号”上的声音又出现了。这些天，我都没有听到这个声音，以至于我几乎忘掉了它，而现在它再一次像幽灵一样地出现了。

“联调测试，第二次，倒计时5秒。5，4，3……”马尔克斯发出指令。

等一下！我才反应过来。

“联调开始！”

像是在平静的水面丢下一粒石子，“喧嚣号”微微地震动起来，舰体表面的散热鳍片展开，内部质量分布自动调整，开始模拟主动干预，黑洞核心强制冷却……舰载AI模拟了一次特情处理，它非常顺利地完成了所有的预定项目。那个熟悉而遥远的噪音也逐渐减小，直至消失。

“各指标回报正常，联调结束。”马尔克斯注意到我手忙脚乱地在航天服里掏东西，“怎么了，陈？”

“你稍等，我发现有点儿不对劲。”我终于在口袋里找到了达维多维奇给我的声场探测器，打开一看，里边代表声场的光粒海洋像是凝固了一样，仅有微小的振动。

我切换到历史数据界面，往前拨转十几分钟。

嗡嗡嗡，整个声场都在振动。非常奇怪的是，这种振动并不是从某个源头或某个方向发出的，而像是源自四面八方。

“你发现了什么？”他开动推进器朝我飞过来。

“马尔克斯，刚才的通信记录传给我一下，就十几分钟前的。”我调出通信录，选择了楚倩和达维多维奇，“我好像找到一个可能的原因了，马尔克斯。可能这次事故的原因既不是硬件，也不是软件出了问题。”

“我也这样觉得。”见我不像是开玩笑，他也严肃起来，“但究竟是为什么，我也不知道。黑洞不可能突然无缘无故地离开原来的位置。”他注意到了我手上的终端，“我记得你给我看过这个……是你说的那个‘奇怪的噪音’？”

“是的。”我打开马尔克斯推送过来的通信记录，把整条声轨剪切下来，在时间轴上摆好，再把声场探测器里的数据提取出来，以同样的方式处理。我的面前展开了两条光带，一条是细碎的声纹图形，一条是由若干个三维图像组成的声场图像。

将两者的时间轴对齐后，我按下了播放键。

那个熟悉的噪音再次响起，虽然这次是从耳机里传出，却依旧像是来自整个空间。达维多维奇的碳纤维音叉忠实地记录下介质的每一次振动，就像是空气中有许多振翼的昆虫，环绕着你。

通话记录响了，是我的声音：“第二次联调准备开始。”

嗡嗡声变了，变得像是裂纹在玻璃上蔓延，又或者说是我们周围的昆虫在一瞬间变成了水晶，空气中满是细微的碎裂声。

马尔克斯和我四目对视，他似乎想用手去摸自己的下巴，然而却只抓到了面罩。

“我知道你想说什么，先别说，继续听。”我压低声音，提醒他。

声音从尖锐变得低沉，就仿佛铁匠拿着锤子，在你的心脏上锤击；渐渐地，挥舞的锤子变成了沉重的锻锤，矮小的铁匠也变成了奔跑的巨人。记忆在我的脑海里被点亮了，在彗星边上听到的噪音，静思室里那阵若有若无的响动，还有穿越尘埃球时那震天撼地的隆隆战鼓声，都和这次的声音别无二致。

它究竟是哪儿传来的？又代表了什么？

“联调开始！”记录里的马尔克斯叫喊道。

光点海洋猛地震了一下，逐渐回归到平静的状态；耳机中，那个像是巨人踩踏冰面的声音变轻了，最后完全消失，一切回归寂静。耳机里只剩下沙沙的噪音。

“这就是我发现的东西。”关掉录音，我对马尔克斯说，强压住心中的兴奋，“这两者肯定有关联。”

“没错，陈。我觉得我们需要找一些‘大帮手’。”

25. 向着未知

当时，在学习黑洞控制的时候，王鹏部长曾经对我们说过一句话:“就像是做回归分析一样，你遗漏了一个重要的变量，那你写出的方程再怎么精细也是不准确的。但是，我们很难在模型中包含所有的干扰因素，只能抓住重点来看。”现在，我想我们之前可能遗漏了一个很重要的因素。

那就是黑洞本身，因为某些原因发生了移动。

我们对黑洞的所有控制都建立在“黑洞是一个有质量的天体”这一点上，从未考虑过它自己的“主动”变化，不论是黑洞自己的漂移变化，还是受到某些因素影响的变化。毕竟，我们对事件视界内的一切规则都一无所知，任何已知的物理法则在那里都会失效。所以，我们只能选择忽略那些无法把握的因素，在宏观和低速状态下去调整这两个小小的玩意儿。

达维多维奇的声场探测器是探测“噪音”的，按照他的猜想，那个“噪音”是引力波在黑洞上的反应。会不会是引力波对黑洞产生了什么影响呢？

刚回到舰内，我和马尔克斯就兵分两路，他去写联调报告汇报此事，我则去找达维多维奇。舰员们刚刚结束联调测试，正在自己的岗位上处理各类报告和分析数据。我没费多少劲，就在科学家工作区找到了他。

这里是重力区，达维多维奇很随意地靠在自己的椅子上，见我来了，他坐直身子，显得很欣喜。“哎呀，同志，你怎么来了！”他转身从椅子底下翻出一包透明的东西来，“喝点儿吗？暖暖身子。”

“酒以后再喝，今天我找你有正事儿，过会儿没准还要拉你出舱。”我劈手夺过他藏起来的伏特加，把我的平板电脑丢给他，开始讲述我的发现。

谈到科研，这个家伙脸上的嬉笑消失了，因为喝酒而变红的面庞也严肃起来，他仔细地听我讲述完在舰外听到“碎裂音”的事情，然后盯着那两条对起来的声纹思索起来。

“具体情况就是这样，声音在联调开始之后就消失了。”

达维多维奇戴着耳机，我替他播放那两条合并的录音。“晓云，你等一下。”他把耳机拉到脖子上，转身打开电脑，“你见我之前，听到的那次噪音是什么时候？调一下你们那边的黑洞数据，看看是不是稍微低了一些。”

好主意！我呼出屏幕，开始调取黑洞稳定度的历史参数，“81%，的确有些偏低，但是当时我们没做干预，AI自动调整了稳定度。”

"所以我和你，还有楚倩小姐去的时候就没有听到声音了。"他敲击键盘，把我的数据导入进去，屏幕上显示需要十几分钟的处理时间，"我的运算能力比你强得多。走吧，趁这段时间，去静思室看看？"

"顺便叫上楚倩小姐？"他露出狡猾的眼神。

去你丫的，为什么你们都这样！

静思室和周边的走廊都被布置上了声场探测器，上千个浸没在液氮里的碳纳米管音叉颤抖着，忠实地记录着周围的一切声响。我们的心跳声、呼吸声和话语也被精心编写的程序捕捉，并从声场里剔除了出去。我们小心翼翼地前进，那些萤火虫一样的光点轻盈地绕开我们俩。

"现在没有声音，非常安静。"达维多维奇检查了一下探测器，摇摇头。

"嗯，我在外边的时候，那个噪音就已经消失了。"我回答道，"达维多维奇，你一直在调引力波的历史数据，分析出什么来了吗？"

"唉，"他罕见地摇摇头，叹了口气，现出戚戚然的表情，"直到现在为止，还没有什么收获。引力波数据，就算算上SLIGO前身LIGO和天琴的数据，我们掌握的宇宙引力波图景连一个世纪都没有，而一百年在宇宙尺度内，连西伯利亚平原上的一粒雪花都算不上。

"现在我们却在尝试着去寻找引力波、黑洞和能在真空中传播的奇怪噪音之间的关系，真的是不自量力！"他在屏幕上点了几下，静思室通道里的光点海洋暗了下去，"反正这里的数据，缺几分钟也不要紧，你把我的酒还给我吧，咱俩喝几杯。"

我把达维多维奇的酒拿出来。这酒装在一个塑料袋里，他熟练地把袋子上的封口撕开，拉出一根吸管来。“40度的斯米诺伏特加，是来自祖国母亲的爱……喝一口吧，你也能感受到那股白桦树的芬芳，把脑子里不该有的东西都忘掉，这样你才有劲头去探究未知。”他挤出一团酒液，朝我吹过来。我看着那团微微颤动的透明液体，带着一些滚动的气泡，飘动着靠近我。算了，管他那么多！我闭上眼睛，一口把酒吸溜了进去。

酒精在我的嘴里炸开，辛辣的液体沿着食道冲入了胃里，还有一股热流直冲天灵盖，让脑子里的一切都剧烈燃烧。我不由自主地咳嗽起来，逗得达维多维奇狂笑不止，“放松点儿，朋友。第一次喝就是这样的，这才只有40度而已。”

“平常我总是要出舱作业，很少喝酒的。”我咳了半天，“你别说，我感觉我的脑子里空了很多。”

“这就是我们斯拉夫人生命和友谊的润滑剂，让你浑身带劲的燃料。”他也喝进一大口，喷出一口酒气，“刚才说了不少丧气话……呵，科学家，本来就是在未知里探索的蠢货，就是要在一堆无法理解的东西中寻求上帝留下的至高定律。”

“虽然我们渺小又卑微，手里的东西和伟大的自然相比，也不过是烧火棍级别而已，但是总好过跪下来乞求。”他拉着我站起来，“比如说，用上数学工具，哪怕只有寥寥几个数据样本，我们也能一窥自然的奥秘——这已经很棒了。同志，你带来的样本和思路，没准儿就成了这个研究领域的突破口呢。”达维多维奇又给我挤了一大口酒，“为了引力波、黑洞，还有你那奇怪的噪音干杯吧！你敢不敢接招？”

“敢！谁怕谁，喝就喝！”我站起来，朝着那团翻腾滚动的伏特加飞去。

宾主尽欢，这个俄国人的乐观情绪感染了我。科研路上的荆棘和泥沼，他比任何人经历得都更多，却依旧如此积极向上、勇往直前。能够看清自己的力量已不容易，勇于直面自己的渺小更是没几个人能做到；在如此真切地感受到自己的渺小之后，依旧选择向着未知发起挑战，才是真正的勇士。

“陈晓云，酒精上脑的感觉如何？”背后有人说话，我转过身，居然是楚倩，“你们把我叫过来晾着，原来是躲在这里喝酒啊？”

“不过，刚才那段发言挺不错。”楚倩点点头，“所以我决定不惩罚你们两个了。”

她穿着贴身的宇航服，套着飞行队的外套，影子纤细苗条。

26. 达维多维奇引力波

达维多维奇的数据很快就处理完了，黑洞的稳定度和噪音显然存在着一定的关系，而进一步的分析表明，存在引力波乃至其他大质量物体影响黑洞的可能性，并且这种影响与物体的质量成正相关。

“引力波作用于空间，传播无须空气作为介质，这倒是可以解释为什么你能在真空中听到声音。”他看着屏幕上的数据，对我和楚倩解释道。

正好，马尔克斯给我们发来了通信，他说舰桥方面对我们的报告很感兴趣，让我们开个评审会来阐述一下我们的想法。

事情到现在就变得比较正式了，因为是官方的评审会，我和达维多维奇作为主讲人，开始做起展示文稿来。这种东西我从学校毕业后就没怎么弄过了，做出来的东西带着一股子土气，被楚倩嘲笑为21

世纪初的城乡接合部风格。还好王鹏及时施以援手，帮了我一把。

不过，王鹏部长做的展示文稿如此简洁明了还富有格调，让我有点意外。在他这个年纪的人里，这种紧跟时代的展示风格并不多。

“别小看我，你部长还是有两把刷子的。以往争取项目的时候，PPT做得不好看，是不会有成功的机会的。”他给我打气，“别太紧张，你把听众都想象成蠢驴就行了，先把自己的自信建立起来。”

我点点头，深吸几口气，让自己的情绪平静下来。我还拒绝了达维多维奇递给我的伏特加，现在不是喝酒的时候。

“来一点儿也没什么。”王鹏拍拍我的后背，“年轻人就要放得开一点，太拘谨了不好，你就像自己练的时候那样讲就行了。”

我和达维多维奇走进会议室。这里是旋转重力区，大多数人都是西装革履，穿着正式，只有评审席上坐着一位身着航天服的将军，在一群科学家和工程师中特别显眼。

居然是雷舰长，他怎么也来了？我不由得有些紧张。在见识过他收放自如的锋芒之后，我本能地对他产生了一些敬畏。

“尊敬的各位领导和同事们，这次的黑洞定位漂变事故，属于足以威胁全舰安危的一级特情。”达维多维奇打破了尴尬的沉默，“幸运的是，在本次事故中，得益于舰桥方面的正确指挥和大家的共同努力，‘喧嚣号’避免了巨额损失。所以请允许我和我的伙伴们在这里向所有为此做出了贡献的人，表达衷心的感谢！”

说完，他带头鼓起掌来。

雷舰长也鼓起了掌，接着所有人都鼓起了掌。

“下面请我的朋友、黑洞舱技术员陈晓云，为大家讲述一下他发现的特别情况。”达维多维奇向所有人介绍我，把我推到了前边。

“官话就不要多说了，你看你紧张的。”雷震调侃了一句，“我就怕你把平板电脑捏碎了。”

令人紧张的气氛消失了，我深吸一口气，开始按照预定的想法阐述我的发现。

“事情要从那次切割彗星的作业开始说起……”

我从自己去彗星附近找“纪念品”开始说起，说到我在静思室听到“冰层碎裂”一样的噪音，之后是在穿越“尘土球”的时候捕捉到的震天撼地的巨响，最后以今天在黑洞舱外围进行单元测试的事情为止，详细地阐述了自己在不同环境下听到的那种奇怪噪音。为了佐证自己的观点，我给出了现场的录音、任务记录和自己的分析。达维多维奇则集中讲解了他对于噪音形成机理的猜测——引力波对大质量物体和黑洞的干涉猜想，并辅以数据支持。

在他讲述期间，几位相关领域的专家问了一些技术层面上的问题，我不能帮他回答，只能帮着做演示。

“那么，到现在为止，除了这位陈晓云同志提供的案例，暂时还没有从历史数据里找到证据吗？”一位科学家问道，“虽然说‘喧嚣号’上的黑洞算是一个‘大质量天体’，但是引力波对实体物质的干预，从现在的观测来看，根本就没有那么大。它真的可能是引发这次危机的直接原因吗？”

其余评委点头表示赞同，毕竟黑洞从外部来看，也只不过是一个正常的天体，受到万有引力的约束，它受到引力波的影响不会比一颗小行星大到哪里去。

“很遗憾，现在还不是给出确定答案的时候。历史数据这一方面，

‘喧嚣号’和地面通信的信道很宝贵，我不可能直接把SLIGO所有的引力波历史数据拿来；更何况，当时我们也没有在真空中设置声场探测器。”达维多维奇说，“我希望能拿到SLIGO所有的历史数据，这样我们才可能分析出大质量物体、黑洞和引力波之间的关系，找到那个奇怪噪音的源头。”

“我补充一点，”我把声场探测器拿出来，“在本次特情处理中，舰长宣布准备弹射黑洞之前，声场探测器有一次极端的异常波形，请看大屏幕。”蓝色海洋一样的声场图被投影出来，随着时间轴的拉动，闪烁着的光点们急速移动，形成了一股股泾渭分明的水流，排出了整齐的队列，与此同时，黑洞的稳定度大幅下跌，“时间正好吻合。”

“引力波对于黑洞的影响或许很小，但是对作为整体的‘喧嚣号’来说，其利用全舰质量形成的重力阱来固定黑洞位置的机制，难以容忍黑洞受到这种外源性的扰动，以至于产生漂变的情况。”我挺起了胸，关于平衡黑洞这点，我很有自信。

这是个很有力的证据，评委们互相讨论起来。雷舰长看着我，点了点头。

“图像看上去就像是个双缝干涉的概率图……”

“的确有点儿不可思议，但是也不是不可能……我个人赞成……”

“请问引力波对别的部门影响如何？看上去对我们的影响相对较小。”航空部门的一名评委问道，“如果它只对大质量物体产生影响，那么我们只有在靠近大质量物体的时候，才能享受免费的摇滚乐吧！”这句话引发了一阵轻松的笑声，为评审会添上了幽默的色彩。

“放心好了，和你们的关系很小；当然，如果你的体重超标了，影响肯定更大一点。”雷舰长面不改色地补充道。

评审会有惊无险地顺利结束。与会的专家们投了票，同意我们进行进一步的研究。同时，我们将会获得更多的资源支持，也会得到舰载科学部门的帮助。在我和达维多维奇收拾东西准备离开的时候，雷震提出了一个问题。

“达维多维奇先生，请允许我问一个问题。”

“没问题，舰长先生。”达维多维奇有些意外，不过他依旧礼貌地回答道。

“按照您刚才所说的猜想，造成这次事故的原因可能是引力波对黑洞产生了干涉，从而引发了黑洞相对位置的变动，也产生了陈晓云听到的噪音。”雷舰长斟酌着自己的语句，“如果您的猜想是真的，那么我们应该是受到了一次强有力的引力波干扰，而据我所知，中子星、超新星甚至黑洞相撞都会引发这种引力波。”他的目光冰冷，生生地把在场所有人的动作给冻住了。

引力波不会无故产生，我的心里涌起了一股不安的感觉。

“从SLIGO成立至今，我们还没有观测到如此规模的宇宙事件。倒是之前的LIGO时代，我们观测过两次引力波的微弱变化，一次是两颗中子星的合并，另一次是两个黑洞的合并。”达维多维奇也意识到了什么，“这次的黑洞特情，从SLIGO传回的数据看，并没有想象的那么强烈，有些探测器甚至没有探测到引力波波动，但是它依旧对我们产生了很大的影响。

“引力波是光速传递的，如果有宇宙事件，那么它们实际上已经发生了，我们无法改变，只能尽全力做好应对。”达维多维奇思索着，给出了答案。

我想起了物理老师说过的一句话:“光锥之内皆命运。”具体的内容我已经记不住了,唯一记得老师是这样解释的:在宇宙广阔无垠的尺度上,一切信息传递的最高速被限制为光的速度,你看到的一切都已经是无法改变的历史。就算你能力通天,你也无法改变已经发生过的事情。那股被我赶跑的无力感从我的心底偷偷摸摸地爬了出来,蔓延开来。

大家都很有默契地不再继续追问。

27. 远　方

“喧嚣号”已经回程过半，再过一周半，我们就能到达火星了。

在那里，我们将迎接一个批次的无人货运船，给舰船做补给，做一次轨道修正，利用引力弹弓飞回地球去。

在那里，我们的星地通信将得到火星轨道上的中继站支持，带宽可比现在好得多了。达维多维奇琢磨，可以趁那个时候一口气把SLIGO的引力波历史记录下载完毕，并且加以分析；现在这个星地通信的速度太慢，只能一段段地挑着传。当然，对于多数舰员来说，这就意味着他们可以和自己的亲人、朋友视频通信了，之前只能发送文字或者语音信息，远不如视频那么亲切。

“想家了吗？”楚倩的信息从我的身边跳出来。

是有一段时间没和家人视频联络了，我看着通信面板上那个灰色的视频通信按钮，有些怅然。“喧嚣号”的速度很快，最快的时候，从火星返回地球只需要不到一个月的时间，但是出一次任务依旧要花掉接近半年的时间，这里边差不多三个月都在鸟不拉屎的小行星带里工作，说不想家是不太可能的。

“我还好。”我回复。

“你们俩的对话真尴尬。”面前的陆战队员酒保摇晃着他的调酒壶，“还有几天就能开放视频通信了，想家不想家，打电话不就好了？今天你来点儿什么？还是不喝酒吗？”

“嗯，随你，来点儿没酒精的就好，过会儿还要出舱。”

“哦对了，今天联调啊，那可以理解。”他点点头，把酒递给别人，拿出咖啡胶囊给我做起咖啡来，“今天就来点儿咖啡吧。”酒保像是不经意地说道，“听说是你们发现了一些端倪，发现事故和引力波有关系。”

“嗯，这次去彻查，验证一下。上次可是真危险，但是能借此找到原因也好。”我接过咖啡，嘬了一口，很苦，不过让人清醒。

第三次联调测试马上就要开始了，这次联调是准备测试几个通过评审委员会审查的事故机理分析，我和达维多维奇也在其中。为此，我将带着他一起出舱，验证我们的猜测——达维多维奇居然是有出舱工作许可证的，我到现在才想起来，他是拉沃契金联合体派驻的大体物理学家，是那种能开飞机的科学家。

“陈晓云！”卷舌头的中文，保准是他了。

达维多维奇大踏步朝我走过来，背后还带着一个人。我仔细一看，才发现是王鹏。他怎么来了？

“半路遇到的，听说这次出舱是我们俩搭档，他就一定要来。”达维多维奇和我握手，“晓云，你有一个不错的老师。”

“哪有，我看他平常烦我得很。”王鹏很放松地坐下来，“一杯红茶，一杯咖啡。”

红茶和咖啡很快就上来了，刚刚寒暄完几句，这次忙里偷闲就变了味道。王鹏硬拉着我和达维多维奇过这次舱外作业的流程。从我们的方案排在第几个进行测试，到测试中需要注意什么，还有哪些方面需要注意，其中有很多内容是他说过多次、我在演习中也操作过多次的。

“黑洞是个娇贵的小姑娘，现在黑洞舱的系统还没有合并，你可以用你的终端登录黑洞舱的ID，记得时刻查看它的状态；如果有不正常的赶快报告，我会在轮机舱那边盯着的。”

此时此刻的王鹏，变回了那个唠叨而难缠的部长。要是放在以前，我估计会关掉他的通话频道，找个理由一走了之，只是今天我想不出什么能够说服自己不听下去的理由。他像是想把一切东西都教给我，把他这些年在太空中工作的经验和教训都塞进我的脑子里，让我以后的路走得更稳一些。

“最后一点，救生荚舱的位置要牢记，遇到情况的时候才能及时求生。”絮叨了老半天，茶水续了两次，王鹏总算是把他想说的都说完了，“都记住了？”

“嗯，记住了。”我点点头。达维多维奇居然也全程听了下来，而且没有沾一滴酒，可谓是毅力顽强。

“王部长，以后你打算怎么办？”达维多维奇问，“黑洞舱回到地球就要正式交接了，交给轮机舱去管。我听说他们要返聘你，你真的不考虑留在船上了吗？”

“算啦，我也老了，老骨头站好最后一班岗，就让我歇歇吧。”王鹏躺在椅子上，全然没了刚才的神气，“黑洞舱是我一手带起来的，现在让我送它走完最后一程，满足了。舰载AI已经能处理绝大多数的情况，小陈也算是正式出师了……我在航天领域做了三十年，看着你们把整个太空工业圈给建起来，还跟着‘喧嚣号’考察了太阳系，我想不出还有什么必须要做的了，是时候把位子让给年轻人啦。”

“部长，黑洞舱……到头来还是没了。”我心头一动。

“有什么好丧气的？要知道，重要的不是这个部门最后留存与否，而是我们有没有做出应有的贡献。现在想想，AI在我们的调教下，已经能够独当一面了，不是挺好的事吗？”他鼓励我，“有些东西，就好像生老病死、新陈代谢，是自然规律。黑洞舱在科技发展的时代里消失了，是多么正常的事。你还为它愁眉苦脸，不就是给自己找不自在吗？”

“人类在探索的路上，绝对不会止步。”达维多维奇点点头，“您是一位值得尊敬的人。”

“我可没有那么伟大，只是尽自己的责任罢了。”

舰桥广播响了起来，我和达维多维奇的终端也振动起来，是星野在广播：“第三次联调测试即将开始，请相关人员根据指示，前往指定位置待命。重复，第三次联调测试即将开始……”

“是出发的时候了。”达维多维奇站起来，我也站了起来，“王部长，我先走了。”

“去吧，我坐一会儿就去轮机舱。”他和我俩握手，并使劲地摇了摇我的肩膀，“小陈，加油，这次一定要完美地完成测试任务。我相信你，放手去做吧！”

28. 光　流

"'作业5号'，呼叫舰桥，舱外工程组E申请滑出。"

"舰桥收到，请于跑道Bravo①滑出，弹射强度1。"

"'作业5号' 收到，正在前往跑道Bravo。"

庞大的"作业5号"工作飞船被滑车固定到弹射轨道上，又被洛伦兹力②推出长长的跑道。马尔克斯驾驶着飞船，带着E组的一干成员，奔赴我们负责的作业区块。所有队员两两一组，在指定的位置检查相应的设备，运行测试，等待最终的联调测试。

今天楚倩居然也来了，她也穿着厚重的工程宇航服，固定在舱内的座椅上，就坐在我的旁边。马尔克斯把我俩分在了一组。

"楚魔王，今天怎么来我这边了？"

---

① 即跑道"B"，航空指挥术语，用Bravo朗诵以避免读音歧义。

② 运动电荷在磁场中所受到的力，即磁场对运动电荷的作用力。

“来视察你的工作，行不行？”她难得地显出一点儿俏皮，“一直被禁飞，只能窝在舰内，我很久没碰操纵杆了，出来放松一下。”

“你可别帮倒忙……注意安全，我会带你回去。”我把脱口而出的话生生地止住，换了一种说法。

“嘁。”她给我敲回一行字来，“我就是看看你们平常是怎么工作的。别小看我，我可是个舰载机飞行员，舱外活动对我来说，也是轻车熟路，不一定比你差。”

“E99，准备脱离。你负责的区块是B–2区，E98将会和你会合。”指令由马尔克斯发出，他驾驶着作业飞船飞向预定的区块——B–2区就在黑洞舱的附近，我和达维多维奇将在那里完成我们的测试，“E97也请准备脱离，你的目标区域和E99重合，合作愉快。”

“我就是E97，合作愉快。”楚倩朝我伸出了手，我犹豫了一会儿，笨拙地握住了她的手。

“另外，你俩下次说悄悄话，请用私人频道，不要伤害……”马尔克斯补上一句，接着便传来其他队员的揶揄和哄笑。

“队长，你不也是总撩舰桥的管制员？”有人回嘴。

趁着马尔克斯忙于应对，我一拍胸前的按钮，气流爆鸣，瞬间就脱离了“作业5号”飞船。

从“作业5号”上脱离是件颇有趣的事情，上一秒你还躲在有重重装备保护的机舱里，下一秒就被投放到了不分东西南北、空无一物的宇宙中。不过还好，这种跳机的体验已经不是第一次了，我很快就调整过来。脱离时的气流赋予了我一些速度，我点亮背后的等离子推进器，朝着“喧嚣号”飞过去。

楚倩显得有点手忙脚乱，但是很快她也调整好状态，一起飞了过去。

“喧嚣号”在我面前急速扩大，最后竟显得像是一片广阔无边的大陆。满天星辰从我的头顶倾泻而过，在远处的“地平线”消失。因为没有大气散射，星光有一些刺眼。

推进背包把我稳稳地停在白色的舰体上，“E99呼叫，我已到达B-2区。”

“舰桥收到，请根据抬头显示器上的指示前往E98的位置，他已经在那里等你了。”说话的是星野小姐，由她来负责我们的通信，让人心情好了不少。

E98就是达维多维奇，和我一样的大号码。顺着HUD上的指示，我很快就找到了他。他的背后拖着一大串箱子，都是用来做数据采集的装备。

“陈晓云！楚倩！你们来了！”他干劲很足，“趁着别的组都在准备测试，我们把振动传感器布置一下。”

振动传感器就是之前在静思室里用到的那些纤细的超导音叉，只不过这次它们将用于捕捉舰体的振动。我用磁力鞋固定住自己，把传感器一个个地安装在舰体表面，像是在白色的田野里插秧。楚倩从箱子里拿出导线，将这些传感器穿在一起，她倒变成了穿珍珠的女工。达维多维奇把所有的数据汇总起来，好似守着金库的葛朗台。

“楚倩。”我把一个传感器贴在舰体表面，朝着缝隙里打进混凝剂，“你以前是不是做过几次科研任务？真的就只是为了学一些用得着的东西吗？”

“算是吧……作为飞行员，有些时候也要参与科考，毕竟‘喧嚣号’是一艘科考船。”

“那你的天赋还真是好，我的手艺是在工程队里练起来的，花了不少时间。”我把混凝枪换成激光枪，将黏糊糊的混凝剂固化，再朝着达维多维奇示意，“最后一个安装完了。”

楚倩把导线连上处理数据的服务器。“我飞远一些，来做记录。联调马上就要开始了。”她解开锁定，朝着远处飞去，“看看我们的成果如何！”

“‘喧嚣号’，第三次全舰联调测试，倒计时10分钟。请各单位做好准备。”舰桥方面发出了通知，HUD上出现了一个10分钟的倒计时。我把那个小巧的声场终端拿出来，看到上面已经有了第二个飘动的光点海洋，正是这里的声场数据。

“老达，数据已经能看到了。”我对达维多维奇说，“多神奇啊，一个在真空中的声场！”

“神奇的事情还多着呢。”达维多维奇故作神秘，“陈晓云，你飞远一些，去楚姑娘那边，我给你们看点儿浪漫的玩意儿。”

什么鬼，你说的浪漫，不会是96度的“生命之水”[①]吧？

虽说如此，我还是解开安全索和磁力鞋，把随身的工具折叠好背到背上，开动推进背包朝上飞去。脚下的“喧嚣号”快速移动起来。楚倩的宇航服闪烁着红蓝相间的光，飘浮在黑色的宇宙中。我背过身来，让自己的速度和她匹配，这是个细致的工作，不过不难。

“很好，相对速度控制得很不错。”楚倩难得表扬人，“那家伙要搞什么花样？”

---

① 一种伏特加酒，产自波兰。

我摇摇头，表示我也不清楚。

自从上次在静思室外和楚倩长谈过一次并且一起出舱之后，我和她的对话就温和了许多。她不再像之前那样锋芒毕露，似乎在我面前收拢了一些尖刺，显出并不常见的温柔来，很好，只是让人有些不适应。只有在个别时候，我才能透过一些细枝末节，发现之前那个骄傲的楚魔王。

“你怎么了？”她问。

“没什么，等着老达的惊喜呢。”

霎时，面前的白色舰体上闪烁起点点星辰，所有的探测终端发出橙色的暖光，组成了巨大的温暖光幕，像是“喧嚣号”的表面凭空多出了一片翻滚着的金色麦浪，光点们随着不存在的宇宙之风，上下飘摇。

“哇哦！你们真是搞了个大阵仗！”马尔克斯在频道里欢呼，伴随着其他队员的口哨声。他的作业船就在我们的附近，看得非常清楚。

“送给你们俩的礼物！怎么样？”达维多维奇放肆地笑了，“楚倩女士，陈晓云同志！很棒吧，没想到声场探测器还能这样用！你们中国人太不实诚了，有些时候，就需要直白一些……”他话里有话。

我转向楚倩，发现她正看着我。面罩上映出一片橙色光华，隔着这么近，我可以看到她的脸，看到她水草一样柔软的短发正乖巧地盘在头盔里边。

现在，我是不是该说点儿什么？

嗡嗡嗡，嗡嗡嗡，胸前有个什么东西震动起来。

“不好意思，等一下。”我有点儿尴尬，只得先把那个东西掏出来——原来是那个小小的声场终端，震动表示它发现了一些异于寻常的事情。

终端上，静思室里的声场图像正剧烈地震颤，蓝色的光点们上下翻飞，仿佛沸水之中不停滚动的气泡。

我看了一下HUD上的倒计时，还有6分多钟……

“老达！关掉视觉特效！快！然后趴着听一下！”我叫喊着接通了舰桥的通信，“舰桥！ E99呼叫！帮我转接BE01王鹏！”

“怎么了？”看到我如此激动，楚倩也凑了过来。

王鹏的图标刚刚亮起，顾不上回答楚倩，我马不停蹄地问道：“部长，你们放宽了黑洞的稳定度吗？”

“没有啊！联调还没开始……”

糟糕，希望不是我猜的那样！回过头，我看见舰体上的金色麦浪消失了，蓝色的萤火虫颤抖着，渐渐地集中到了一起，变成了高低错落、尖峰矗立的波形图案，就像是波涛汹涌的巨浪被无形之力凝固住了，充满了激烈的冲突感。

一声如同闷雷一样的巨响从极远处传来，轰隆隆。视野的一角，一个强烈的光斑在黑暗的宇宙中爆发，亮度超越了太阳，让我几乎睁不开眼睛，尽管面罩自动调低了透光率，却还是让人觉得十分刺眼。身旁的飞船和宇航员居然出现了极其分明的阴影，在“喧嚣号”上投射出被拉伸变形的条状影子。

星空导航系统宕机了，在它的眼里，一个被标记为暗星的恒星，编号是87539319——属于待在某个尘封的数据库角落，一辈子不会被调用的那种——突然变得极其明亮，这让导航系统完全无法分辨情况。

所有亮星此刻在它的面前都黯然失色。

轰隆隆，轰隆隆，巨人的战鼓敲响，身披战甲的冰霜巨人踏冰而行，厚重的冰层应声而碎，裂纹在冰原上肆意蔓延……

“那是什么……核闪光？”楚倩喃喃道。

什么核闪光！声波不能在真空中传播，而电磁波更不可能穿透“喧嚣号”的层层屏蔽；那么只可能是一种能够直接在真空中传播、却又不是电磁波和声波之类的东西——引力波！

引力波既然会作用于一切有质量的物体，那么自然也包括我的工程航天服，包括里边的加压空气，甚至包括我的耳膜！在彗星、黑洞、尘土球，甚至单纯是在某个巨大的质量体旁边，引力波通过一种尚未被探知的模式被解译、变换，引发了那神秘的噪音，或者是某种振动，跨越了无法跨越的距离，从四面八方汹涌而来。

如此剧烈的引力波，必然是来自一次旷古绝伦的宇宙事件——尽管对于宇宙来说，它可能只是一次小小的、不值一提的变化罢了。

“超新星……超新星，超！新！星！”我竭尽全力，像是溺水之人的垂死挣扎。

我记得史书《宋会要》中记载：“初，至和元年五月，晨出东方，守天关。昼见如太白，芒角四出，色赤白，凡见二十三日。”记载了SN 1054超新星爆发的过程，这颗超新星也被称为“中国超新星”。

它爆发的时候，白天可见的时间都足足有二十三天，其绚烂夺目的光华能与太阳争辉。后来，在这个令人心潮澎湃的宇航时代，有人给它起了一个美丽的名字——光流。

意思就是：光的洪流。

29. 二次冲击

“喧嚣号”的反应速度远比我快，在我的叫喊声充斥了通信频道之前的几秒内，“喧嚣号”就检测到了突然变高的伽马射线强度，并且发出了预警，同时激活了对抗核爆的系统——没有人会按照抵抗超新星爆发的强度来设计飞船系统，那是自找麻烦。

全舰几乎所有的部门，从轮机舱、维生部门、舰桥到通信部门全部都迅速进入了紧急状态，“喧嚣号”从沉睡中醒了过来，准备好对抗这次重大的危机——自然已经对我们足够仁慈，如果那颗名为87539319的超新星爆发的时候，有南、北任何一极对着我们，从那里爆发的伽马射线暴会以光速直达我们面前，把我们烧成宇宙中的飞灰。

现在我们还活着，那就不要停下脚步！

身旁涌现出大量闪红的信息框，全都被我按了回去。果不其然，我和王鹏之前打上补丁的控制模型不足以应付现在的剧变，黑洞在引力波剧烈的冲击下，相对位置再次发生了偏离。“轮机舱已上线，正在重新编写控制模型！”耳机里几乎都能听到轮机舱的工程师们粗重的喘息声，在王鹏和我的指导下，他们已经能够独立承担这项工作了。

有些怅然，给我的指示里没有参与处理特情的命令，我需要做的是跟随工程队立刻回撤，准备进入安全舱避难。

“各队员依照指示，立刻朝最近的气闸靠拢！条件不允许的，躲进救生荚舱里，等我来接！”马尔克斯命令道。他的“作业5号”马力全开，把散布在外的工程队员挨个接回来，其他几支工程队也开始朝着气闸撤退。

“跟我走！”情况危急，我拉住楚倩，却没想到手上传来一股大力。她开启了宇航服上的加力，熟练地把我擒住，朝着舰体表面狠狠地一推。

“你干什么?!”我在太空中翻滚起来，竭尽全力才稳住身形。

“去做你该做的事情！”她大声地说道，“舰桥！E97呼叫！这里是飞行员楚倩，给我一架舰载机！我来帮忙撤离人员！”

你还在禁飞期，不需要这样的！

一架闪着灯的JL300从远处飞过来，朝她靠近。她脱掉了身上臃肿的工程宇航服，只穿着贴身的便捷式宇航服。

“相信我，快走。”我的HUD上闪出她的留言。

楚倩的影子在光流中和那架JL300融为一体，随后立刻加速离开。

我愣了一瞬。几乎所有舱外作业的航天员都在往回赶，于是转身拉着达维多维奇往回飞，顺便登录自己的ID。

我尝试登录自己的黑洞舱ID，居然还能登进去。BE02，这样一个徽标在我的屏幕上闪烁了几秒，消失了，我被转入了王鹏所在的频道。“小陈！你回来了吗？你人在哪儿？”他焦急地问。

“情况怎么样？”长话短说，我抱着平板电脑开始查看情况，“我在舱外，正朝着气闸赶。”

“很不妙，稳定度现在是70%多一点儿，还在往下掉！”王鹏的话还没说完，轰隆隆，即使隔着耳机我也能听见动力舱里的巨响，黑洞的稳定度登时掉了将近十个点！

大幅下降的稳定度引起了AI的主动干预，大量的物质被投入了双子黑洞的视界，用以引发“地面效应”来阻止稳定度的继续下跌。这很有效，但是也导致了黑洞核心温度剧烈上升。舰体上伸出的散热鳍片变得红热，钠锂合金散热系统已经不堪重负，那么接下来……

嘭！舰体上的泄压阀喷出一股几十米高的云雾！

“谁他妈的在往模型里加引力波参数！”王鹏的声音尖厉，“峰谷叠加①，高中物理没学好吗?!”

不堪重负的隔热层最终触发了AI底层的强制降温指令，库存的液氮涌入核心舱的强冷管路，汽化后的液氮随着高涨的压力冲破了阀门的阻碍。我只觉得背后凭空生出一阵狂风来，一转头，达维多维奇被吹飞了！

---

① 根据波的性质，使振幅、波长、频率相同，波形相反的波相互叠加，波峰和波谷相对，能消除原有的波。由于剧情中引力波的波形并不规则，依据引力波参数进行调整对消，若是没有使波峰波谷相对，也有可能使原有的波更加显著。

“老达！”我霎时想起了在彗星上遭遇气孔的时候。

来不及细想，我立刻把手臂上的锚索扣在舰体上。液压加力启动！我功率全开，猛蹬舰体，像炮弹一样飞出去。线轮发出暴躁的怒吼，维系着我和“喧嚣号”的联系。

“我抓到你了！”我的手带着液压加力，一把拉住了达维多维奇。

他浑身是液氮结成的冰碴子，却粗暴地想要推开我，“别管我，我自己能飞回去！你快回去！

“快回去，把黑洞平衡好！否则我们的研究成果就全废了，‘喧嚣号’就完蛋了！”

达维多维奇粗鲁地把我推开，我一下撞到了舰体上。刚一落地，我的平板电脑就报了警。有人在调控模型中错误地加入了SLIGO引力波参数，黑洞稳定度瞬间崩溃。现在，两个互旋的双子黑洞像是陀螺一样在核心舱里乱飞，沿着“喧嚣号”构建的重力阱打转！

哪个蠢货在自作聪明！

“舰桥！来不及回舰了，给我找最近的救生荚舱，我要接入！”

“好……好的！”星野努力保持冷静，但还是暴露了她的紧张。她的联络职能迅速被人顶替，雷舰长的声音替代了她的，冷硬的声音传来：“E99，舱外作业没有专用设备，能行吗？”

“没别的办法了，只能试试！老达，给我连接线！”

沉默了几秒，雷舰长回复：“最近的救生荚舱已经弹出，通路准备完毕，注意安全，不要逞强！”

我的视野中再次亮起BE的徽标，只不过那家伙已经陪不了我多久了。马上就要解散的部门，马上就要离开的唠叨上司王鹏，此刻像是一把火焰将我点燃。我直接坐进了荚舱里，拽出连接线接到平板电脑上，几乎是在开始工作的同时进入了疯魔状态，所有受过的训练以及工作经验都派上了用场，我的操作行云流水，很快压制了黑洞核心的不良状态，平衡指数不再下降。

“修正进度42%！”我高声地报出进度，“剔除引力波参数！”

“明白！”

当你的手上握着能够决定不论是一个人还是很多人生命的扳道按钮的时候，你所做的一切都沉重无比。平板电脑上只有虚拟的键盘和操纵杆，极为不便。高强度的操作下，我的思维开始麻木，似乎大脑所有的思考能力全部转移给了机械操作。世界无限缩小，视野开始变得血红，只剩下键盘、操纵杆和屏幕……

我有那个能力吗？一股莫名的感觉冲到我的喉头，满是腥气。

“陈晓云，你的生理指数超标了！”负责协调的一位塔台工作人员切断了我的接入权限。随着屏幕暗下，我才发现自己喘不过气，心脏的跳动几乎停滞。工程航天服的生理模块报警声持续不断，达维多维奇走过来打开救生荚舱的舱门，把我扶出来，他浑身还都是固态氮气，只有一个面罩露出来，像个大号雪人。

“我没事……没事……歇一会儿就好了。”我扶着救生荚舱，努力站稳。

“这里不适合工作，我带你回去。”

“不适合也得做，老达。你说过，这是我应该做的事情。”我喘着气，汗水让我觉得冷，有一种虚脱的感觉。

“做应该做的事情，而不是逞英雄！”达维多维奇双手按住我的肩膀，“在科学研究里，一个人永远不可能做到所有事情，妥协并不丢人，更不可怕，真正可怕的是为了不妥协而丢掉一切。就你，想凭一个人的力量抗衡超新星吗？”

“同志！我们的战斗，是为了最终的胜利！”

其实很多时候，认识到自己的渺小不难，难的是在认识到自己的渺小之后，还在想尽一切办法努力向前。达维多维奇，那个喜欢喝酒、有些不修边幅的家伙，此时是如此坚毅而决绝。在无法克服的灾难面前妥协，不是因为恐惧畏缩不前，更不是绝望到放弃抵抗，而是创造更好的条件，寻找更有力的手段，去实现最终的目标。

但是，在宽阔浩瀚的宇宙中，“喧嚣号”都只是一叶挣扎求生的扁舟，他们是微不足道却顶天立地的人，而我只是孤舟上的一只蚂蚁。

“谢谢你……我们这就去气闸……”

话音刚落，我发现“喧嚣号”展开了它的偏转电场。

为什么？

偏转电场能够给身处其内的航天员输送电能，能够偏转带有电荷的宇宙射线，强行扭转朝“喧嚣号”袭来的“炮弹”。此时，谁会袭击“喧嚣号”呢？

“警报！发现高磁通量反应，判定为对本舰攻击……目标速度无法测定，目标类型未知。”舰载AI的声音令人心悸，它在我的HUD上标出了一大片红色的区域，“方位幺伍捌至两洞勾，角度负幺拐至负叁陆……”

我早就应该想到的，一颗距离不远也不近的超新星爆发了。宇宙怜悯我们，好心地将超新星喷发的两极拨开，让我们不会在第一波的伽马射线暴中丧命。在处理完引力波产生的干扰之后，紧接着来的就该是速度略低于光速的高能电子了。

那些从超新星爆发中诞生的、朝外喷出的物质，其中质量最轻的是电子，它们的速度仅仅比光速略慢。

我的思维仿佛凝固了，和僵硬的身体一样，动弹不得。

在那片足以映照出人影的强烈光流之中，喷发出来的电子流闪烁着五彩斑斓的光芒。“喧嚣号”全舰的自卫炮塔们纷纷转动起来，对准了威胁袭来的方向，射击轴线还完美地避开了外部所有被标记为友方的目标。舰载AI协调着所有能发挥作用的火力，电磁炮、激光炮、荷电粒子炮、近防导弹……试图拦截滔天巨浪一般的电子巨幕，就像是一群朝着火焰奋力扑去的飞蛾。偏转电场则调用了大量电能，试图为“喧嚣号”撑起一层抵挡攻击的防护罩，因为理论上偏转电场可以偏转高能粒子束。

但这一切，毫无作用。

光流的颜色变得更绚烂夺目，只可惜那是象征死亡的光华。

30.β 海潮

高能电子，也就是 β（贝塔）射线，根据我学过的宇宙射线防护课程，威胁性远在穿透性极强的 γ（伽马）射线之下，虽然会对皮肤造成强烈的伤害，但是使用简单的钛金合金和抗辐射屏蔽层就能挡住它。

但是没有人能确定，当闪烁着刺目辉光、如同滔天巨浪一般的高能电子铺天盖地席卷而来之时，仅仅几毫米厚的发泡铝和钛金合金，究竟能否保护我们脆弱的身体？

β 射线的风暴潮随即袭来。

“抓好！”达维多维奇熊掌一样的手死死地攥住了我，猛地把我推到了救生荚舱里，接着闪电一般地关上门，用安全带把我锁了起来！

“你放开我！”我试图挣扎，他启动了加力的手臂像是钢钳一样，死死地控制住我。还没等我说出下一句话，身边飘浮的信息窗、平板电脑和吵闹的航天服一瞬间暗淡了下去！

我的时间轴静止了。透过舷窗，我看到远处一些尚未回航的飞船和宇航员仿佛被一只巨大的拳头狠狠一击，又如暴露在飓风中的碎纸片随风飘荡。一些没有做好屏蔽措施的航天服上爆出了青色的电蛇，在失压的白色冰雾中旋转，最后淹没在光流之中。身边的一切都沐浴在青白色的电光之中，火焰和电流升腾，涂满黑色的宇宙画布，像是抽象的油画。

救生荚舱的灯黑了。

仿佛有一只手握住了硕大的"喧嚣号"，不住地揉捏着。整个舰体如蝉翼一样痉挛，我能感受到"喧嚣号"在潮水一般的电子流之中战栗着，痛苦地挣扎着；能看到电弧在荚舱里闪烁跳跃，就像在一条奔流的巨瀑之下，却什么都听不到。世界被按下了静音按钮，周围一片寂静，或者说是死寂，和眼前毁天灭地的海潮形成对比，滑稽却恐怖。

剧烈的晕眩中，窒息的感觉强迫我保留仅存的一丝理智：我需要重启我的航天服，否则就会被憋死。摸索着，我找到了胸前的电路盒，还好，线没有烧掉。

Reset Server.

System Restarting.

Load Backup.

跳过系统自检，省略进程查错……面罩里有一个很小的红色数字，表示系统重启的进度。很好，这是个良好的开始，我尽量小口呼吸以节约氧气，伸手打开身侧的阀门，备用气罐发出嘶嘶的声音，新鲜的空气充满了面罩。

现在，我们周围几乎所有的电子设备都在疾风骤雨般的电子流下失灵了，出奇地安静。汹涌的高能电子产生了巨大的电势差，像是EMP[①]一样，对没有完善保护的电路造成了严重的损毁；高速运动的电子也可能直接对设备产生破坏，虽然单个电子在撞击物体的时候，有很大概率因为量子效应而直接穿越实体，但是当密集的β射线海潮冲卷而来的时候，这种事情便成了不可能。

红色的小数字走完，我的宇航服重新运作起来。救生荚舱里很黑，我把宇航服上的灯光打开，雪亮的LED照亮了周围。

舱门没有关严，达维多维奇飘在舱口外侧，双手死扣着舱门，一动不动。

“老达，老达！你没事吧？”他胸口的生命监控模块还在运作，万幸！我推开舱门，抓住他的面罩，让声音可以直接传过去，“老达！醒醒！你能动吗？”

“还能动弹，就是……我好像没把门关紧……”

“你先别动！我给你处理一下！”我打开他宇航服的控制盒，开始重启系统，然后打开他的氧气阀，“我给你连上光缆，咱俩用有线通信……你现在感觉怎么样？”

“很不好，背上很疼，像中枪了一样。”

我把他翻过来，他的背包像是被火烧了一遍，几乎融化了，等离子推进器和工质罐好似被塞进了粉碎机，粗暴地咀嚼过再吐出来。我急忙帮他脱掉背包，万幸，宇航服还是完整的，但是上边有一片烧

① 即电磁脉冲。

焦的痕迹。

“你的后背可能烧伤了。”救生舱的门没关紧，可能是一些偏转的高能电子射了进来，“除了背上，还有别的地方有问题吗？”

“没有……”他牙齿打战，正经历着巨大的痛苦。这里没有条件做清创，我从救生舱里摸出镇痛剂、抗辐灵和一瓶补液药水，给达维多维奇挂上。我拉着他准备朝外飞。

必须赶快回到舰内才能救他，否则，大面积的烧伤和接受了大剂量辐射的他是活不了多久的。舱门被卡住了，我用上了液压加力，才把已经变形的舱门顶开。

“老达，坚持住，现在我带你回气闸——”

我的话戛然而止。

在惨白的光流照射下，我看到“喧嚣号”的表面宁静得让人抓狂，像是死了一样。舰艇有几处闪着电弧，还有不少静静地飘浮着的宇航服，他们的面罩里模糊一片，隐约能看到深红色的浆液和白色的结晶，那是瞬间失压的后果。其中很多都曾经是我的同事，我还能叫出他们的名字……

就在这短短的十几分钟里，许多我能叫出名字的人，消失了。

曾经在脑中演绎了无数遍的火车飞速驶过，这次再也不是那些不存在于现实中的孩子来充当思维实验的对象了。

那个能够什么都不选，潇洒地露出超人战袍，然后拦住火车的家伙也不知所踪。

心脏被痛苦和恐惧攫住，我极力忍住翻涌的呕意强迫自己转过头去。

不要看，不要看，否则你会疯掉。

“怎么了，同志？”在药物的作用下，达维多维奇清醒了一些，说话也稍微有了一些力气。

“我们的无线通信系统坏了，现在气闸不知道我们在外边。”我岔开话题，“我现在没法接入舰内的系统，救生舱……”弹出来的救生荚舱冒着烟，显然已经完蛋了，“我们去气闸边上，找一个接入点。你还能坚持吗？”

“还行……止疼药起作用了。但是我的推进背包坏了……”

“你别乱动！我的还好，我带你过去。”

推进背包的控制电路有点儿问题，飞起来摇摇晃晃的，但终究还是拖着我和达维多维奇飞向气闸。气闸被锁住了，外边飘浮着许多穿宇航服的舰员，了无生气，这里是一片寂静的墓地。

“E99呼叫舰桥，收到请回答。重复，E99呼叫舰桥……”气闸的控制面板黑掉了，“喧嚣号”内部的通信和电力系统可能出了比较严重的故障。我找到那个备用的接入点，把身上的光纤插进去，一个绿色的灯闪了闪，算是成功地接了进去。

“舰桥呼叫‘喧嚣号’全体船员……嘶嘶……舰桥呼叫‘喧嚣号’全体船员，不论你是否听见，请前往安全区避难，请做好撤离准备。”

“舰桥呼叫轮机舱，舰桥呼叫轮机舱，不论你是否听见，请尽快汇报黑洞状态，继续保持黑洞稳定！”

“损管呢？派人去轮机舱和通信部门，别排查线路故障了，直接拉线接电话！”

舰桥的管制员们在不知疲倦地呼叫，间或夹杂着雷舰长的咆哮。他的声音不复平常的镇定自若，他像是一只焦急而愤怒的野兽，朝着面前的猎人发出恐吓声。

“E99呼叫舰桥……”我重复了几次，依旧没有得到回应，“他们听不到我们。”

“没有比这更糟糕的事情了。老达，你还行吗？”

“好多了，现在我好多了……就是……这止疼药让我的脑子变得迟钝了，和喝醉了一样……”他尽力让自己显得精神一些，但是没有用。

“在气闸的这片区域，有备用的通信天线，用的是模拟信号制式。”在工程队工作之后，我对这片区域的设备了如指掌，“它应该没有被EMP烧坏，现在麻烦你去把那根天线立起来。

“我在这边调试，注意别走太远，光纤长度有限。”我嘱咐。

达维多维奇抓住舰体上的握把，费力地爬过去。

千万不要出事啊，我已经和黑洞控制失联快半个小时了，舰载AI估计也离线了，现在的黑洞稳定度还剩多少？没人管着，那俩小家伙不会是闹翻天了吧？

“陈晓……同志，我找到天线了。”他的声音顺着光纤传过来，还有拉动金属物体的磕碰声，“哦，该死的，这东西带电！”

“别急！你先启动模拟通信，天线等一会儿再说！模拟通信会激活舰体内的备用电容，同时吸收多余的电荷，到时候天线自己会升起来。”

很沉重的继电器声传来，接着绿色的指示灯闪烁起来。一条新的信道建立完成，平板电脑重新接入了舰内系统，不过因为带宽很有限，连接的速度很慢。载入的进度条读完，我好歹接入了黑洞的控制系统，平板电脑的一半屏幕烧坏了，闪着各色的像素点。

万幸！两个黑洞的平衡指数没有掉！现在的平衡指数是67%，

甚至比之前还高一些。难道冥冥中有神仙相助？这两个不听话的臭小子，什么时候这么懂事了？

感谢神仙帮忙的心情很快就消失了，我注意到一些细节。

修正进度79%？刚才的工作进度没有这么快，难道是“喧嚣号”内部的电路没有受到冲击？我记得如果要绕过AI和电脑直接进行平衡操作，也就是所谓的超越控制，是需要直接在黑洞核心附近操作的。那是有着上百个开关和阀门的机电设备，操作起来就像是在失重状态下跳舞。连王鹏部长这样的训练狂人都只要求我们练过几次。

忽然想到了什么，我开始神经质地拍打平板电脑终端，色彩斑斓的显示器更加色彩斑斓了，不时掠过一片片雪花，似乎马上就要坏了。可我并未停下来，关机、重启，关机、重启，不知重复了几遍，终于在屏幕扭曲的左上角看见了几个模糊的字符。

BE01。

果然是他。

“BE01呼叫塔台，不论你是否听到，黑洞模型已完成，30分钟倒计时……哦，该死，AI已经下线了。BE01正在进行观察，轮机舱继续手动稳定。”

“小伙子们，动起来，加把劲！”他鼓励大家。

王鹏的声音听上去像是自言自语，他的身边人声嘈杂，偶尔会有几声机电开关的迟钝闷响。很久之前——其实也没有那么久吧——我刚刚进黑洞舱的时候，王鹏就是在这样嘈杂的环境里，带着所有人完成各个项目和各种层出不穷的演习。

“BE02呼叫BE01，收到请回答。我可以接入黑洞控制……”

他没有回复，依旧在鼓励舰内的工程师们。果然，语音频道的某些设备应该是被烧掉了，我只能听他们说话。但是这没问题，我和王部长合作很久了，瞟一眼进度，我就知道他在什么地方需要帮助。

"BE01呼叫塔台，好像有人加入稳定工作了，是你们的人吗？"

嘶嘶嘶——

"塔台听不到，有谁能去一趟？闸门落下了？干！"王鹏骂道，声音在模拟电路里沙沙作响，"舰桥一定在修复了，坚持一会儿，他们会拉电话线过来的！"

"老王！"有人说，"你的徒弟来了。"

"啥？这时候你还开什么玩笑……BE02……"王鹏突然激动地说道，听上去像是话筒被他夺去了，"小陈！是你吗？你在哪儿？现在还好吗？"

我的喉咙像被什么堵住了，说不出话来，而且即使我回答了也没有用。我的平板电脑已经坏了一半，但是我只有这个东西能进行操作了，真的很累，但我没有放弃。

我也不敢放弃，我手里握着最后一丝希望。

"看来他也听不见……很好……就是这样，我需要手动编写适配的角动量方程……没错就是这个，他替我完成了！"王鹏自言自语道，"BE01呼叫BE02，不论你是否听见，接下来我们一起合作，这是我们最后的任务，圆满地完成它！"

真好，真好，双子黑洞的震动仍然在继续，但是我们稳定的速度略超过它漂变的速度。王鹏像极了一位坐镇营帐之中、决胜千里之外的将军，真不愧是黑洞舱的一把手——即便这个部门已经消失不见了，留存的仅仅是还没有从计算机系统中修改掉的代号。

有王鹏指挥，我不再紧张，我的右手在虚拟键盘上跳跃，左手凭着记忆在坏掉的平面上操作着虚拟操纵杆。我很奇怪我在这种完全清醒的状态下也能有这种神奇的效率，而且这种效率还是在一台坏了一半的平板电脑上实现的。

在我们的配合下，一条条繁复的方程和指令输入逐渐成形的模型，变成开关和阀门上的操作指令，平衡着那两个顽皮的黑洞。

“BE01携BE02共同呼叫舰桥，不论你们是否听到，平衡进度75%，黑洞状态良好！”

31. 选　择（上）

如果在平时，我们的工作到这里已经结束了。在修改好模型、给程序打上补丁之后，舰载AI会根据我们的模型自动进行平衡，我们只需要做好观察，并处理好意外情况即可。而现在没有AI，就靠我们自己了。

耳机中的频道传来无线电的调频声，损管队员们的努力获得了回报，通信和其他系统逐渐恢复，“喧嚣号”从断电的危机中复苏。

“嗞嗞……嘶嘶……维生部门……舰体尾部推进阵列发生有害气体泄漏，正在协助损管抢险。”

“空管呼叫……嘶嘶……不论你们能否听见，请在外的所有单位展开救援工作……”

“看上去舰体慢慢地恢复运行了。”达维多维奇飘在一边，镇痛剂和抗辐灵正在发挥作用，他的精神好了很多。但是哪怕烧伤面积不大，继续拖下去也有感染的风险，“通信……天线动起来了。”

一根细长的鞭状天线在弹簧的作用下升了起来，我的平板电脑上有了信号标志。通信备份系统完成了重启，更多的鞭状天线启动了。“喧嚣号”对舰外的无线通信终于恢复了一部分。

“通信调试，使用模拟信号。”我敲击键盘，下达指令。

短暂的白噪音过后，语音变得清晰了。

几乎是在一秒之内，我的通信频道被无数呼救声填满了，刹那间我竟产生了身处地狱的错觉！我和达维多维奇对视片刻，悲哀、紧张、愤怒、无奈等无数种情感从心底涌出来，在大脑中组成一幅绝望的图景。

“救我……救救我……”

“妈妈……”

“好冷……氧气不足，谁能……嘶嘶……救我……”

各种呼救、哭喊、呻吟占用了频道，和周围极静的环境对比鲜明。那头潜藏在心底深处的恐惧之魔咆哮而出，疯狂地锤击着我那脆弱的心理防线。它蛊惑着、引诱着我，像是致命的毒蛇，诱惑我放弃思考和坚持，屈服于这巨大的恐惧，服从命运无情的安排。

“这里是舰桥，这里是舰桥！请报告你们的位置，救援马上就到！”雷舰长几乎是跳起来在喊，“航空部门！你们能联系上谁，还有谁在外面？”

“我们能派的已经全派出去了，在外的一个舰载机中队只有一架幸存了下来！气闸的控制系统都坏了，在系统恢复之前，气闸是打不开的！现在，我们只能走飞行轨道！另外，我们的飞行员严重不足……”

“现在哪里都缺人，舰体内部都有地方没打通……先救人再说！”

“是！”航空部部长的回话夹着杂音，然后，我听到他问边上的人有没有完好的航天服。他也要出去！

那么我呢，就在这里听着他们的求救声和濒死的呻吟，什么都不做？

掌握扳道的按钮在我的手里，但不同的是，不论我是否按下扳道的按钮，都会有不计其数的人死去，其中还有众多我能叫得出名字的人，或许也会包括她。

楚倩，你在哪里？那一架幸存下来的舰载机……我呼啦一下站起来，把平板电脑挂在胸前，就往外闯去。

“陈晓云！同志！你要干什么？”

“老达，我要去救人！”

他愣了一下，“陈，你疯了吗?！”

“我没疯，但是他妈的这样下去我会疯的！”

“服从命令，陈晓云！现在做好你的事情，好好地把黑洞稳定住！”

“少他妈扯淡，你没有权利命令我！”我直勾勾地盯着他的面罩。

“别孩子气了，浑蛋！你是要开着自己的航天服，在气闸还锁着的时候，去救那些不知道在什么地方的人吗?！”达维多维奇扑过来，一拳把我捶回舰体表面，然后扯着光纤，把我拖回来，“如果黑洞跑出来，死的就不止外边这些人了，所有人都可能没命！孰轻孰重，你想明白了吗?!

“我不许你去白白送死，也不许你连女朋友都没找到就去见上帝！”

他难得冲我发火，这是从没有过的。我没有反驳也无法反驳，又是这样，被逼着在两个选择里做出抉择；而哪怕摈弃了私心和感情，斟酌许久，你也只能做出一个看上去不那么糟糕的选择。

其实想想也是，陈晓云啊，你既不是超人，也不是机甲战士，你能改变的东西真的很少很少。

“救……救命，我在……嘶嘶嘶嘶……”有人在呼救。

我无声地抽泣着，面罩里浮起白色的雾气。航天服检测到我的视野受阻，头盔里的空气循环系统开始嗡嗡作响。真是对不起……可是道歉是没用的，和我一样没什么用。我喃喃自语，低头看着平板电脑。

“BE02，如果你能听到，舰载AI就要上线了，我们要把模型接入系统，开始模型观察，注意控制权切换的时候产生的不确定因素……”

好的，明白了。我沉默地工作着。

注意到达维多维奇有些脱力，我把他安顿好，重新参与黑洞平衡工作。这个时候，我肩膀上的摄像头发现了一些异常的东西。远处，有一个剧烈闪烁的光点朝着“喧嚣号”冲了过来。

“警报，B-2区发现小目标接近！预计2分55秒后发生碰撞！”

“他妈的！”我听到了舰桥里一片骂声。

“可能是失控的飞行器！尽快建立联系。”雷震一字一顿地说道，

“近防拦截系统能工作吗？”

“舰载AI正在上线，这个时候没法进行操作！”

“那就派人去手动操作！”

我站起来，看见那个光点在不停地闪烁，三短三长三短[①]，情况已经非常危急了。

等一下！ B-2区……这不是黑洞舱的外围吗？我突然想到了什么。

耳机里，调频声像是失真的收音机讯号，随着不断地调节，总算变得清晰，“嘶嘶……这里是‘作业5号’！操纵系统锁死，动力分配失灵！我们已无法控制飞行器！重复，我们已无法控制飞行器！”

是马尔克斯！

“什么情况？不要紧张，汇报你的情况！”

“我没法控制舵杆和节流阀了，都锁死了！”

逻辑翻转！高能电子穿越了“作业5号”的重重屏蔽，命中了控制电路上几个关键的逻辑电路，导致程序锁死；与此同时，数套备份系统也被摧毁或者失能。

该死的，怎么会有这么巧的事情！

“舰桥，这里是楚倩，代号……J42。我已经完成飞行器的重启，我的副驾驶牺牲了，但是我能帮忙拦住‘作业5号’，马上就能赶到！”

两个不同的声音从无线电的杂音中脱离出来，我很欣喜地再次听到了楚倩的声音。她没事，还成功完成了飞行器重启。

“塔台收到！ J42，请对失控目标‘作业5号’进行拦截！”

“明白！”楚倩的回答干脆冷静。

---

① 即SOS（求救）的莫尔斯电码表达方式。

我抬头，看到天幕上除了炫目的光流之外，另一个蓝色的亮点在迅速地靠近失控的“作业5号”。她出马，肯定就没事了。我安慰完自己，低头紧盯电脑上的各项数据，努力把萦绕在心头的恐惧挤出去，强迫自己把注意力集中到黑洞的平衡工作上，“BE02持续跟进状态，交接待命。”

“J42开始尝试对接。”

“楚倩，这次是非合作目标对接，你要小心。”雷舰长的声音像是从深渊中传来，“你还有1分30秒的时间。”

隆隆的雷声在胸膛里炸响。我抬头望去，天幕上，两个光点互相靠近，随后分离，再靠近、再分离，倏忽来去，像在跳一曲优雅的双人舞曲，或是双宿双飞的荧光蝴蝶——只是这种相对速度稍微控制不好，便是满盘皆输。

32. 选　择（下）

没有什么情况比现在更让人害怕了，恐惧像是呼吸一样如影随形，从我的身体钻进钻出，带走我浑身的热量。黑洞的稳定工作不能停止，我不得不把所有的注意力转移到那台坏了一半的平板电脑上。

“小陈，平衡度在下跌。该死的，AI什么时候能交接完成?！”王鹏气喘吁吁，他在用力打开一个阀门，“随时准备主动干预。”

“对接准备！”

马尔克斯终于和楚倩的JL300对接成功，两个闪烁的光点变成了一个。由于距离比较近，我已经能隐约分辨出“作业5号”像蜘蛛一样的轮廓了，在它的上边，攀附着小了一圈的JL300。

“我锁住飞船，稳住后，你切断燃料供应，我带你们走！”楚倩的体力估计消耗不小，“我带你们走！听到了吗？”

“听到了！你稳住飞船，我这就去关燃料阀！”听上去，马尔克斯正在解开身上的安全带，“伙计们！别担心，王牌飞行员来救我们了！”

蓝色光点的亮度渐渐变大，楚倩的教练机应该是掉转了180度帮助“作业5号”减速。由于JL300和“作业5号”相比吨位小了不少，这会花上一些时间。

“舰载AI交接中。”AI的声音出现了，和平常一样没有感情。我和王鹏正在把控制权移交给AI，开始30分钟的观察倒计时，似乎一切都开始回归正轨，最为危急的时刻已经过去。

嘎嘎嘎——嘭！

共享的模拟通信频道里传出了金属崩裂的声音。蓝色光点如同凭空挨了一记重拳，即刻闪烁起来，硕大的“作业5号”翻滚起来。仅仅直视这个场景就让我的大脑一片空白，身体动弹不得。

接口断裂了！

怎么会出状况？为什么拼尽全力，都已经到了最后关头还会出岔子？“我们永远……不是超人。”有些话断断续续地从意识深处鬼魅一般闪现出来。

“弹射！弹射！‘作业5号’，弹射！”舰桥管制员声嘶力竭地吼道。

“做不到……锁住了！”“作业5号”上，马尔克斯正承受着足以折断脖子的过载，每说一个字都是挑战。

“超越控制，手动！”楚倩的声音发颤。

“作业5号”越来越近了，它像触手一样的机械臂被离心力拉得笔直，即使尾巴上硕大的发动机根本没有工作，它的速度依旧快得可怕。我想起了楚倩和我说过的，太空中物体的速度动辄就是几倍宇宙速度，现在我能切身地感受到那可怕的速度感。

白色的烟雾在驾驶舱上炸开，一个卵状的救生舱被压缩空气弹射出来。终于有人获救了！弹射的反冲力也让“作业5号”轻轻地偏转了一些，但这力道太小，无法让飞船改变轨道。“作业5号”依旧像是暴怒的大象一样撞向“喧嚣号”。

这也是唯一一个救生舱。原本可以有更多的。

“击毁它，楚倩！”雷震已经顾不上使用呼号了。

“不行，我的队员……还有人在里面！”马尔克斯大喊，声音来自那个弹出的救生舱，“我才把他们救回来，他们可能昏迷了！”

“再试一次，让我再试一次！”

“不行了！来不及了！”舰桥里有人尖叫。

“击毁它！”雷舰长的语气冷冽，“这是命令！”

“不……不要！我还有机会！”楚倩咬紧牙关，她的教练机像鹰一样俯冲下来！

“击毁它，近防系统！”

暴风骤雨般的对话将我从呆滞状态下唤醒，我想起了B–2区，那是黑洞的位置，也是现在直接控制黑洞平衡的王鹏所在的地方。AI正在交接控制系统，轮机舱的人一定在那边。

一念及此，我毫不犹豫地甩掉平板电脑，解开安全带，点亮了等离子引擎朝着B–2区飞驰而去！

“你干什么！”达维多维奇被身上的光纤拽倒在地，冲我大叫。

真是烦死人！我一把扯断光纤，还带着坏点的推进阵列咆哮着把我推出去。

“王鹏！危险，快逃！”

沙沙沙沙沙……

“王部长！快跑！快跑啊！”

沙沙沙沙沙……

“楚倩！停下它，停下它！舰桥！舰桥……”我的语气已经近乎哀求。

这时，推进装备的燃料余量耗尽，背后的推力在一瞬间消失，我失控重重地栽倒在舰体上。我撞在了一个近防炮塔上，在舰体上不停地翻滚。

我不知道我为什么发疯一样地挣扎，我不知道我为什么朝着满是杂音的频道里哭喊，我不知道我为什么会无助地倒在舰体上，眼睁睁地看着“作业5号”翻滚着撞向“喧嚣号”。

没有人能听到我，也没有什么我能做的。

不要死，不要死，不要死！我的手在空中毫无意义地乱挥，什么都抓不到。

这个时候，有一个声音断断续续地传来：“交接完毕，30分钟观察即将完成。BE02，不论你是否听到……”

王鹏的操作一直是最好的，这也是他为什么能留在哪怕只剩两个人的黑洞舱的原因。他的每一次平衡和稳定工作都行云流水一般高效，没什么多余的动作……

我的视野已经看不见任何东西了，只能看到一个亮点从视野外侧追进来，还有近防系统电磁动能炮弹带着的蓝色电光，可是这都来不及了。

“作业5号”失控的船体带着还没有逃出来的船员准确地撞击在了舰体上，接着引发了二次爆炸。一些还未排空的超导电池组失超[①]了，瞬间将其内部的电力以热量的形式释放，沿着被戳穿的舰体空洞喷出来，在无重力的情况下膨胀成一颗色彩斑斓的等离子光球。金钛合金和发泡铝合金组成的装甲板被震波卷起，整个“喧嚣号”如同在浪涛中摇摆颠簸的孤舟。

我呆滞地爬起来，丝毫不在意横飞乱闯的碎片。那座电磁炮塔徒劳地射击着大块的碎片，直到一块残骸将其整个削平。还有一些人影在爆炸中被掀出来，或者淹没在不断升腾的等离子火球中，或者被一块碎片击中，不知所踪。

我浑浑噩噩的，完全不知道自己在想什么，浑身上下的每一个零件似乎都失效了，直到气闸里有人冲出来把我扑倒在地，又拖了进去……

啊，“喧嚣号”，庞大而壮丽的太空巨舰，也只有北约的探索舰“查克·耶格尔号”能与她一较高低。旧时代的航空母舰与她相比就是一个婴儿。所以，当年她宏伟的身影出现在地球同步轨道上的时候，大家都玩笑地把她叫作“歼星舰”，意为可以毁灭行星的战舰。虽然她只是一艘探索用的科考船罢了，不过不妨碍我们开玩笑。

当时，所有人的心都为人类科技的伟大荣光而悸动——当然也包括我——如果能到她上面去工作，我也能实现自己的梦想吧？

---

①超导材料失去超导状态，在文中指利用超导效应存储电能的电池材料失去超导状态。

现在呢？哪儿还有什么梦想和坚持？我只感觉我和那层脆弱的发泡铝板一样，被狠狠地击成了碎片。

我站在落下的隔离墙后边。

很多人也都站着，隔离墙背后就是黑洞所在的地方，还有黑洞舱的办公室，都与舰体的其他部分隔离开来。

双子黑洞的其中之一，在剧烈的撞击下脱离了另一个。紧接着，它被释放了出去。

我们关掉了黑洞的位置维持系统。

随着舰体位置的变化，那个吸收了大量物质的微型黑洞逐渐地远离了我们。

由于它放射着大量的辐射，远远看起来就像是一个翻腾的火球，中间带着一个深邃、扭曲、看不见底的黑色孔洞。

这个闪烁的火球将在那个位置上，随着自身能量的释放而逐渐蒸发。

而剩下的那个黑洞，还留在开了个天窗的黑洞舱里，微微地颤抖着。

够了……够了，我想。有这么一个上司，平时里整天搞那些重复了无数遍的演习，就像是应付上级检查的作秀一样；又使劲唠叨让你烦不胜烦，还都是那种老掉牙的心灵鸡汤，活像是个从仓库里翻出来的老古董……你关了他的通信，不看他的邮件，现在呢，等到你想通了，重新认识他了，他却不在了。

王鹏把他那把银色的钥匙留在了房间里，这是他为数不多的遗物之一。我紧紧地握着王鹏留下来的那把封存在透明盒子中的钥匙，它硌得我心慌。

我想把它放回口袋里。

“年轻人要多补充维生素……”一个悠悠的声音从我的脑海中冒出来，像是穿越了极远的距离，轻轻地回响着。

这下永远结束了，黑洞舱再也不可能重现它曾经的光辉了，不可能再有一个人和我同时持有这两把“双人钥匙”了。

我突然很想哭。我承认这很懦弱。

我真的什么都不愿去想啊，但是却怎么也做不到……

马尔克斯打着绷带，按着我的肩膀，没有说话。

周围有女士微弱的哽咽声。

真正让人战栗的东西是看不见的，只有当它发生了，我们才能真实地感受到。

比如死亡。

默哀完毕之后，大家逐次离开。现在有更重要的事要干，我们没有太多的时间去悲伤感怀。

我看到雷舰长像是雕塑一样矗立在隔离门前，他拳头紧握，身体笔直。

33. 疲惫的乐观

这次撞击点就在黑洞舱的正上方，爆炸和等离子火球在舰体上烧出了一个巨大的洞，随即，飞出舰体的黑洞在铁镍小行星上留下了一个熔融出的圆形通道。所以，牺牲的大多是轮机舱的人，还有一些带队打通舰内通信的人，比如那位挺好说话的舰长。

以及王鹏。

我们为他们举行了简单的葬礼。

1911年5月31日，有一艘“永不沉没”的船下水了。在后一年的4月14号，这艘“就是上帝亲自来，他也弄不沉”的船，撞上了冰山，沉没在冰冷的大西洋里。

她就是“泰坦尼克号”，当时人类工程和技术的巅峰之作。那个时代，现代文明安稳发达，工业持续发展，科技大厦也加上了最后一块砖瓦，一切美好生活的基石似乎都已经构建好，人类只需要在光辉灿烂的道路上继续前进就好了。

而“喧嚣号”又何曾不是这样呢？

这是参加葬礼时，我在工作日志里看到的。有一位不知名的舰员，用生命最后的时间，在自己的舱室里写完了这段话，而后死于失压，就像当年被困在“西弗吉尼亚号”舱室里的水手一样，在冰冷的死寂中死去。

“喧嚣号”受损严重，虽然尚不致命，但是全舰暴露在外的所有设备都遭受了重大的打击。作为远航探索舰，“喧嚣号”拥有强劲的星际通信天线和纠缠量子通信，哪怕我们在小行星带都能和地球保持联系。现在，这些联系全都断了。

我无法想象那些死去的同事在生命的最后一刻究竟是怎样的心情；我只知道，现在这种绝望落到了我们的头上。

“我们现在的通信只剩下了使用模拟信号的备份天线，对外探测只剩下光学通道。”

“没有办法修吗？”提问的是雷舰长。

“没办法。”我看了看马尔克斯，他也点点头，“舰长，那些东西只能被整个换掉。我们在航程中是修不好的。”他的手上打着绷带，没法出舱工作，只能在这里守着我们。

“我知道了。”雷舰长在通信里应道，“辛苦你们了，好好休息一会儿。”

全舰五个工程队，现在只剩下不足两个队的人。通信系统、维生系统、推进系统……我们像是不知疲倦的工蜂，直到四仰八叉地躺在休息室里为止。

不少人好一会儿才挣扎着爬起来，奋力地把身上的工程宇航服和各种工具往下卸，还有很多人直接在地板上就沉沉睡去。我看了一眼手表，第18个小时，我已经连续工作这么久了。

胸口的体征监测终端震动起来，舰桥的人提醒我，必须去休息了。

“18个小时，放在以前大航海时代，干这么点儿时间，就喊着累了，可是要被人鄙视的。”我换好舱内工作服，戴上头盔，检查了一下终端。上边所有和出舱作业相关的程序都被锁住了，有一个8小时的倒计时，“马尔克斯，我想去趟医院，去看一下老达。”

“好，我和你一起去。”他回答，“陈，别太勉强自己。现在和当年不一样了。”

舰体的中央走廊里，行人匆匆，不时能见到穿着防护服的人飞来飞去。在这个区块检查完之前，舱内所有的人都得穿好航天服。各个路口都有维持秩序的陆战队员们，所有人都在沉默地赶路。

“晚上六点。”报时响起来，舰上的灯光变成了黄色。傍晚了，本该是温暖的金色灯光却凭空显出一种令人眩晕的迷离来。我扶着把手停下来，把腰上的安全带扣好，等着升降机把我们提上去。身边有很多担架和器材在升降，我注意到，有不少人躺在尸袋里。

“陈，达维多维奇的状态很糟糕。”上升途中，马尔克斯告诉我。周围没有什么人，我俩已经感受到了一些重力，“在你忙的时候，我去看过他了。”

“什么问题？”尽管已经有了心理准备，听到这句话我还是很不舒服，“有生命危险吗？”

“暂时没有，就是以后大概率没法上天了。”

“肯定会没事的。”现在反倒变成我安慰马尔克斯了，“他和你一样，都是很乐观的人，没法上天，在地面上也能……等一会儿，马尔克斯，你……”我的话戛然而止，“你不会也没法……”

“哈，断了骨头而已，我还是有希望的。现在医学这么发达，换个器官都和玩儿一样，还医不好我的手？”他笑了笑，“打起精神来。”

医院在重力环电梯井的边上，充满着消毒水的味道。推开门进去，长长的走廊上都是等待手术或者等待分诊的病人，医生、护士还有吸在墙壁上的机器人助手，都在尽可能快的移动。挂着红十字和蛇杖标志的舰员们正在把一些危重的病人们从分诊区里筛选出来，往手术室和急诊送；又或者是给一些疼痛难忍的人打上一针镇痛剂，安抚他们再坚持一会儿。

没有人来接待我们。前台后边，只有一名大夫趴在桌上，一动不动。

“达维多维奇在里边的ICU，烧伤面积达20%，属于中度烧伤，轻度的内辐照，正在抗感染。”马尔克斯朝着走廊里边指了指，“我们自己进去吧，小心些。”

我们小心地跨过轻伤的病人、飞行的机器人，还有倒在过道上睡觉的医护人员们，朝着最里面的ICU前进。消毒水的气味变得浓烈了，夹杂着血腥气。偶尔会有病人的呻吟、咳嗽声和呕吐声传来，而每一声响动，总伴随着医护人员努力压低的声音和奔跑的影子。

面前出现了一个小步快跑的姑娘，像一只疲惫而灵巧的猫咪。

“星野。”我认出了她，“你怎么在这里？”

星野努力露出微笑，“哎呀，晓云，马尔克斯，是你们。”她很随便地套着白色的护士服，露出里边的衬衫和贴身的便捷式宇航服。但是很显然，这位精致的姑娘很久没有打理自己了，漂亮的金色头发缠在一起，变成一缕一缕了，她的护士服上也沾了不少药水，留下了污渍。

“我以前受过护理培训，这边有需要，我就过来帮忙了。”她朝我亮了一下自己的臂章，是一个红色标志，“你们是来看达维多维奇的吧？他在里边，我带你们进去吧。”

“舰桥那边不需要你吗？”马尔克斯问。

“那边雷舰长在带队，他很厉害的，一个人就能处理我们好几个管制员的事情。”星野一边走一边说，马尾轻轻地跳动，“他让我不要在舰桥那边，所以我就来这里帮忙了。

“现在这里真的很缺人，普内、普外和宇航急救科，大夫和机器人连轴转，不过最忙的就是麻醉科了，什么手术都离不开他们。”星野的手臂上绑着一台平板电脑，“你看，晚上的手术都排满了。咱们快点儿吧，过会儿就有手术要我去……”

话音刚落，星野的身子晃了晃，就这样直挺挺地朝着墙壁倒了下去。马尔克斯跨步上前，一手扶住她的肩膀，让她靠着自己，慢慢地坐下去。

“没啥，她就是太累了。”马尔克斯的表情舒展开来，他用一种非常不舒服的姿态靠在墙上，让星野靠在他的怀里。姑娘发出了轻轻的鼾声，显然是已经睡过去了。

“帮我找个什么能盖的东西……我就不陪你进去了，陈。”

34. 第二只靴子

达维多维奇的病床在ICU里，清冷的灯光下，他像是半躺在密封的水槽中，只有半个脑袋露在外边；而在水槽里，几台细小的机器人正在修复他背上烧伤的皮肤。他的手上插着输液的管子，嘴上则罩着面罩。呼吸机和心电监测器发出单调的声音。征得护士的同意之后，我找来一把椅子坐在隔离玻璃外边。

“陈晓云同志，我醒着。”玻璃上显示出几个字来，他没有什么动作，应该是用眼神控制着电脑打字的。

“我来看你了，没法直接和你说话。”两人隔着几米的距离，但是他没法说话，“你头发掉了不少。”

“嗯，同时在做抗内辐照治疗。我这个样子是不是有点儿像下过雪的西伯利亚平原？”他打字的速度不快，“感谢你当时救我，否则我就死在外边了。”

“我还没感谢你呢。”我忍住笑，“实话说，我还没在冬天去过俄罗斯。”

“那回到地面上，一定得去，俄罗斯的冬天是最美的。”他打算动一下，但是最终放弃了，“这几个小家伙搞得我背上好痒，止疼药又让我有些昏昏沉沉的，真糟糕。”

“为了能早日喝酒，你就忍一下吧。”

闲聊很快就结束了，我和他的话题最终回到了工作上来。

“其实，我是很不希望我的想法成真的。”达维多维奇犹豫了一会儿，“正常情况下，引力波对黑洞和大质量物体的作用，应该不至于那么大，大到能让你听见噪音的程度。而那天，我们几乎所有人都听到了。”

我点点头，在光流爆发的时刻，轰隆隆的雷鸣声滚过，像是千万乘的战车奔腾驶来。

“如此规模的引力波，必然是一次非常大的宇宙事件引发的，同时，一定也很近。”他像是想了很久，“这次爆发的是哪颗星来着？”

“87539319。”这个编号我绝对不会忘记，“暗淡的白矮星。”

“是啊，一千多光年外的一颗白矮星，绝对不会爆发的那种。谁知道它其实是一个双星系统？双星的碰撞引发了爆发；要不是这样，我们也不会知道还存在一种我们尚不知晓的超新星喷发机制。”达维多维奇感叹，“宇宙的神奇啊，总是出人意料。”

“如果我们能早点儿发现噪音、引力波和超新星之间的关系就好了。”我搓着手，有些丧气，达维多维奇这种专业领域的专家都没有办法，“或许，咱们试图去预测它就是有些不自量力。”

“同志，请不要这样说。”

达维多维奇挣扎了一会儿，但抗感染舱的盖子很是结实，他最终还是没有坐起来。护士走进来检查了一番，再次嘱咐我，他需要安静和休息，谈话时间不要太久。

“探索真理比占有真理更为可贵，怎么可以因为前路艰险，就放弃不前？”他激动地打着字，以至于出现了个别错字，“至少下一次，我们就知道了，超新星在爆发之前，会在大质量物体和黑洞上解译成类似碎裂声的噪音。这也是一种进步。”

“只是没有一个人能够全面地把握真理，想要这样，我们也得活到下一次超新星爆发才行……”

他的劝慰没有什么效果。实话说，这次超新星的爆发，即使大自然仁慈地对我们网开一面，没有用 γ 射线暴直接把我们烧成灰，迟来的高能粒子风暴也让我们损失惨重。

“那就争取活下去。”雷震出现在我的身后。

“舰长！”我急忙站起来，但很快被雷舰长按在了椅子上。

“舰长，你好。看上去你是看了我给你们的报告。”

“准确地说，只有我一个人看了。”雷震点点头。他盯着我看了一会儿，让我背后发毛，“可能性有多少？”

“几乎百分之百，速度方面我拿不准，但是偏差不会太大。”达维多维奇回复，“最终决定看你了，舰长。”

究竟发生了什么？你们在说什么机密的事情？我觉得他们的对话里隐藏着一个巨大的秘密或者说是危机。

自我保护的本能激发了我向外走的欲望，脚却和生了根一样动弹不得。如果是危机，那么，你还想躲避到什么时候去？有一个声音在不断重复地说着，一如之前的冰层碎裂声，挥之不去。

“你想听吗？”雷舰长没有看我的脸，“想跟我上一条贼船？现在你想走的话，可以走。”他放开了按着我的手。

“如果是在谍战剧里，我一转身就会被你掏出手枪打死的。”我努力摇头，深吸一口气，“该来的躲不掉，你们说吧。”

很多东西你总得去面对，不论你是否有能力去改变、去对抗。

“超新星爆发，对外的影响无非那么几种，引力波、γ射线暴、高能粒子……”见我没有走，达维多维奇调出了一份报告来，开始断断续续地讲解，“引力波我们遇到了，γ射线暴……实话说我都惊讶我们检测到的γ射线强度如此之低。而剩下的就是超新星爆发本身所抛射出来的大量高能粒子了。其中一部分，我们刚刚经历过。”

我点点头。发生爆发的87539319还在舰外闪耀，它的第一波高能粒子杀死了超过半数的舰外航天员，并且导致“作业5号”逻辑翻转，使“喧嚣号”受到了巨大的损害。

“那么，接下来，就不只是高能粒子了。”

我像是触电了一样，一个激灵跳了起来，“等一下，不只是？还有第二次吗？”

“是的。”雷舰长接着说了下去，“达维多维奇认为，接下来，将会是更重一些的高能粒子。在氢核到氦核这个质量区间内波动。”

“是的，毕竟大部分宇宙射线是氢核，重粒子的速度太慢，我们暂时不考虑。所以说，这次爆发也不会例外，下一波发射过来的，应该是数量庞大的带电高能粒子，以质子为主。因为质量的问题，它们的速度会比电子慢一些。”达维多维奇顿了一顿，“关键是中间的这个时间差究竟有多少。”

“也就意味着我们接下来还有多少时间……”我沉声道。

“去决定究竟是找一个地方躲避，还是坚持返航，尽可能地把你们全都带回去。”雷舰长轻巧地说道，声音不大，却像雷声一样轰鸣。

“对我而言，只有一种选择而已。”

35.Counting life

雷舰长和我走出ICU，从医院后边的设备入口走了出去，那里没有什么人。

“我们还有多少时间？”我没头没脑地问。

“最少二十天，但不超过三十天。”雷舰长回答，“怕了？”

“说不怕是假的，但是害怕也没用。我还是回去把事故分析报告写起来……”

“那东西你倒可以随便点，现在是非常时期。”雷舰长抽出一支烟来，想了想，又放了回去，“这次黑洞事故的原因已经很明了，主因是超新星爆发产生的引力波，对黑洞产生了扰动；轮机舱的人在配合你们的时候的确出了岔子，引用了不该引用的数据，但这不是根源……想要复现这次故障是不可能的，给个报告就可以了。”

“嗯。”

“节哀顺变吧，陈晓云。”雷舰长用拳头顶了顶我的脑袋，“我知道你不好受，但是现在黑洞舱只剩你一个人了。”他看了看表，“坚强起来，6个小时后在舰桥有个分析会，你记得来。”

是啊，只剩下我一个人了。再也不会有谁替我承担责任和风险了，扳道岔的按钮交到了我的手里，黑洞舱的所有决定都将由我做出，我永远没法把这些艰难的抉择当作老套的思想实验去忘掉了。

雷舰长看我点头，正准备走，医院里突然吵闹起来。

“大夫，情况怎么样？”有个熟悉的影子，用近乎绝望的哀求语气对着医生说道。

是楚倩。她的短发凌乱不堪，被汗水浸透，贴在脖颈上，不复之前的柔顺；漂亮的眼睛带上了黑眼圈，显然一直没有睡。

“对不起，我们已经尽了最大的努力。”像是宣告一样，医生丢掉沾血的手套，“抱歉，真的是没有办法了。已经快要36个小时了，除了上帝，没有人能够救回他们了。”

“这一批救回来的，全部都是这样吗？”楚倩还带着最后一丝希望，“当时急救医生还说有一线希望。”

“很抱歉，是的。”那位医生点点头，“女士，你太累了，今天你已经来了几趟了……去休息一下吧，严重的疲劳会影响您的判断力。”

说话间，一间病房里传来了噼里啪啦的打砸声，金属器皿被胡乱地丢在了地上，有人在里边痛哭。“这不是真的！”他大声地吼叫，声音嘶哑，语调扭曲。几位陆战队员冲了进去，把那位激动的病人控制住，挪去了其他病房。

楚倩咬咬牙，“你们等着，我一定……”她披上自己的飞行员外套，转头就准备往外跑。

她没有成功，雷舰长一个箭步上前，拉住了她。

“不要胡闹，楚倩。”

雷震的突然出现显然让他们惊讶，陆战队员们站直了身体，病人们也抬起头看着他。另一位舰长牺牲后，他是全舰所有人的主心骨。楚倩同样惊讶地转身过来，看着雷舰长和站在旁边的我。

“为什么要拦我？”她说。

“不为什么。你不是超人，楚倩。”雷舰长严肃地说。

“我要去救人。”

“来不及了，终止抢救的命令在几个小时前就已经下达了。”

“但是……”楚倩哽咽，“我还能救回几个的……没准儿还有能……”

你自己都不相信你说的话，我有点儿悲哀地看着她。此时此刻的她，不再果决而勇敢，而是陷入了崩溃前的疯狂，想要奋力挣脱，却逐渐绝望。

“算了吧，楚魔王。”我轻轻地说，“真的不要勉强自己了。”

“你知道什么！”她冲着我喊道，“他们本来都能活下来的！你知道在舱外的时候，听着他们绝望地向你求救，那是什么感觉吗?!”

“够了，你想任性到什么时候！这里是医院，不是你耍脾气的地方。”雷舰长不打算让她继续说下去，他呼出自己的终端，把楚倩的名字从一个名单中移除，“现在，回去睡觉，睡醒之后再来。”

楚倩不敢和雷震吵架，两人的对决曾经以楚倩的败落而告终。她如此窘迫的样子我还是第一次看见，我很想说些什么来缓解僵局，却不知从何说起。

“别碰我！”赶开了想把她架走的陆战队员，楚倩慢慢地转过身去，“我自己回去。”

我追了出来，从走逐渐变成了奔跑。在居住环里，又要有一群人见到我在拼命地奔跑了。

不多久，我就看见前边的居住区里，有个人靠在墙上喘气。见到我朝她跑过来，楚倩又想继续往前，但是没走几步，她就停了下来。

“楚倩，别跑了。”连续工作十几个小时让我很疲惫，但是她应该更加疲惫。

“你跟过来干什么？”

“这是我想问你的，楚倩。”我盯着她的眼睛，步步紧逼，“你为什么要跑？”

“我跑关你什么事。”楚倩很抵触我的接近。

“是想逃避什么吗？”

是的，你是在逃避什么东西。有些东西就在那里，只不过你不愿意接受罢了。我看到她的疲惫穿透那副故作坚强的面容，如同汗水一样滴落。这种无能为力的疲惫和无奈，我曾经亲口品尝过：不管是当时在彗星边上被背阴面“封闭”感官，还是在部门裁撤的时候遭遇不快，又或者是在面对兜头而来的尘埃球的时候。每每在这个时候，你总是向我伸出援手，带我走出焦虑和困顿。

那么现在……

楚倩的表情变了，脸上写满了委屈，她全力以赴，试图压制这种情感，以至于说话的声音都在颤抖：“来看我的失态和脆弱，对你而言就是这么有意思的事情吗？”

“不，不是这样。”

“你又明白什么！”

“不！我说……我明白，我明白的！”这一次，我毫不畏惧地反驳，“我知道你的感受。”

“之前在舱外，我和老达把天线竖起来之后，我们听到的实际上是一样的频道。”我尽量以一种轻松的语气讲述着，“当时几乎所有的外部呼救，都通过那套模拟通信链路转接。我也听到了你和马尔克斯的对话，相信我，我明白你的感受。”

“我真没用……”她靠着墙壁坐下来。

“我又能好到哪里去呢？不是一样看着部长他们牺牲。”我坐在她的身边，“我们清晰地了解自己的无能为力，也明确地知道情况有多么危急，但是我们什么都改变不了。”

她把头埋进自己的臂弯里，声音闷闷的，“对不起，晓云。对不起……要是我能拦下‘作业5号’就好了。”

“你道歉干什么。”我把手放在她的手上，“我们都不是超人，在最危险的时刻，你把马尔克斯救出来了，也让‘喧嚣号’有了更多的时间准备防御。要不是你，我可能也会死在一次碰撞中。能做到这样，真的已经是最好的情况了。”

“不是这样的……”她的语调凄然，“大话谁不会说啊……如果只要‘这样就好’，那么我还不如开火呢。就算开火也行啊，也是我一个人被骂，至少不会有那么多人死。”

她捂住脸庞，无声地哭着，“上次你问，你会扳下道岔还是不扳道岔。对不起，对不起，我是那个连选择都不敢做的人……我在你面前耍帅，到头来却只不过是个懦夫，比我的父亲还不如，我是那个连选择都不敢做出的人……”

你可不是懦夫，你只是太累了。楚倩的眼泪冲走了我所有的热量，或许还有侥幸感。在命运面前，连楚倩都败下阵来。曾经，在我的心里她无所不能，几乎是完美的象征。不是吗？她能做出那么高难度的机动，能把所有的任务完成得那么漂亮，能做出最完美的第三种选择。直到现在我才发现，她光辉的外壳之下其实也和我一样，有着常人的脆弱情感。

寒冷的感觉蔓延上来，冷彻心扉，我或许找到了渴望已久的安慰——或许就是她。楚倩靠在我的肩膀上，握着我的手，沉沉睡去。这一次，纵使绝望已经缠绕着我的脖子，意图让我窒息在这片令人发疯的宁静之中，我也不能退缩。

不会再有谁挡在我的面前了。我伸出手，死死地抓住了绝望。

36. 沧海孤舟

“不好意思，我迟到了。”

“没问题，请坐吧。”雷震伸手示意我坐下来，“会议还没正式开始。”

舰桥的会议室在另一个居住环里边，毕竟在无重力环境中开会很麻烦。我点头坐下，看了看周围，除了马尔克斯代表工程队外，与会的几乎都是各个部门的部长，就属我的等级最低。我把ID卡放在桌上，前边亮起一个黑洞舱的“BE”徽标来。

坐在我旁边的是那个说话不看场合的轮机舱机工长，他瞟了我一眼。

轮机长和王鹏在爆炸中牺牲了，所以现在轮机舱是这位机工长在负责。说实话，我对这位的观感并不好。之前和轮机舱的交涉因为他的那句“优胜劣汰”和“公平竞争”而搞得很不愉快，为此我还和王鹏吵了一架。后来王鹏直接去问了轮机长，根本就没有那个所谓“人满了”的说法。

现在，我这个曾经的黑洞舱普通员工变成了黑洞舱的代表，他这个机工长也变成了轮机舱的代表，不得不说颇为讽刺。

会议很快就开始了。

这是一次情况分析和通报会，由雷舰长主持。他先对“喧嚣号”现在的情况做了一个总结通报，具体情况则由各个部长做详细的说明。

简单地清点下来，除去已经知晓完蛋的星际通信系统外，舰载机中队损失了一个中队的舰载机和飞行员，维生部门损失了一些损管队员，但是主要系统无碍……我则简单地汇报了一下黑洞舱的平衡作业和其中遇到的问题。

损失最重的是轮机舱，因为当时正在参与对黑洞的直接干预控制，几乎是遭到了“作业5号”的直击，工程师损失惨重。更重要的是，因为有大量的超导电池“失超”发生爆炸，波及了聚变引擎的等离子发电机，导致其无法全力运作，最终使得全舰电力不足。

但现在舰上的灯光并没有暗多少啊，我想。

“电力不足到了什么程度？”雷舰长皱着眉头问。

“现在维持我们全舰维生系统等日常需求，并且维持最低推进功率，就已经是极限了。”那位机工长说着，露出了神秘的微笑，“舰长，您要继续加速返航的计划，可是没办法了。”

舰长要加速返回？所有人面面相觑，这之前他可没说过。雷震即刻成了全体与会人员目光的焦点。

“咳咳，是这样的……因为这个决定得先咨询轮机舱，我本来就打算在这次会议上提出来。”雷舰长有些尴尬，但是他很快调整好了情绪，“现在，先听一段录音吧。”他拿出一个存储器，插在桌面上，“这是我们备用的模拟通信录下来的、和地球方面的通信记录。”

沙沙沙，嘶嘶嘶，全是噪音，间或有“喧嚣号”这边持续不断地呼叫，但是一直没有什么回应。偶尔，这些嘈杂的声音会轻下去，这个时候，我们能听到一些广播式的通告。

“嘶啦……查克耶……呼叫，L1[①]……无通信……

“不论你能否听……月面……请转接激光信道，信道编码是……”

地面的情况很不好啊！

“模拟通信如果增加功率，还是能叫得通的，我们能增加功率吗？”有人提出。

“不行，高增益天线在那次爆炸里损坏了，我们实际是在用舰体表面的那些鞭状天线通信的。”负责航行通信的二副反驳道，“而且，现在月地系内的模拟频段肯定是一团乱麻，那里有不计其数的人需要救援。”

“那么我们就用激光通信，哪怕是激光近防炮，也有编码激光的发射能力。”

“好主意。可是激光从火星发射到地球，途中会散射，所以我们需要很高功率的激光束。”

……

“所以，归结到一点，我们需要靠近地球。”雷舰长拍了拍桌子，

---

① 地球和月球周围的4个引力平衡点中的1个。

上边投影出太阳系的缩比模型来，“喧嚣号”是其中的一个红点，航线延伸，在火星边上转了一个弯，“我们这里离火星还有不到一周的航程，现在加速，也可以利用引力弹弓，提前回到地球。

“这样，我们可以把大家都安全地送回地球。”他结束了发言，“现在，如果我们需要加速航行，各个部门有什么问题吗？”

“航空部门没有问题。”

“维生系统没有问题。”

两位部长率先表态。

“黑洞舱呢？”

“啊……没有问题，AI已经重新上线，黑洞也只剩下了一个，控制简单了许多。”我急忙回答，“大部分业务也已经移交给轮机舱，只是不知道轮机舱现在人手够不够。”

基本上所有人都回答了一遍，只剩下轮机舱的那位机工长。

“舰长，问题我之前已经说过了。”他斟字酌句，“主要的问题还是电力不足，现在电力部门和我们一起，维持着‘喧嚣号’的轨道校正和日常运转。如果我们要加速前进，等离子推进阵列就要加大输出，那么推进需要消耗大量的电力，这样舰内的生命保障系统就会出问题。如何选择，决定权在您，舰长。”

说完这句，就像是自言自语，机工长用很轻、但是恰好能被别人听到的音量说了一句话：“回家，也不知道地球那边究竟怎么样。”

地球那边究竟怎么样，这句话显然触动了很多人。从“喧嚣号”前往小行星带考察开始，几乎舰上所有人都在扳着手指算什么时候可以回家；带宽狭窄的星际通信，就像是一根细细的风筝线，不论是传达指令、传输科研数据，还是大家跟家人联络，都能透过这根细细的线传达至地球。

这个永远能为“喧嚣号”遮风避雨的港湾，现在被打上了一个巨大的问号。我们像是一条在浩渺的南太平洋上漂泊的帆船，和整个世界分割了开来。

正在我胡思乱想的时候，雷震皱起眉头问：“电力缺口是多少？”

“维生部门的电力情况还好啊！”维生部门的部长有些疑惑，“分配给我们的电力一直是很正常的，综电系统①运作也正常。”

“如果不相信，你们自己看好了。”机工长从自己的终端调出综电系统的数据，“数据不会说谎，电不够就是不够。舰长，你想的不错，但是不要不顾现实。要我看，不如咱们自己先想办法活下去……”

“行了，不准说丧气话。”雷震通过自己的终端看了一眼数据，“存在困难是正常的，现在的情况下，如果我们能够创造条件，解决电力问题，这些想法就能实现。”

“我会把‘喧嚣号’上的每个人都平平安安地带回去。”他重复了一遍，“每个人。”

“那么雷舰长，有什么办法为‘喧嚣号’提供更多电力呢？”有人问道。

“我们会找到办法的。”像是强迫自己相信一样，雷舰长重复了一遍，“我们一定会找到办法的。”

① 即“综合电力管理系统”的简称。

37. 试　探

如果是平时，除了组织专业人员想办法外，“喧嚣号”还会把这个问题发布到全舰，富有创新精神和想象力的舰员们总能提出各种各样的神奇方案，个别好事者还会拉上伙伴，来一次头脑风暴。因为“喧嚣号”上的所有成员都是欧亚大陆上选拔出的优秀宇航人才和各行各业的好手，这些奇思妙想之中有许多具有很强的可行性，虽然也有很多只是放飞自我的“脑洞”，但是偶尔迸发出的那些点子，也可能成为极具价值的成果。

但现在，显然不是群策群力的时候。

“喧嚣号”上最近发生了不少斗殴事件，还有被明令禁止的酗酒等事件。因此，在一些比较容易出事的场所，都有陆战队员们维持秩序。但是，哪怕是那些心志坚定的陆战队员们，我也能从和他们的对话之中发现一些以往不存在的烦躁和压抑。

会议开完之后，我们就遇上了一次。有人把自己锁在了气闸里边，准备轻生。雷舰长带着我们赶了过去，一番劝说加上动用舰长的权限锁死了外部气闸之后，那位男子痛哭流涕着被抬了出来。人是没什么，但他在气闸里悲恸地哭喊着“我们都要死了”的时候，在场的人还是难掩悲伤。

“所以，这就是你来找我的原因吗？”

那位轮机舱的机工长来找了我，在轮机舱里单独会面。现在的轮机舱有一半不见了，屏蔽墙已经落下，上边有一个巨大的“气压0，危险”字样，警告着所有看到它的人——屏蔽墙的另一边就是那次被撞击损毁的机舱，那里已经和宇宙直接连通，十分危险。

“是的。”他把手贴在屏蔽墙上，“上次的电子流冲击，把我们打惨了。”

“嗯。”屏蔽墙上有一个舷窗，可以看到破损的舱室，里边飘浮着各种各样的杂物和冰晶。

“现在这边很缺人，你要不要到这里来？”机工长突然问我。

“嗯……黑洞舱虽然没有了，但是现在我们毕竟还在非常事态中。超新星已经爆发，引力波会对黑洞产生干扰，而引力波可以预测超新星的活动……所以那边还是很忙……”我思考着，婉拒了他。

“我的意思是，你要不要到我这边来？”

“你这是什么意思？”我有些警惕。

“你还记得王部长是怎么……牺牲的吗？”

他的语气让我不太舒服，我凭空地生出一股厌恶来。这种时候你说这些事是什么意思？

“如果你只是来消遣我的，那就免了吧。”我说，“轮机长也牺牲了，你的同事们也损失惨重，说这些，你对得起他们吗？”

“不，不是这样。我知道我们有过节，但是现在不是纠结那个的时候。”他从桌上拿起一个像是海事卫星电话一样的东西，上边有明显的改造痕迹，“我给你听一些东西。”

“这是什么？”我注意到，这个像是传说中的“大哥大”一样的东西，没有任何可以和舰内设备互动的地方。他拿出一副耳机给我，自己也戴上了一副。

“注意听，这是模拟通信信道。”

剧烈的噪音，随后嘈杂声变成了单调的长鸣，而后，像是从失焦的背景中浮现出来的人像一样，一些可以分辨的声音传了出来。

“休斯敦，我们……大麻烦！我们已经检测到大气，下一次环绕……还有172分钟，必须……”

“……呼叫‘天宫号’，我们还有……72分钟的氧气储备，电池还能坚持50分钟……”

“不论你是否听到……报告，没有生还者。重复，没有生还者，我舰将……”

噪音再度响起，把其他的声音都淹没了。

“你给我听这些做什么？”我把耳机放下，“雷舰长不是在会议上放过了吗？”

“只是这几天我听下来，全都是这些。”机工长把那个“收音机”放在桌上，“你有没有想过，我们接下来也会变成这样？”

“超新星爆发，如果我们没有被 γ 射线暴直接毁灭，那么紧接着的就是高能电子风暴，而更重一些的高能粒子随后到达，如果我们还回到地球去……”他做出了一个抹脖子的动作，“你不觉得我们的努力都会白费了吗？”

“白费了什么？”他的话里有话，让我觉得很不舒服，“你也知道超新星爆发后还会有下一次冲击了。”

“拜托，现在都什么年代了。你想知道任何事，到处都有资料可查。”他朝我笑了笑，“你不是一直想要留在船上吗？如果就这样回去了，‘喧嚣号’都没了，谈什么留在船上？

“‘喧嚣号’，人类最强、最伟大的探索舰，我一直在尝试用正确的办法拯救她。从上次遇到黑洞漂变开始，到现在也是，你要相信我，我做的一切都是为了‘喧嚣号’的安危。向着必死之地航行，不是勇敢，而是鲁莽。”

若是之前的我，或许还会赞成这样的观点，毕竟在面对无法抉择的铁轨谜题之时，你大可以丢掉扳道按钮，然后拿着马桶搋子说，我只是个路人而已。

可是现在，在体会过倒金字塔压在指尖上的焦虑、看到过勇敢的人做出抉择之后，我不会再把选择权交给命运，撒手等着概率的制裁了。

“你是不想回去吗？”我敏锐地察觉到他的意思。

“我可没有这样说。”他突然变了一种语气，“不回地球，我们还能去哪里？火星？木星？现在舰上的气氛如此紧张，估计也只有等回去了之后才能平静一些。”

他带着我走出轮机舱，嗡嗡的轮机声被隔在了身后。

“过几天就要进引力弹弓了，到时候忙得很呢。如果你不愿意过来，我就只能找雷舰长要人了。”

“各部门负责人请注意，请速来舰桥参加会议。”舰内的广播响起来，是星野在播报。

38. 烧开水

会议的主题是如何获取新的电力来源，雷震舰长果然找到了方法，只不过，他给出的办法是"烧开水"。

当然这样说很不正确，准确地说，是"通过加热水，使水汽化，获得高温高压的蒸汽，再由高温高压的蒸汽驱动汽轮机发电"。这招从电气革命就开始使用，用到现在为止，唯一的区别可能就是介质从水换成了超流态的二氧化碳，发电的效率提高了一些罢了。

"喧嚣号"的电力来源有两个：一个是舰体表面的太阳能电池板，已经没法用了；另一个是全舰的动力核心聚变引擎。在脉冲激光和超导磁约束环的共同作用下，氢核发生聚变反应，产生巨大的能量，这种能量催生了汹涌澎湃的热量，加热等离子体通过磁力管道直接产生电能；多余的热量则为"喧嚣号"提供舱室的温控热源，并且加热超流体的二氧化碳，推动汽轮机进行二次发电。

现在我们电力不足，根据机工长的说法，很大程度上就是由于太阳能电池板被摧毁，聚变发电设备无法全力运作而导致的。

“那么，雷舰长，我们用什么去烧开水？”我问。

“这话你问实际上挺不合适的。”他冲我露出微笑，“‘喧嚣号’上还有第二个热源，就在黑洞舱——也就是黑洞辐射。”

黑洞辐射是富含 γ 射线和高能X射线的死亡辐射，在黑洞主动控制阶段，就是它让黑洞核心舱温度上升。在黑洞舱之前的日常工作中，这东西我们唯恐避之不及。虽然对黑洞位置的主动干预仰赖于它所产生的“地面效应”，但是它对黑洞核心舱的破坏远大于贡献，一旦我们的热量控制出现问题，这股汹涌的热流就会烧毁作为核心的铁镍小行星，把“喧嚣号”给烧出个大窟窿来。

“雷舰长，没想到你也是个疯子。”

“如何吸收辐射的热量？现有的大多数材料，都会在 γ 射线和X光下崩毁。”马尔克斯提问。在工程领域，他是不折不扣的专家。

“用这个。”雷震拿出一个像是试管一样的东西放在桌上，“舰载机的抗激光气溶胶，它们能吸收激光炮发射的X波段激光；而 γ 射线，我们可以用含有铍元素的防辐射内衬来吸收。新的介质将灌入原本给液氮准备的强制冷却管道，它们最终将携带热量进入汽轮机，做功发电。”

按照这样的计划，我们需要在“喧嚣号”已经破损的舱室里拆卸出防辐射内衬，并进行一系列的管道改装，将本来会被钠锂合金或者液氮降温、散发出去的热量带向“喧嚣号”的汽轮机。这一切本身就已经是很大的工作量了，而更重要的是，为了修补好黑洞舱的散热系统，我们得在黑洞核心附近作业。

这就意味着和黑洞的近距离接触，在只隔着一层宇航服的情况下。

“虽然理论上没什么问题，”机工长举手，提出了异议，“但是，雷舰长，在实际操作的过程中，谁知道会发生什么事情？拆卸防辐射内衬没多大问题，最终到达黑洞核心附近的人将面临巨大的风险。

“轮机舱的人已经损失快一半了，舰长。几位管轮[①]都牺牲了……咱们因为这个黑洞已经失去了两位部长了，现在还想着驯服黑洞辐射，您是不是太自信了？”

“你想说什么就直接说，但王部长的死是因为撞击，而不是因为黑洞！”那种不舒服的感觉又来了，我忍不住插嘴，“要不是你们在平衡中私自引用引力波数据，修复进度就会快上好几倍！”

“那不还是因为黑洞？”他显然早有准备，“依我看，不如把剩下那一个也释放掉好了，省得以后再犯事，还能省下维持黑洞位置的电力。”

“好了！”雷震一敲桌子，“现在不是吵架的时候。”他看了看我，补充了一句，“就算不打算用黑洞发电，我们也要保留黑洞作为‘引力波探测器’的作用，现在能够给我们预警的，只有这个小家伙了。”

“至于最后去黑洞核心附近的事情，我会亲自参与。”雷震皱起眉头，环视整个会场，“放心，我们会把每一个人都带回家的。”

会议的内容很快就对全舰舰员做了通告。接下来，“喧嚣号”一方面会继续尝试对激光近防炮进行改造，用于和地面的激光通信；另

---

① 管轮是舰艇上轮机舱工作人员的一种专有称呼，其组长可以称为“大管轮”，是轮机长之下的二把手，负责舰艇轮机的运作。

一方面，全舰将进入“省电模式”，关闭一切不必要的耗电设备。所有的舰员都必须各司其职，承担一些力所能及的事情，连雷舰长也不例外。我则穿着宇航服，从舰外绕进被破坏的核心区，参与到拆卸抗辐射内衬的工作中去。

“喧嚣号”像是蜜蜂群一样动了起来。在马尔克斯的推荐下，我带着E组的一部分队员组成了新的“E组”。雷舰长也加入了舱外工作的队伍，他的作业水平不是很高，但是底子非常扎实，学得很快；同时，和舰长一起工作毫无疑问调动了所有人的积极性。

我们很快就搜集了足够的材料，航空部门也送来了存储的“试管”，我们就把舰载机的机库当作生产车间，在舰内制作起改造黑洞核心所需要的装置来。

“大家加油！黑洞核心的改造进展顺利，现在咱们做的就是最后一个部件了！”雷震给大家鼓劲。模块化的东西的确方便，便于安装的部件基本都通过管道和检修通道安装完毕了，只剩下最后的几个大件，需要直接去铁镍小行星核心安装。

马尔克斯的手臂吊着绷带，在旁边指点我们的改造工作。听见雷舰长的话，他走过来，凑到我耳边说：“陈，到时候在黑洞核心附近施工，我陪你去吧，不要让雷舰长去。”

“胡闹。”我瞅了他一眼，低声地说，“你手上还打着绷带呢，怎么进去施工？”

“可是雷舰长更不适合，他是全舰的主心骨，万一工作失败了呢？”马尔克斯像是努力在找理由，他一点儿都不擅长这个，“我的手指已经能动了，能够操作机械臂。”

“我愿意帮你，但是我觉得，你是说服不了他的。”我把面罩取下，

“他在这种问题上十分固执，加上现在全舰的人都看着他，我想他是不会退缩的。”

最后一块零件制作完成，我用马克笔在上边写下一个编号，飞行吊车随后把它吊起来，放在一边。

“这件事情本来该我去做的，雷舰长把我替了下来，这是一件很反常的事情。跟着你舱外作业这么多天，他对这次施工的危险肯定心知肚明。”马尔克斯很是焦急，看着我，他下了很大的决心，低声地说，“星野在和谁通信，我现在知道了。”

“谁？”马尔克斯的话让我跳了起来。

“是雷舰长在教星野写信……其实是星野要学的。她想要那种公主与骑士的故事中的浪漫……”说到这个的时候，他脸上的焦急退去了，难得地出现了一点儿踏实和甜蜜，“结果雷舰长还真教了，还是教她写情书，说什么‘女追男隔层纱’之类的事。”

“你怎么知道的？”

马尔克斯的表情变得凝重起来，“最近这段时间，雷舰长给了她一个名单，让她以那些人的名义写信。他在找各种理由，让很多人和地球视频。你知道，我们的通信刚刚修复，带宽并不富余。他还询问我这边，能不能用现有的东西拼一艘小型的穿梭机出来……这意味着什么，你知道吗……简直像是……”

“像是在安排后事一样……”我转头看着在给大家打气的雷震，“这不可能。”

“希望不可能吧，你一定要小心。”

“谢谢。”我答道，马尔克斯扶了我一把，“不过，这话从你的嘴里说出来，真让人意外。你不像是如此悲观的人。”

“说什么呢，我也是人，只是在姑娘面前装一下勇敢无畏罢了。我其实很怕的，很怕危险，很怕死，也很怕大家受到伤害。”他抬头看着天花板，那里有一排舷窗，外边是无尽的星空和闪烁的超新星，“当年创业，说是要打造一家和SpaceX一样的航空企业，但我们的小公司还是没能坚持下去，在市场压力下完蛋了。”

“你至少干过这些，经历过了。我读完大学，参加招聘，就来这里了。”

“不同的人选择不同嘛，如果当时我选择维持公司，继续坚持下去，或许现在就会是不一样的情况了。如果是那样的话，现在我一定不会站在‘喧嚣号’上，为了我爱的人们奋斗拼搏。”马尔克斯塞给我一个带着星星的发饰，显然是姑娘用的，“本来是给星野买的，她的发绳在事故里丢了，两个一套，现在我把这个给你。”

“你什么意思？”

“哈哈，当然不是给你用的，是让你送给心上人的。”所有的零件都准备好了，我们马上就要开始最后的安装工作，“陈，回去之后我要向星野求婚。如果回得去，地球那边也安全的话。”

“一定会没事的，我去给你当伴郎，还要把雷舰长拉去给你当证婚人。”我点头，“那个条件你可以去掉，发绳你自己留着吧，让星野换个双马尾也不是不可以。如果是送给楚倩，我自己准备着礼物呢。”

雷震直起了身子，似乎在接一个电话。他举起手，示意所有人稍等片刻。显然，这个消息非常重要。

“同志们，通信部门成功地改造了一门舰载激光炮，我们可以和地球通信了！”

39. 绝望通信

现场响起了持久的欢呼和口哨声，但这种欢乐的氛围并没有持续多久。

激光炮对准了地球，以编码激光的方式向地面发送了信息。没多久，我们就接收到了地面测控中心发回的一则非常简短，但是非常精炼的消息。

现将情况通报给你舰，内容如下：

拉格朗日点，L3、L4损失，L1瘫痪，L2失联。

月球方面，损失惨重，正在撤离，月地通道瘫痪。

远地轨道，损失惨重，正在营救。

近地轨道，正在撤离，天地往返通道混乱。

地面……

通信在这里断掉了。

同时接进来的还有无数的求救呼叫，系统自动过滤了我们无法救援的，但还是留下不少。这些濒死的哀号、诅咒和忏悔随着地球通信的恢复汹涌而入，传遍了全舰。刚才还沉浸在通信恢复的喜悦之中的舰员们再一次坠入深渊。

“喧嚣号”即将到达火星的引力弹弓，加速返回地球。但是现在，我们能去的地方也变成了地狱，至少不比现在的我们好多少。在电子流的冲击之下，虽然除了出舱人员和轮机舱人员外，别的舰员几乎没有什么生命危险，但大家的精神早已绷到了极限，仅剩的一线希望就是回家，而现在，这个希望也几乎破灭了。

所有舰员或多或少都掌握着天文学知识，不会不知道高能粒子风暴造成的破坏有多巨大，之前没有人点破，局面就维持着一个微妙的平衡。

但现在……

机库里没有人说话，安静得可怕。所有人都盯着站着的雷舰长，他则像一座顶天立地的山一样，一动不动地矗立着。

此时此刻，每个人的视线都像高能激光，炙烤着他坚固的身躯。空气中涌动着各种各样难以言明的情绪，有期待、渴望，也有恐惧、胆怯，浓重得像是黑色的迷雾。

雷震没有一丝迟疑，没有一丝颤抖，他把自己的终端放回腰间，接着点击了几个按钮，向全舰广播自己和舰桥的通信。

“重复，不要切断激光通信，关掉广播就行了。”

“收……收到。”舰桥今天当值的是星野，她的声音颤颤巍巍。

“现在，把影像切到机库，我这边。”

“好……好的。”

“同志们，我们安装新发电机的工作进入了冲刺阶段，只剩下最后几个零件，就能让这台发电机上线运转了。”他声音不大，但充满了力量，“之后，我们就能用黑洞辐射发电，提供足够的电能，解除现在的节电模式。‘喧嚣号’的推进器也将获得更强的推进动力，让我们更快地返回地球。

“根据科学组的分析，本次灾难起因是超新星爆发，在第一次电子流袭击之后，即将到来的是速度稍慢一些的高能粒子流，以氢核和氦核为主。这些情况，不用我多说，相信大家这几天也互相传阅了不少文件。”他把一个图表投影到显示屏上，“私下里传来传去多麻烦，不如我来告诉大家。我们剩下的时间大约是二十天到三十天，从上次我得到情报到现在，已经过去了三天左右。

“而‘喧嚣号’本次回程，按照现有的速度，需要十五天。

“是啊，回家，多么轻松愉快的事情。”雷震换了一种语气，“如果我们按现在的速度赶回家，大约刚刚到近地轨道上，把大家放下去，高能风暴就会到来。届时‘喧嚣号’就会和大多数的太空器一样，在风暴的袭击下坠入大气层烧毁。

“如果我们更快地回去呢？会发生什么？

“舰桥管制员星野。”他点了星野小姐的名字。

“啊……啊，我在……”

“我记得你是两年前上船的，这次出行是你第几次执行任务了？”

“报告舰长，第……第三次！”现在是全舰广播，所有人都听得到，星野小姐显然有些害羞。

“不要紧张。第三次出任务，就来到了小行星带，多棒啊。想把这些喜悦分享给家乡的亲人、朋友吗？”雷震的声音安稳沉静。

“想、想的……”

“多棒，年轻人就要有冲劲。我还等着喝你的喜酒，到时候别忘了请我啊。”

“呀……舰长，您说什么……”听到星野窘迫的回答，周围有人笑了，个别人吹起了口哨。

“陆战队员兼酒吧主管安德·维京……”雷震就像是和熟悉的朋友打招呼，随口问道，“你的儿子现在几岁了？”

“托您的福，他很好，现在已经十八岁了。”那人的声音在通信里出现了。

“可是我听你说过，前几天，他跟着他们中学的课外拓展团队，上了L1拉格朗日点的空间站。别装了，你肯定很担心他的安全。”雷震戳穿了他强装的镇定，“不要担心，舰队一定会把他救回来的。

“‘喧嚣号’的航速目前是所有太空舰队里最快的，如果我们速度够快，也能够赶上救援！”他的语气坚定，“我们一定会把你的孩子救出来的！”

“谢谢你，雷舰长……谢谢你……”男人的声音有些哽咽。

就这样，雷震又非常随意地点了其他几个人的名字，从部门主管到普通舰员皆有，他像了解朋友一样了解他们的背景、他们的家事，或安慰，或鼓舞，雷震无一不让他们重新振作。在点完最后一位之后，他话锋一转：“‘喧嚣号’上的所有成员们——

“我，‘喧嚣号’舰长雷震，一定会把你们安全带回去。这是我一直坚信、并且一直在努力做的事情。‘喧嚣号’保证把你们全须全尾地送回地球。而我们现在的努力，将给予我们额外的力量——额外的、能拯救别人的力量。

“这些人可能是你们的家人、朋友，也可能是素不相识的普通人，但是此时此刻，他们都是一条条等待救援的生命。曾经我们和他们无异，但是站在人类最强大、最强劲的太空探索舰里，我们现在正在为了完成这项崇高的使命而努力、而战斗。

“有谁想看着生命在自己的眼前逝去？”

没有人回答，但是雷震毫不气馁。

“有谁想看着灾难来袭，自己却只能在一旁充当看客？”

“没有！没有！”有人开始回答，声音稀稀拉拉的。

“有没有谁想要和我、和我们一起，回去拯救那些需要帮助的人？”

“我！”

“我！”

“算我一个！”

叫喊声此起彼伏。

雷舰长大声地吼出：“声音大一点儿，我听不见！”

“我！！！”

山呼海啸般的应答声。

我也加入了这次宣誓的人潮之中。刚才凝重而可怖的绝望气息荡然无存，取而代之的是剧烈的、喷薄而出的热情。

这不是对现状一无所知的盲目自信，而是清楚地了解了一切之后做出的郑重抉择。

真是一次精彩的演说，雷震展现了他作为舰长的巨大凝聚力，这种力量让人充满安全感，也让人有了依靠和底气。

“走！现在就进行最后的部件安装，我带队！”雷震大手一挥。

40. 与黑洞共舞

黑洞位于“喧嚣号”的核心，铁镍小行星的最深处，只有一条设备通道能够进入那里。为了安全起见，平时这个通道是封闭的，基本没有开过。

“雷舰长，黑洞核心最多容纳两个人，你就不要进去了吧！”

“怎么，不相信我？”雷舰长把需要的工具挂在腰间，“以前的航天员，每个人都会修飞船，这么多年没动手，但是我的基本功还在。”

看来是没法说服他改变主意了，我摊摊手，决定放弃。

我从兜里拿出那套“双人钥匙”中的一把，插进墙上的钥匙孔里；另一边，那位轮机舱的机工长也做了相同的事情——王鹏的那把钥匙现在在他那边。咔嗒一声，墙上多出两个黄黑相间的扳手来。我和他抓住扳手，用力转动。

“黑洞核心开启，一级授权完成。”

“东西都带齐了吗？”机工长问我和雷震。

“都带齐了，谢谢。”我和他握手致意，他朝我笑笑。

“祝你们好运。”机工长说道。

进入黑洞舱需要经过气闸，因为那里边也是真空。在狭小的设备通道里边，我和雷舰长一前一后，拖着几块待组装的零件，摸索着前进。“气闸关闭，二级授权。”AI提示道。一道红光射在我胸前的监测端子上，“生物检测通过，请注意安全。现在开始降压。”

耳膜有轻轻的挤压感。在这里没法穿臃肿的工程宇航服，只能在便捷式宇航服外面加个头盔来凑数。

雷震就站在我的面前，盯着我。“里边和外边是无法通过无线电通信的，有什么要发的赶紧发吧。”他对我说了一句。我想了想，调出了信息框。

“给她写的？”雷震在“她”字上特别加重了一些。

“嗯……和她说我进黑洞核心了。”

“到时候看你了，今天你才是主角。在黑洞核心里，不要把我当舰长。”雷震笑了，“有牵挂才好，这次回去之后，你也学学马尔克斯，向她求婚得了。”

“还不是时候……哎呀，舰长，你怎么总喜欢催人啊。”此时的雷震倒是一点儿不像那个威严的舰长了，我和他说话时放松了许多。

“减压完成，请按按钮打开闸门。”耳机里传来马尔克斯的声音，他担任这次安装过程的指导，“通信光纤一定要挂上，我就靠它和你们联络了。”

我和雷舰长从腰带上拉出通信光纤，嵌入气闸上的接口，朝着里边飞去。现在，周围已经是真空了，但我却感觉到了扑面而来的热浪——那是黑洞散发出的微量辐射。这种辐射来自其南北极发射的射线，也可能来自其吸积盘产生的红外光，航天服上的盖格计数器[①]嘎嘎地叫起来。

我看见了，一个闪着微光、被碳纤维笼子罩住的光点。非常奇妙，我竟然能够透过绵密的碳纤维笼子看到那个闪烁的“黑洞”，可能是因为光线在它周围产生了弯曲——那些规则的碳纤维在光点附近呈现出扭曲的形态。我曾在虚拟屏幕上看过这个小家伙无数次，但却是第一次如此近距离地见到它。

这就是“喧嚣号”的“心脏”，是宇宙里最为神秘的力量之一，它正陷在“喧嚣号”构成的重力阱内，闪着微光。仿佛是感受到了我们的靠近，它竟然朝我们移过来了一些，只不过周围震动了起来，黑洞又缩回到原来的位置上。

“是调控AI在发挥作用，我们的质量干扰了它的定位。”我解释道，“货真价实的黑洞啊，雷舰长。一定要小心。”

“神奇……不是说微型黑洞的事件视界只有几个纳米吗？按道理来说，它很可能直穿过我们的身体，而什么都碰不到。”雷震小心地把那几个零件拖过来，绕过黑洞。

“的确是这样，但是黑洞在你体内放射出的射线可以直接把人烧死。”我把身上的工具固定好，又把脚固定在核心的外墙上，那里有熔融的痕迹，“从理论上来说，微型黑洞早就该蒸发掉了，可现在它还在这里呢。黑洞的确是会蒸发，只不过速度远低于我们的想象……马尔克斯，我们到达施工点了。”

① 用于探测放射线强度的装置。

“了解。”

我们要做的是把既能吸收黑洞辐射，又能让发电介质吸收热量的集热器固定在黑洞的南北极上。黑洞北极的舱壁被那个跑出去的黑洞烧了一个大洞，管路破坏殆尽，没有办法再利用了，所以我们只要在南极方向布置即可。

我和雷震把自己固定在墙上，用手钻在铁镍合金的小行星上打孔，钉上膨胀螺丝。“加热。”我简短地命令道，雷震把一个端子凑上螺丝的末尾，启动加热，迟钝的响声过后，由铍合金制作的集热器被牢牢地固定在了黑洞南极的舱壁上。

“开始添加辐射吸收气溶胶。”

“明白。”雷震把一根根像是试管一样的气溶胶插进预留的插槽内，我在一边焊接集热器和主管道的接缝，“安装完毕，管道已经焊接完成，尝试主动干预，投放物质。”

真是奇妙，我们的头顶就是一枚货真价实的黑洞，一个此前绝对不敢靠近的至高存在。现在我们却在用最古老的办法尝试驯服它，甚至还打算用它释放的辐射来发电。

“即将开始投料，请退回设备通道。”

不一会儿，舱壁上闪烁了一下，一些物质被精准地投射进黑洞之中。黑洞的光芒涨大了一圈，碳纤维网格变得通红。随即，耀眼的白色光芒在狭小的黑洞核心内亮起来，不知为何，我想起了我那个在阳光下旋转的冰芯样品。

“气溶胶吸收正常。”顶着嘎嘎作响的盖格计数器，我和雷震躲回了设备通道的气闸里，“通入介质吧，我们可以发电了！”

41. 猝　变

管道中，超流态的二氧化碳缓缓地流入集热器，加热膨胀之后带着巨大的压力和动能奔向叶轮，带动超导发电机输出电能。隔着头盔，我都能听到涡轮转动的声音。

“呼叫马尔克斯，应该是成功了。”

“正在汇总电力数据——”马尔克斯那边的门似乎突然被人打开了，他惊呼道，“谁？你干什么！”

通信就这样断掉了。

正当我纳闷儿的时候，“喧嚣号”全舰警铃大作。“‘喧嚣号’即将开始加速，航线修改正在确认……错误，航线修改正在确认……”随即，一阵剧烈的震动传来，我和雷震身不由己地打起滚来！

“发生什么了？”我惊讶地发现我竟然能分清“上”和“下”了——

“喧嚣号”正在加速！

“有人在修改航线，还有引擎出力！妈的！”雷震的反应比我快得多，他立刻尝试打开气闸，但是气闸根本没有反应——气闸被人从外边锁住了！

“陈晓云，打开它！”雷舰长催促我，“妈的，我的终端呼叫也没有反应，有人在阻止我登入系统！”

“究竟是怎么回事?!”我扑向气闸的控制面板，插入我的钥匙，开始绕过AI手动打开气闸，“不行，是被机械锁死了！从里边没法打开……”

“妈的，有人要劫持我们！”雷震暴怒起来，他四处寻找可以打开气闸的东西，“阻断我的登录，修改航线和引擎参数……他们想要跑路！”

这不会是叛变，只可能是某些人的私自行动。

能够调整引擎出力的人……

身上的盖格计数器在嘎嘎作响，我必须尽快想到办法！

“舰长！把气闸后边的门关上！”我拿出用来焊接管道的焊枪，“找东西护好脸！我把这块板子切开来！没有气压平衡，切割的时候小心热渣，门开的时候小心冲击！”

焊枪喷出雪白色的火焰，顶着大气压开始切割气闸。为了加快进度，我直接对气闸边缘的锁舌下手。一阵耀眼的蓝白火焰之后，剧烈的气流顺着裂缝冲了进来，发出尖锐的啸声。四散飞溅的炽热金属碎屑把整个气闸都占满了。

该死，现在我穿的可不是那个防护力惊人的工程服！一块灼热的金属碎屑在我的便捷式宇航服上开了个口子，失压警报在头盔里疯狂响起。

“坚持住！”雷震从后边撑住我，焊枪的强光在剧烈的气流震荡中变成了炫目的颜色。

失压带来的副作用立刻凸显，我开始喘不过气，头晕目眩。现在，气闸里的气压还是很低，人是没有办法生存的，我只能尽快地切开被锁住的气闸，才能挣得一丝活命的机会。

气闸整体松动起来，锁舌终于被切开了。随着气压平衡的爆响，我打开了通向外边的通道。还没从失压的眩晕中恢复，雷震就推着我冲出了设备通道。

舰内的警报灯正在闪烁，因为“喧嚣号”在加速，原本可以平稳飞行的通道突然有了上下之分，变成了一条条长长的隧道。先前在设备通道外等待我们俩的舰员，都被人打晕在地。

“是非致命性武器，应该是电击枪之类的东西。医疗队，派人来黑洞核心，有两个人昏迷了。”雷震呼出自己的舰长界面，“陈晓云，我们走。”

幸亏现在“喧嚣号”的加速度不是很大，我们抓住墙上的梯子，准备往上爬。

“光靠爬太慢了！晓云！”有人开着通勤车沿着墙壁飞驰而来，是楚倩，“我收到你的短信了！”

“你怎么来了？”手脚并用地爬上通勤车，我和雷震把安全带系好，“好了！”

“我说过，你这样的家伙，再多几个我也管得过来！”她一踩油门，通勤车冲了出去，“舰长，刚才有个人在广播里说要修改航线，躲避超新星爆发的第二波高能粒子冲击。现在我们去哪儿？”

“去舰桥！没有舰长的许可，他不能修改航线；这样一来，他只能在舰桥里，手动重置整个星空导航系统！”

星空导航，是脱离地月系里的定位基站之后，“喧嚣号”唯一能够判定自身位置的系统，所有的航线都依据这个系统来制定。楚倩曾经在静思室外边的走廊里，用那个变成了满天星辰的声场光粒教我重置这个系统。当时的她，还是那么骄傲，却多了一些似有若无的温柔。现在，几天前那个焦急而颓废的楚倩总算不见了，骄傲的白天鹅又回来了。

“舰桥已经把门锁死了，他们进不去，就在前边！”

通勤车风驰电掣，飞快地冲向舰桥。身边的人越来越多，我看到陆战队员们围成了一个半圈，把中间的人堵在了一个拐角。

“你已经被包围了，放下武器！放开人质！”有人高声喊道。

我们三个人跳下了车。其他人看到雷震后，给他让开一条通道出来。

“情况怎么样，对方有几个人？”雷震从容不迫地询问边上的陆战队员，“人质是谁？”

“报告舰长，劫持者只有一个人，正在对峙。人质是E工程队的马尔克斯。”

“只有一个人？为什么？”我非常不解。

“舰长不会来了！你们放我进舰桥，否则事情闹大了，谁都不好过！”人群里边，有个人在声嘶力竭地吼叫，“回地球就是死，你们为什么不明白！”

“谁说我回不来的，啊？”雷震简单地整理了一下仪容，穿过陆战队员的包围圈，走了进去。

包围圈里边，是一个不住发抖的人。他满脸通红，一只手控制着比他还要强壮一些的马尔克斯，一只手拿着枪。

果然是你，机工长。

42. 脆弱极限

雷震的出现对于劫持人质的机工长来说显然是个巨大的打击。

历史上倒是有不少舰员叛变的故事，大多数都发生在遭受外部灾难、舰长残暴无情、船只危在旦夕的时候。那些叛乱分子往往都是有组织、有明确目标地哗变，不论目的如何，他们至少是坚定的。

但是，我面前的这位又是如何呢？

瑟瑟发抖，目光空洞，虽然努力让自己显得义无反顾和无视生死，但是颤抖的手和同样颤抖的话语出卖了他。

为什么？为什么你会劫持马尔克斯，修改“喧嚣号”的引擎参数，还试图去舰桥改变“喧嚣号”的航线？

“区区一个气闸怎么拦得住我们。好了，别抖了，你这样一点儿没有劫匪的样子。”雷震的眼神里带着怜悯，“先把枪放下，我们好好说话。”

机工长选择了沉默。

“伙计，别装了，你不擅长这个。”马尔克斯倒是完全没有害怕，“不论有什么困难，我们都能克服的。”

“你……不准说话！”好像是怕示弱于人，他用手里的枪恐吓式地捅了捅马尔克斯，“我……我有话要说。”

“但说无妨。”

“舰长，现在不能回地球。”机工长深吸一口气。

“嗯，为什么？”

“因为……”雷震直截了当的反问让他有些意外，一时间竟然不知该如何回答，“超新星爆发之后……”

“还有第二次冲击，是由比电子更重的高能粒子组成的。是这个意思吗？”雷震接过了话头。

“是的……那么，你为什么还让‘喧嚣号’——”机工长的语气透露出愤怒，由于过于激动而咳嗽起来，“别过来！再过来我开枪了！”

“放轻松一些，如果你不想说，就由我来说。”雷震轻松地夺取了对话的主动权，“第一次的高能电子风暴，让地球航天力量损失惨重；而即将到来的高能粒子风暴必然具有更大的破坏性，所以你认为，地球完蛋了。而你判断的依据，实际上并不是我们在模拟频段收到的求救信号，更不是从激光通信里发来的信息，而是——”雷震沉下声来，“是‘喧嚣号’在撞击事件中的损失，或者说，是你的恐惧。”

“胡扯！”机工长的反驳因为激动而变调，“轮机舱死了多少人，你又不是不知道！轮机长、大管轮……还有黑洞舱的部长，都……死了啊！有的甚至连尸体都找不到！”他声音扭曲，脸庞通红，“你说，我想活下去又有什么问题！”

“你不配说王部长……”我的话刚出口，雷震就抬手制止了我。

“是啊，没问题。人嘛，都有害怕的时候。”雷震双手交叉抱在胸前，“我也会害怕，你说我过度自信的时候，其实我也怕的。”

“但是呢？这样你就失掉了作为宇航员的勇气，失掉了抵抗的意志了吗？”

“抵抗？哈哈哈！”机工长笑起来，“就你？去抗衡超新星爆发？舰长，你说的笑话一点儿也不好笑。超新星……人家还没拿南北极对着我们，单单只是高能电子，就把我们打得七零八落……到时候，高能粒子会像扫帚一样，把所有人都抹掉！狗屁抗争！

“我只是要找一个可以活下去的办法！有错吗?!”说着，他看向我们，“我尝试过在平衡黑洞的时候加入引力波数据，但是没有用。我找到了发生逻辑翻转的集成块，骗过了AI，虚构了电力不足的情况……现在我有了足够的电力，我要躲到火星的背阴面，躲到木星的背后去！你们要回去就回去好了，去那个注定要毁灭的地方吧！”

他的语气凄惨而可怖，面容扭结而狰狞，恐惧占据了他的内心，碾碎了他的理智。是啊，没错，超新星毁灭我们，就和吹走一粒灰尘一样，所以，我们倒不如乖乖地躺下，找个暗无天日的角落无助地祈祷，等待着命运把至高无上的死亡送到面前得了……

多么正常的想法啊，毕竟我们每个人都不是超人，没法踏破大地，击碎虚空，哪怕是无坚不摧的冰霜巨人也会被雷神设计杀死。

“那么，你觉得按照你想的那样去做，就能活着了吗？”雷震的话振聋发聩，“开什么国际玩笑！火星的背后？笑话，既然太阳都没法保护我们，你想靠一个还不如地球大的，没有磁场的小家伙躲过超新星爆发？木星，你既然知道了有高能粒子风暴，就知道这点儿时间根本飞不到木星，你会在还没到小行星带的时候，迎头撞上冲过来的高能粒子！

“到那个时候，你会在比现在更加强烈的绝望中，死得连渣都不剩下。”雷震低下头，居高临下地看着他，残忍地击碎他的幻想，“被你蒙蔽的舰员们会在虚假的希望中，被彻底抹掉。

“‘喧嚣号’本身是一个完美运行的有机整体，你作为轮机舱的机工长，应该知道，想要修改‘喧嚣号’的航线，没有足够的舰员配合，根本不可能做到。但是你只有一个人，却还是去做了，甚至劫持了毫不相干的舰员作为人质，我该说你是敢想敢做，还是鲁莽无知？”

机工长僵住了。或许他早就清楚这些，但是雷震在所有人面前一点点剥掉他用以欺骗自己的谎言后，他还是无法面对现实。真可怜，我也曾经体验过这种绝望，不愿承认现实，不愿接受命运，也缺乏站起来的勇气。火车隆隆驶来，不论是扳下道岔，还是放弃行动，又或者是撕开衬衫变成超人，一掌拦住火车，我终究需要面对这种艰难的抉择。

幸运的是，我遇到了一个人，她拯救了我。

机工长发出绝望的号叫，拿枪指着雷震。当枪口移开的时候，马尔克斯甩开了机工长的手，朝着边上一滚，躲开了他。随即，陆战队员们打出了致人失能的电击子弹，把机工长击倒在地。

“带走，关进禁闭室，别让他死了。”雷震命令完，转过头去，“恐惧不可怕，可怕的是你选择当个懦夫。

“把王鹏的那把钥匙交出来，你不配拥有它。”

43. 选择责任

事情最终查明，整个过程都只是机工长一个人做的。他先是把我和雷震舰长关进了设备通道的气闸，然后打晕了外边的工作人员，使用自己的权限，操纵“喧嚣号”加速。不过很“不幸”，舰桥随即发觉，锁住了“喧嚣号”的加速进程。后来他便劫持了人质，试图进入舰桥。

他之所以能够越过“喧嚣号”的一系列管制，是因为他使用了一些在电子风暴中发生逻辑翻转的硬件。这些东西从外表看不出任何问题，却可以帮助他越过“喧嚣号”的一些逻辑限制。

舰员们的情绪虽然还是有些紧绷，但是在雷震的演讲和劫持事件之后，反倒稳定了许多。“喧嚣号”优化了回程的航线，以最大的速度回航。幸运的是，地球和火星正处在近点，我们的返程不会消耗太多的时间，只需十天左右。

这段时间，我们的生活和工作都趋于正常，轮机舱的工作被人接替了，我则安心地盯着剩下的一枚黑洞——现在是黑洞发电机了，工作倒也排得挺满。

随着我们接近地球，“喧嚣号”掉转180度，开始减速泊入地球的引力范围。因为距离缩短，我们能用的模拟通信时间越来越长了。在第一次用模拟通信和地面的测控中心交流之后，我们和地面约定了一个激光频段，ISP的一台尚且完好的激光雷达将负责转发我们和地面的通信。在大带宽通信恢复之后，我们终于能够和地面形成完整的通信渠道。

地球的航天力量虽然损失惨重，但是尚不至于全军覆灭。地球的磁力圈起到了很强的保护作用，许多航天器得以幸存。飞船们不断地穿梭往返于各个太空聚居点和工业基地间，帮助人员撤回地面。

测控中心本身已经很忙了，没有办法像以前那样时刻照顾我们。我们得到的命令是根据救援计划，尽可能撤回更多的人。如果后面通信断绝，便在“喧嚣号”上所有舰员撤离之后，船开到深空，以防飞船坠落。

看来，针对下一次的高能粒子风暴，地面也做好了最坏的打算。

“喧嚣号”进入了临战状态，舰载机中队修好了所有能修的舰载机，内勤们则清理出了更多的空房间，用于安置需要撤离的人。

不得不说，“喧嚣号”巨大的体量在救援这种事情上显示出了强大的力量。

在L2空间站，我们撤出了数百人，随后将这些人转交给前来交接的客运穿梭机。

月球轨道上，我们的舰载机撤离了L3和L4两个巨型发电站的几乎所有工人。因为人数实在太多，“喧嚣号”直接拖曳着他们的居住舱返航，随后把他们塞进舰队的运输船里边。

在L1空间站，我们还找到了维京的儿子，死里逃生的父子俩相拥而泣。

几乎所有被营救的人都非常沮丧和悲伤，但他们被“喧嚣号”上温暖的气氛感染，逐渐振作。为了感谢我们的帮助，他们送给“喧嚣号”一个新名字——“希望之船”。

没过几天，“喧嚣号”的环境监测器发现了一些高能氢核，这些带电的质子顶着地球的磁场，顽强地突破到地月系内部才开始发生偏转，黑洞核心的探测器也探测到很轻的嗡嗡声，那种鬼魅一般的声音又回来了。

一切都预示着我们剩下的时间已经不多了，雷震抓紧时间和地面沟通。直到有一天，那个帮助我们和地面联络的激光雷达被一块飞溅的太空垃圾撞坏了，我们和地面的通信断断续续的，失联的“喧嚣号”再度变成了飘荡在太空中的一叶孤舟。

说来也奇怪，那颗超新星在千年以前就已经爆发了，我们却直到现在才发现它的引力波，遭遇到它喷射的粒子风暴——这等于说，一颗宋朝爆发的超新星，打击了宇航时代的我们。这种强烈的反差，让人有些难以接受现在的境遇。

那么，我们现在该怎么办？我坐在舰桥里胡思乱想，黑洞舱已经没了，我办公的地点挪到了这里。“喧嚣号”正在轨道上滑行，周围没有重力。

飞行的文件流中分出一个信封来，落到我的桌上，是别人发给我的短信息。

“速来舰长室。”发件人是雷舰长。

我收好东西，解开身上的安全带，走上了属于舰长们的二层平台。舰长室的门开着，我敲敲门，走了进去。舰长室里悬浮着一个微缩的地月系模型，磁力线环绕着地球，就像是一个特大的偏转电场。

“第二十一天。”雷震在日历上画下一个圈，见到我走进来，他招呼我坐下，“最近工作压力很大，还能坚持吗？”

“谢谢舰长，还没问题。”我回答。虽然工作很累，但是每天的睡眠时间很充足，倒是雷舰长，他已经坚持很久了。

“今天找你来没别的什么事，我想问一些关于黑洞的事情。”雷震拿出了便笺纸和圆珠笔，“就几个问题，希望你给我解答一下。”

雷舰长很细致地问了我关于黑洞位置调控的各个技术细节，从如何使用重力阱和主动控制来调整黑洞的位置，到如何使用激光投料系统对准黑洞那个微小的事件视界投放物质。我都非常细致地为他讲解了，这些都是我的工作，我自然非常熟悉。雷舰长拿着笔详细地记录下来，不时打断我，询问一些技术上的难点和要点，我也一一为他解答。

“好的，最后一个问题。”他收起便笺，“我们的微型黑洞，如果不继续投入质量‘喂’它，大概多久之后它会蒸发掉？[①]”

“这个我还真是不清楚，以前王部长在的时候，有科学家带队做过研究。”我努力回想，“根据理论，这样大小的黑洞，其实连一秒钟

---

①较小的黑洞吸入物质的速度慢于它释放辐射的速度，大的黑洞则不然，所以当释放的能量大于其吸入质量的能量时，黑洞就会损失质量，到最后这种黑洞会蒸发掉。本书中，作者假设黑洞的实际蒸发速度远低于目前理论所估计的速度。

都无法存在；但是实际上，它能存在好几天。当时我们观察了许久，毫无进展，这个项目就终止了，转向理论研究。”

“我明白了，谢谢。”雷震把笔收了起来，“你走吧。”

我没有走，踌躇了很久，我盯着他的眼睛说：“雷舰长，我想问个问题。”

唰，雷震的目光和我的对上了，一瞬间我甚至觉得是一只深渊巨兽在盯着我！战栗的感觉顺着我的脊椎骨传遍后背，我不由自主地往后退了一步。

这种感觉只存在了一秒，他的眼睛又变得温和了，“说吧，什么问题。”

“您……为什么要问这些？”

“我如果说，只是好奇，你会相信吗？”

我没有说话，但是摇了摇头。

“瞒着你也没有意思，我是在想，‘喧嚣号’在……最后的时刻，我们肯定要把黑洞带离地球。我在思考究竟需要带多远才……才不会对地球产生伤害。”他说出了理由，看上去很容易让人信服，“从你说的来看，不需要太远，就可以避免黑洞对地球的伤害了。”

“可是我们的时间不多了啊！”我咬着牙说出这句话。

雷震点了点头，却否认了，“不，我们还有时间。”他的目光深处，又露出那股子危险的气息来，“如果你想做出选择，就待在这里等一会儿。

“舰桥呼叫，名单上的人员于半小时后到达会议室集合。”雷震站了起来，“走，我们去会议室。”

44. 狂　妄

与会者一个接一个地到了，来的都是现在各部门的负责人。从电力部门、航空部门、观通部门[①]到轮机舱的人都有，马尔克斯也在。让人意外的是，来的还有一些不是部长的人，主要是实务部门中很优秀的人，比如楚倩和星野。

雷震站在会议桌的一头，这让会场的气氛压抑起来，进来的人都不由得深呼吸，皱起眉头，表情严肃。

最近的会挺多，但是像今天这样的一次也没有。

“同志们，我们先看一张照片，是‘喧嚣号’这几天的光学通道拍摄的。”

画面上是一颗蓝色的小球，毫无疑问是地球，我注意到靠近地球两极的大气层中，缠绕着无数异样的彩色飘带，应该是极光。还能看

① 舰艇上负责目力观察和通信保障的部门。

到近地轨道上密密麻麻的卫星和空间站。但是这些空间站的位置单凭目视就能发觉它们并未处在正常的工作状态——同步轨道上的天地往返轨道歪歪斜斜，互相碰撞，像随意插在毛线球上的大头针。

会场里一片嗡嗡声，雷舰长扫视了整个会场一圈，嗡嗡声停止了。

雷震把画面放大，接着把一块区域涂成高亮。我注意到，有几张图片里，可以看到一些环状的、像是孩子玩的连环一样的设备，正闪着有规律的光，一些飞船聚在它们周围。

“有谁知道这是什么？”

“是……环赤道加速器，‘喧嚣号’黑洞诞生的地方。”太熟悉了，这个东西我在各种资料上看过无数遍。由一个个磁力环组成，环绕地球赤道一圈，是人类探索未知宇宙的巨型设备。多年以前，在标靶区，有一枚铁镍小行星被当作了实验对象，在那次创世般的实验中，一对双子黑洞诞生于这颗铁镍小行星之中。而这颗铁镍小行星，日后成了“喧嚣号”的舰体核心。

“是的。”雷震赞许地点点头，“现在通信断断续续，不过我们还是和地面取得了联系，在短暂的联系中，我们获得了一些很重要的资料。”

首先是关于超新星爆发的准确数据。

“高能粒子预计在24小时之后到达峰值，持续时间30小时以上，主要的高能粒子是带电氢核，部分氦核，少量中性粒子。”他把资料一段段投影到会议桌上，大家都站着观看，“30个小时，全球会被洗一遍。”

我费劲地咀嚼着这篇用多国文字写成的情况通报，虽然早就有了心理准备，但是这些真实的数据还是让我有些发晕。宇宙并不会因为你胆小如鼠抑或坚毅勇敢而对你有丝毫的偏袒——或者说，它其实已经很照顾我们了。

“然后是这个。”雷震点了点图片上的环赤道加速器，系统把它投影到桌面上，变成了三维图像；接着，他朝着三维图像里添加了一些闪烁的光点，一道光束顺着环赤道加速器奔涌起来。

“这是情况通报之后的通信内容，想到了什么？”

“电磁铁……”这回说话的是电力部门的工程师，“雷舰长，您是说……他们在给地球套上一个巨大的线圈？”

是的，这简直就是一个巨大的电磁铁！

“嗯，地球方面和我们天文组得出的结论一致，预测接下来是高能粒子流。但是很奇怪，这次超新星爆发中 γ 射线的比例相对较低，或许这是一种新型的超新星，又或者因为87539319是白矮星。”雷震不动声色，丝毫不觉得自己在说什么机密的信息，而像在开一次例行会议，“接下来的主要任务就是防御带电的高能粒子，如果是高能 γ 射线，咱们早死了，现在也不用在这里纠结了。”

“难以置信……”

“开玩笑吧！”

“真是狂妄。”楚倩说，她轻轻地低下了头，她以前很少问这种问题，“他们能成功吗？”

“我不知道。我不知道他们能做到什么程度，但是这的确有效。”雷震摇摇头，故作轻松地说，“可是如果不做，最坏的情况是我们的大气会被吹飞，高能粒子会随着地球的自转一寸一寸地把地面烧焦，最后，高速冲击波会横扫全球……”

接下来，雷舰长把刚才的图片放大，在“喧嚣号”高清的光学镜头之下，能够看到地球表面升腾的雷云和极光之中，有须发状的烟迹延伸。那是地面上的电磁加速器，它们拼尽全力将一个个发射舱用电磁力甩出地球引力之外；甚至有早就消失多年的化学火箭橘色的火光闪现，像是极光森林之中若隐若现的萤火虫；还有闪烁着的明亮光芒，如同深海中发光的浮游生物一闪而逝——那是爆炸的火光，每一次闪烁都代表着一次冰冷刺骨的死亡。

我的胃里翻起一股热流。

“他们甚至在试图搭建近地轨道防护层，使用的是防辐射的金属板。说句实话，杯水车薪。”雷震沉下声，“我们必须做点儿什么。”

“雷舰长，我有个问题。”马尔克斯提出了质疑。

“你说吧，直接说就可以。”

“这种想法太好莱坞了！我们不是在拍电影！”马尔克斯有些激动，“这可不是交给工业光魔[①]就能做出来的特效，而是实实在在的工程！

“就算所有的一切都不出问题，我们成功地给地球套上了一个巨大的电磁铁，挡住了迎面而来的高能粒子，那么在南北两个磁极，高能粒子也会顺着地球的磁力线集中到地磁点上！我们总不能老是在死星上留下一个通风管道[②]吧？”

他的说法颇为幽默，但现在没有人笑得出来。的确，磁力线在地

① 著名的电影特效制作公司。

② 出自《星球大战》中的超级武器平台，其威力足够摧毁一颗星球，但因为其设计上有一个直通反应堆核心的通风口，被抓住弱点后一举摧毁。

球南北会回归磁极。平日里，来自太阳的带电粒子流——也就是太阳风——进入地球磁场，撞击高层大气，在地球南北两极附近地区的高空产生美丽的极光，这片区域也被称为“极光区”。而现在，如果是如此规模的高能粒子风暴袭来，整个南北两极都会遭受重创，造成巨大的灾难。

“不错的问题。”

雷震舰长把手摊在桌子上。“今天把大家叫来，就是想讨论一下这个问题。不过刚才看大家的反应，都对这个计划心存顾虑。”他操作起3D投影来，“那就让我来帮大家坚定一下信心。”

他的手里出现了一艘太空舰的3D模型，很明显，那是“喧嚣号”，也只有“喧嚣号”才有如此明显的特征和如此庞大的体量。

他把“喧嚣号”放在地球的北极，也就是磁南极的地方，然后输入了一个指令。很快，一阵金色的光点从远处射来。这些金色的光点在即将到达地球时，被地磁场偏转，一些光点被吹离了地球；但是还有数量不少的光点没有被完全偏转，开始沿着地球做起了环流运动；它们在运动至北极上空时，被吸进已变成磁力漏斗的“喧嚣号”，漏斗的中心是一个翻腾着黑色火焰的圆球，金色的光点被“喧嚣号”吸了进去，最后被那个圆球尽数吞噬。

“这就是我的想法。”

45. 勇士之言

“喧嚣号”是第一艘围绕着黑洞设计的宇宙探索舰，以铁镍小行星为核心，全舰的质量分布形成了一个绝妙的重力阱，把双子黑洞陷在里面。现在，虽然“喧嚣号”损失了一个黑洞，但它依旧是人类航天史上最强大的舰艇，其充足的电力能为全舰撑起一层足以偏转带电粒子的偏转电场，保护在外工作的宇航员。

那么，如果我们把偏转电场的方向倒过来，就可以获得一个磁力漏斗——实际上，这也是“喧嚣号”设计之初想要尝试的东西。这样的磁力漏斗可以搜集宇宙中游离的氢，为“喧嚣号”的核聚变引擎提供燃料。

然后，我们再把黑洞放在磁力漏斗的底部……

难怪雷舰长会问我黑洞相关的各项数据，以确定“究竟把船放在多远的地方，黑洞才不会对地球产生影响”。

“雷舰长，我们的黑洞事件视界很小，哪怕使用磁力漏斗也没法保证尽数吸收高能粒子。”我喃喃地说。

“黑洞是会成长的，前提是你有东西‘喂’它，这可是你和我说的。”雷舰长笑了，表情轻松，“‘喧嚣号’，几百万吨的饵料，总该是够了。

“我的计划，就是把船开到北极[1]上空，找准地方，然后打开动力定位，接着倒置偏转电场，最后让黑洞吸收尽可能多的高能粒子。”他搓了搓手，“这个计划已经报给地面测控中心，正在等待他们回复。如果可以，咱们就来决定一下人选。这不是一次必死无疑的任务，我们只需要把舰艇定位好，展开漏斗，释放黑洞。在这期间，先完成任务的舰员可以乘坐救生荚舱离舰，极地救援队会负责把大家捞起来。

“但是，我还是得告诉你们，留到越后边，生还的概率就越低，我们很可能活不到可以乘救生荚舱的时候。”他重复，“我希望，大家慎重考虑。”

雷震说完，在场的人露出了了然于心的微笑。

我闭上眼睛，把头低下去。

我为什么会选择登上“喧嚣号”呢？上大学的时候，我在自己的职业规划栏中含糊地写上了“做一个优秀的理工科人才”——其实当时我根本不知道自己以后想干什么，算是一个迷茫又焦虑的大学生。虽然后来我随大流考了一堆很厉害的证件，虽然我在“喧嚣号”的舰员选拔中过关斩将，来到这个承载了人类力量和荣光的舰艇之上……

我想，到了这里，就能实现自己微不足道的梦想了吧。那么我的

① 磁极和地理极点并不完全重合。

梦想又是什么呢？

王鹏的梦想一定是让黑洞舱被所有人铭记，让所有的黑洞舱成员得到应得的荣誉。

马尔克斯的梦想应该是和星野小姐在一起……嗯，现阶段一定是这样。

星野的梦想八成是快乐地过好每一天。

楚倩的梦想呢？我想应该是不断变强，强大到无坚不摧。

我的梦想呢？

或许以后就会知道了吧。梦想太过奢侈，坚持又太累，先解决眼下的问题再说——我以前一直这样糊弄自己，随波逐流走一步算一步。但是现在，“以后”都很可能没有了，我被逼着审视起这个看似虚无缥缈的词汇来。

“你还在想什么呢？反正你不管做什么都没有用的。”

我明知做什么都没有用，却还是不停地挣扎着，这算不算一种绝望地反抗？

不是的。我不想那么无能为力，我不想要不论我做什么都改变不了的命运，我不想得知命运之后，只能被迫做出艰难而痛苦的抉择，然后束手等待概率的裁决。很多时候，我无力改变现状，但是我不能停下脚步，不论成败，我都得放手去做。

我高高地昂起头，看着会议室里的所有人。我发现了很多和我相似的目光。

“从航线上来看，去北极，比我们在小行星带钻来钻去简单得多，况且现在‘喧嚣号’的AI久经实战，可以替代许多人工工作。”航空部门的一个操作员说。

“近程防御系统的话，只要几个人管着就行，激光和电磁炮塔都能自动工作。那些飞来飞去的太空垃圾伤不了我们。”

“协调工作我最擅长了！”星野得意地挥舞着她的小拳头，骄傲极了。

“以咱们黑洞加上磁力陷阱的作用半径，理论上能挡住多数高能粒子。地面的防御如果搞成了，没准儿真能成功。剩下的 γ 射线虽然比较少，但还是要防范的……应该通知他们注意……”

“ γ 射线不能被磁场偏转，我们想管也管不了。”

“要开‘喧嚣号’那么大的船，真是想想都激动。”

“得了，我们舰桥这帮操舵老手都还没说话呢。”舰桥的人揶揄那位跃跃欲试的舰员。

会议室里的大家七嘴八舌地聊着，看似轻松，其实在场的都是聪明人，虽说这不意味着必死无疑，但雷舰长的“守到最后”意味着什么，大家也都明白。

雷震抽出一张纸，在上面写下自己的名字，随后表格传递起来。有的人没有写自己的名字，比如那位刚刚顶替机工长的轮机舱负责人，大家都友善地拍拍他们的肩膀表示理解；而更多的人则写上了他们的名字，那样泰然自若，仿佛他们签的不是一个决定自己生死的东西，而是一份再平常不过的文件。

纸和笔传到我的面前。我完全没有想象中那样充满伟大的使命感，或者难以抉择的沉重，反倒非常平静，仿佛那只是件和喝水、吃饭一样简单的事。

我也在纸上轻轻地写下了自己的名字。只是我写得太快，龙飞凤舞的，我自己都快认不出来了。

“书法？”马尔克斯指着我的名字。

“没准儿是吧，嘿嘿！”

我怎么糊里糊涂地就上了这贼船了？我自嘲道。

那页纸传了一圈，上面写满了名字，最终传回到雷舰长的手里。他郑重地把纸折叠起来，放进自己的口袋里。“好了，这件事情就到这里。不过，这不会是最终的名单。我尊重大家的决心，但是咱们的舰艇自动化程度很高，单单是让船开起来，不需要这么多人的。

“等计划批复了，‘喧嚣号’的舰员会开始分批撤离。不需要的人不要逞英雄，跟着撤离的船一起走吧。”

楚倩凑到我身边，拽住了我的手。

46. 小小的梦想

开完会议，我回到宿舍，随意地把自己朝着床上一丢，但很快便因为没有睡意爬了起来。

撤离在即，“喧嚣号”正在朝着地球滑行，时间真的没剩多少了，到时候不论是走是留，这一切都将画上一个句号。我开始整理起自己的东西来，如果最后要走，救生舱里能装下的东西是很有限的，必须精打细算。开始的时候，包里塞得鼓鼓囊囊的，这样显然不行，我只得一点点朝外拿东西。制服去掉，日常用品去掉，照片全部弄成电子版的……行李包变瘪了，很快，一个透明的保温盒露了出来。

是那块彗冰啊！它还保留着多孔的透明结构，在灯光下折射出五彩斑斓的光芒来，像是舞厅里的迪斯科球。不知为何，我的手有点儿抖。

你紧张吗，陈晓云？我问自己。

门铃响了，有人来找我。

“门没锁，请进！”平常我的房间还算整洁，刚才在整理行李，反倒有些乱了，“我在整理行李，房间里有点儿乱……”我把翻出来的东西推到一边，清理出一块空地来。

没想到的是，门口刚闪进来一个人影，那人就把灯关掉了。

“就像是小时候拿着玻璃弹珠看太阳的感觉。”我的脑袋里突然闪过这句话。

“楚倩。”一定是她，“你来干什么……不，我的意思是，你怎么有空来找我？”

黑暗中，我听到窸窸窣窣的声音，她在我的身边坐下了。“不要动。”楚倩轻轻地说，“就这样，陪我坐一会儿。”

“你在志愿者名单上签字了吧？”她问。

我根本看不清她，只能老老实实地回答她的问题。

“嗯，是的。你也签了啊。”

“雷震说，这不会是最终留下来的人。肯定会有人被剔除的，跟着普通舰员一起撤退。”楚倩的声音有些气馁，“我现在只是一个普普通通的舰载机飞行员，舰上比我更优秀的人有很多；而你是黑洞舱的最后一个人，全舰上下没有人比你更熟悉黑洞的运作了，而最后的计划，和黑洞完全分不开关系。”

“这有什么……留下来又不是一件特别光荣的事情。”我故作轻松，努力让自己的语气听不出异常，“雷舰长也说了，最后也是可以乘坐救生荚舱走的……拜托，别以为我就是争着去送死好不好……”

我会留下来，而楚倩会走，这么一想，确实是这样啊！在命运的神奇安排下，我和她的位置发生了奇妙的变化。一直以来，她都是我的老师、领路人，或者说是那个绝对可靠的依凭之一；现在，楚倩却变成了那个需要帮助的人，而我成了曾经的她。

当时，她是用一种怎样的眼神看着我的呢？

“别担心，真的别担心，你先撤离飞船，跟着大家一起下去。我把这边处理好，马上就去地面找你。”我使劲想着合适的回答，“咱们早就交换过ID，到时候找你方便得很……”

“不是这些有的没的……你究竟多不会说话啊？”她抓住我的手，“我不想你去冒险！你还不明白吗？看着我的眼睛，”微弱的光线下，她漂亮的大眼睛里闪着摄人心魄的光，“我不想你去冒险！把‘喧嚣号’定位在北极上空，展开磁力漏斗，释放黑洞吞掉‘喧嚣号’……你是唯一会控制黑洞的人，肯定是要留到最后一个的。留到越后边的人，生还的概率也越渺茫……”

“你的工作我看了很多次，我自己也学了很多相关的知识……”她的声音褪去了坚硬和刚强，带着一丝哀求，“所以，换我去吧。”

是时候抱着她了。

我伸出手把楚倩揽入怀里，她没有反抗，轻轻地把头靠在我的肩膀上。

她的身上有一股好闻的味道，当时在JL300的驾驶舱里也闻到过。

我从来没有像现在这样贴近她，近到可以感受到她的呼吸，听到她的心跳。

不过，我不能就这样屈服于这股温柔的力量，这不是儿女情长的时候啊。两个选项无比清晰地摆在我的面前，选择什么，会产生什么后果，我都了然于胸。此时此刻，我绝无做出第三种选择的能力，所以纵使痛苦万分，我也得二选一。

“对不起了，我亲爱的楚魔王。我不想说什么大道理，你和我说过，如果觉得哪个选择都不好，那就去找第三种两全其美的选择。可是现在，情况就和判断题一样明显了。扳道岔的按钮放在了我的手上，很不幸，我们之中没有穿着衬衫的超人，只有坚决而努力的普通人。

“你的选择是让我回去，由你来替我；我的选择是，我不同意。”我坚定地说，“我无比清楚我的选择意味着什么，我也想你活下去……哈，像是生离死别一样。守到最后又不是必死无疑，我也可以坐救生荚舱走的，只不过概率小一些。所以，你放心好了，安心地在地面上等着我吧。”

难得的漂亮话。

但是这话刚说完，楚倩的双手便搭在了我的胸膛上，“好了，放开我吧。”

我没有动。

“当时和达维多维奇一起安装声场探测器的时候，你问我为什么这么熟练。”她手上的力道变大了，我只得松开她，“那是因为我之前在选志愿的时候，是准备走科研道路的。后来我父亲出事之后，我才改学的航天和驾驶。这种东西对我而言，算是基本功吧。”

“说是追寻父亲的脚步太老套了，我只是不希望自己像他那样懦弱。”她深深地吸了一口气，“我想做一个不用被迫做出艰难选择、不用把生命交给概率和命运的人。”

“你的父亲不是懦夫，他是一个勇敢的人。”我站起来。她也站了起来。宿舍的灯光重新亮起，那个熟悉的楚倩就站在我的面前，“而且我们永远无法成为超人，有些选择是必须做的。”

“这可不是你说了算。”她打开门，走了出去，“这或许就是我们不一样的地方。”

“但是，楚倩……”

“谢谢你，陈晓云。真的很谢谢你。”她说完这句话，便朝着走廊深处走去。

47. 私　心

“喧嚣号”里虽然忙碌，但是秩序井然，有人行色匆匆，有人死气沉沉，但还有一些人目光灼灼。舰长室的门关着，我按了门铃。

“进来吧。”

说实话，看到雷舰长的样子我吓了一跳。他趴在桌上，纸片散了一地，上面全是被划掉的名字。他的头发乱七八糟——即便他只是个板寸也能看出头发的凌乱感。房间里的新风机呼呼作响，但还是弥漫着一股烟味。

“雷舰长，你在抽烟？”桌上的小盒子里戳着一丛扭曲的烟头。

原则上是不许舰员抽烟的，如果一定要抽烟只能去吸烟室里。他抬起头，在桌上点了一下，新风机顿时以要烧掉线圈的速度狂飙了一会儿，房间内的味道才算好一点儿。他拿着湿巾抹了抹脸，看起来精神多了。

“这个点来找我，有什么事？”他摸着下巴上的胡茬儿，“嗯，我猜和你的小女朋友有关系，说吧。”

天哪，你们这群老狐狸，我的脸上就这么藏不住心事吗？

弯子都不用绕了，我向雷震说出了自己的想法。简而言之，以楚倩的性格一定会想方设法地留下来，甚至不把我顶下来她也会留下来。这已经脱离了冲动和逞强，成了她的一种执念。战胜自己的父亲是她永远的目标，影响着她的一切行动，甚至代价是让自己置身于危机重重的险境之中，而她的强大让这种执念变得更加危险了。

其实在某种程度上，我很羡慕她这样的人，“所以，我希望楚倩走，我留下来。”

雷舰长一直没把头抬起来，他盯着我脚下的地板，仿佛想用目光融穿它，“陈晓云，这算是完成我给你的任务吗？还是你自己的想法？”

“不是任务，只是我的愿望。”

“那么，”他从桌上的纸团里找出一个来，语气里透露出危险的气息，“如果我不同意呢？你会怎么办？”

他最后的三个字咬字极重，带着不容置疑的威严。

“为什么？”我决定以守为攻。

“决定最后的名单，我还需要向你说明理由？”雷舰长从椅子上站起来，他高过我差不多半个头，我被他的气势慑住，“这是舰长的权力。”

我的双腿不自觉地抖动起来，本能地想要后退。但是这个时候，我绝对不能后退一步，今天我绝对不能怕他。

“那么，留下来的条件是什么？”

“你觉得条件是什么？”雷震没有回答我的问题，“或者说，你觉得你能留下来的优势是什么？”

“我是黑洞舱的操作员。”

“可是现在AI比你做得更好，你们调试AI这么久，它已经能处理大多数情况了。”

“我是工程队的工程师。”

“你是兼职工程师。已经开始更换AI的硬件了，这不是舰外的工作，你也帮不上忙。”

“那么楚倩呢？”他这是在激我，我反复告诫自己，一定不要因为自己情绪不稳而方寸大乱。

“她？她是全舰最优秀的舰载机驾驶员之一，‘飞行员舰长培训计划’的成员，不论是领导舰载机中队，还是指挥舰船，她都可以。在最后撤离的时候，她会起到比你更大的作用。”雷震意味深长地看着我，嘴角露出微笑，像是雄狮在欣赏猎物临死的挣扎，“所以，如果说要走，你走的概率会大得多。何况你也不用担心，留下来又不意味着死了。”

我噎住了，雷舰长手上的笔转来转去，这支笔将轻易地决定我最终能否留在“喧嚣号”上。我纵使有千万个留下来的理由，做好了一切面对困难和危险的准备，最后的决定权依旧不在我的手上。我连选择的权力都没有了。

“但是……”我抑制住内心的激动，“雷舰长，释放黑洞需要主动干预，让黑洞吞掉‘喧嚣号’也需要对舰体设备进行改造。在最终将黑洞动力定位在极光区的时候，AI不能解决一切问题，需要人作为最后一层保险。当然，不做保险也可以，到那个时候，黑洞的位置可能会失去控制，您如果愿意冒这样的险，自然可以做出不同意的决定。”

“你是在威胁我吗？”

周围的空气凝住了。雷震站在我的对面，他的身躯像山一样难以撼动，空气中弥漫着火药味，我们就像是两个观察着对手破绽的武士。我从没想过我也会像楚倩一样和他对峙，这是之前想都不敢想的事。在这一刻，我们两个都只是普普通通的人而已，他那层强势而金光闪闪的外壳早已褪去，我用不着怕他。

“不，我只是在和你讲道理，雷舰长。”

一秒，两秒，雷震打破了沉默，他的语气听不出丝毫情绪，“陈晓云，我问你，你做出这个以身涉险的决定，究竟是不是因为你一时热血上头，冲动地想要当一次拯救世界的英雄？”

“不，我明白我做出了什么决定，我也知道这意味着什么。”

几乎是在转瞬之间，他的姿势放松下来，用按在桌上的手支撑着身体。“哎呀，年轻好啊，年轻真好啊。”雷舰长变得疲惫了许多，眼神有些涣散，“你们还有大把的美好时光，还有金光灿烂的明天。”他把手里的那团纸丢给了我，“你自己看吧。”

我接过纸团，展开，这是一份表格。一排排的名字被一个个划掉，再打上圈，然后又打上钩，注上了一些理由和批注，最后，这个勾也被涂黑了，整张纸被涂得乱七八糟。而在这张纸的一角，我和楚倩的名字被圈在一个框里，整个框都被打上了一个叉。

“我要把你的名字从这个叉里拿出来了，这是最后的机会，反悔还来得及。”雷舰长重新坐下来，把表格接了过去。

“不反悔了。”我也在椅子上坐了下来。

“其实，我想把你们这群年轻人都送回去的，我们这群老头子留下来就好了。”他有些落寞。毫无征兆地，他冲着门口大声地喊，“马尔克斯！进来！德意志男儿听什么墙根儿！”

48. 最终撤退名单

“穿梭叁洞，呼叫舰桥，叁洞准备完毕，请求弹出。”

“Shuttle 30, clear to take off, runway Alpha, good day.” ①

“空域净空，于阿尔法跑道起飞，祝你好运。”

光电闪烁，又一架穿梭机满载撤离的成员，飞离“喧嚣号”。在舰内宽敞的空间里，更多的人在排队，等待撤离。

“喧嚣号”真当得起她的“最强”称号，就算是在如此紧急的情况下，舰上最优秀的航天员们还能保证撤退高速有效。

如果从外边看，此时的“喧嚣号”如同一朵在风中颤抖的蒲公英，飘扬的种子闪烁着淡蓝色的光芒，朝着远处那颗蓝色的星球飞驰而去。当初设计这艘船的时候，设计者怎么也不会想到这艘代表人类

---

① “穿梭机30，空域净空，请于A跑道起飞，祝你好运。”Alpha是航空指挥中对于A的防歧义读法。

骄傲的舰艇会以这样一种方式走向终结。

雷舰长的疯狂计划得到了测控中心的批准。北约舰队的旗舰“查克·耶格尔号”将携带着它舰上的那枚黑洞，负责吸收南极——也就是磁北极——上空的高能粒子。“查克·耶格尔号”的黑洞同样诞生自环赤道加速器，比“喧嚣号”上的更年轻一些。我还记得那是一次对“喧嚣号”黑洞的复现尝试，那一天，当环赤道加速器的高能粒子命中标靶区的巨大铊金属块、并探测到黑洞的反应之后，全世界都为之欢腾。

在那一刻，人类似乎触摸到了宇宙最深处的奥秘，人类似乎无所不能，那光辉美好的未来，正在向所有人招手。

在通信窗口中，地面指挥中心里穿着军装的和穿着蓝色制服的人们集体朝我们敬了一个礼。

“我们在地面等着你们，勇士们。”

好了，感动时间结束。

雷震宣读了最后留舰的人员名单，所有没被点名的舰员都得跟着撤退的穿梭机离开。在宣读名册的时候，每一个志愿者走出队列，都会收到最热烈的掌声。志愿者们昂头挺胸，和剩下的人挥手告别，自信又从容。

达维多维奇是躺在担架上被人抬走的，他的伤势得到了控制，但是想做进一步的康复治疗，“喧嚣号”的医疗条件已经不够了，他必须回去。临走的时候，他朝我们竖起了大拇指。

“我的伏特加藏在座椅底下！”他冲我们大喊，疼得他龇牙咧嘴。

劫持了人质的机工长也离开了，他是被陆战队员带下去的。究竟这位可怜人会受到什么处分，没人知道，也没有人关心。

星野和马尔克斯随着大部队走了，雷舰长拒绝了马尔克斯要留下来的请求，把他们两个人都送走了。马尔克斯拉着星野，依依不舍地看着我们。而星野抿着嘴唇不说话，浅色的头发绑成了双马尾，一边一个发绳。

等到舰员们开始登船的时候，她突然停了下来，把她的双马尾解开。她轻巧地甩了甩自己的金色秀发，把一根发绳套在马尔克斯的手腕上。然后，星野像是冲刺的小角马一样跑回了我们这边，把另一根发绳套在了雷舰长的手腕上，这才被人赶了回去。

“雷舰长！等这一切结束！你们一定……”她喊着什么，带着哭腔，“马尔克斯，你快说点儿什么啊！”

马尔克斯转过身来，朝我们深深地鞠了一个躬。

“年轻真好。”雷震看了看手上的发绳，“你们说这一对儿能成不？”

“那还用说？雷舰长你亲自出马，还有不成的？”有人揶揄他。

“所以，舰长你还得去给他们当证婚人呢。”我笑着和他们挥手告别，“我也想去当伴郎。”

“伴娘是谁啊？”雷震转过头来，此刻的他一点儿也不严肃，“我看楚倩就很不错啊！”

众人随即起哄，有的怂恿我赶快承认，有的要起了喜糖，还有的要喝喜酒，现场沉浸在欢乐的气氛里。这时，警铃作响，又一艘穿梭机飞驰而出。

这种气氛很快就被打破了，排队登机的舰员队伍里突然传来了打闹声。两位陆战队员分开人群，冲了进去，其中一位却被打倒了。

不过很快，更多的陆战队员前来支援，控制了那个闹事的人。

“放开我，放开我！为什么我也在撤退的人里边?!”

是楚倩。

她很激动，两位健壮的陆战队员牢牢地控制着她，她却还在不断地挣扎。我们走上前去，她看到了雷舰长，还有和雷舰长在一起的我。

“陈晓云！为什么……为什么！”她痛苦地质问我，“你是不是和雷震说了什么！告诉你，我不需要你的怜悯，不要以为看到我失态，就把我当成小女孩来照顾！”

“让我留下来！我不是在志愿者的名单上吗？撤离飞船有别人开，这里更需要我！”

“不要胡闹了！楚倩！服从命令！”雷震命令道。

但是没有用。楚倩努力地挣扎，试图摆脱控制她的人。

“楚倩。”我从背后摸出手枪，是雷舰长给我的、楚倩的配枪，“听我说。”

从第一次见到楚倩开始，她就倔得像一只小猫，总是带着天然的优越感，她绝对不会认错，也不会退缩。她所有的一切，冲动、优越、倔强，都源自她强大的自信，那种可以把一切都掌握住的自信。

“陈晓云！放下枪！别以为有枪了不起！”

不过她真的很强，她也有资格这么高傲。不论什么事她都能迎刃而解，她一度成功地掌控了她自己的命运。雷舰长和我说了楚倩的过去，我当时的确很震惊，但心里还是把她当成了“万能”的代名词。没错，就算她冲动了又怎么样，她有实力破除阻挡在她面前的一切阻碍，朝着最后的胜利前进。

AI柔美的合成音轻轻地响起，提醒所有人尽快撤离。起飞轨道的黄色指示灯亮了又灭，像是单调的提琴长音。“喧嚣号”以恒定的速度滑行在静谧的黑色海洋之中，海洋中闪着点点繁星。

我朝着她走过去，枪口闪烁着电火花。我深吸一口气，闭上眼睛，扣下了扳机。

低速的电击弹飞射而出，击中了她的肩膀。楚倩在震颤中倒地，失去了抵抗的力气。我扑了上去，把她抱了起来。

在没有重力的舱外，有一个人在无边的宇宙中和我相遇；在离黑洞近在咫尺的地方，有一位姑娘教我去勇敢地抗争；在铺天盖地的“尘埃球”之中，有一位飞行员和我一起倾听了隆隆作响的“真空之声”；在璀璨的虚拟星空下，有一个爱人告诉我星星的名字。

在刚来到“喧嚣号”的那段时间里，在热情和理想被现实快速冷却的日子里，在一切似乎已经无法改变的时候，只有她伴着我航行过太阳系广阔的静谧空间，低语着告诉我她的过去和未来。

这段记忆，我明明知道它就是事实，但依旧带着模糊的虚影，完全没有真实感，就像是一场不真实的幻梦。

我抱着她走向撤离的飞船。雷震从医护人员那里拿出两支镇静剂，交给随船的陆战队员，吩咐他们看好楚倩，毕竟她是一个不肯屈服于命运的人。

楚倩躺在我的怀里，无声地哭泣。在接近失重的环境里，她的身躯轻若无物。

“至少这里交给我，你好好待着，好吗？你先走，在下边等着我，我会回来的。”

“还有，”我在她的耳边说道，“我爱你。”

49. 航向北极

"Shuttle 52, cleared to take off, runway Bravo, good day." [①]

最后一艘穿梭机飞走，舰桥已经没什么人了，在它飞出我们模拟通信的范围之前，飞行员颇为伤感地说了一句告别的话。

"And see you, Thrymr." [②]

"喧嚣号"安静下来，舰上的AI已经修复好了，拜先进的自动化水平所赐，我们只需要几个人镇守舰桥，加上分布在全舰各重要部门的几十名勇士，就能操纵这艘原本有数千名舰员的巨舰。当然，这个时候她也只能航行而已，别的功能几乎没有。

不过这也够了，我们要做的只是把船停到北极的上空，找准南磁极和那片会遭受高能粒子冲击的"极光区"，将飞船锚泊在那块区域，

---

① 意思是："穿梭机52，空域净空，于B跑道起飞，祝你好运。"

② 意思是："再见了，'喧嚣号'。"

然后逆向展开我们的偏转电场，动手让剩下的一个黑洞过载，吸收沿着磁力线入侵的高能粒子，并且保证黑洞的南极和北极以及地轴[1]呈90度夹角，让黑洞喷发出来的黑洞辐射远离地球。而在这个过程中，完成任务的舰员将分批次把自己塞进狭窄的救生荚舱，冲着地球表面直接弹射出去。

听上去很难，这也的确很难，不过我们有信心做到最好。

“硬件更换，一级授权。”雷舰长声音严肃。一阵连续不断的机械声响起，我面前的灯变成了绿色，我从像是刀片架一样的服务器中间钻过去，把一块红色的集成板拆下来，换上手上的那块。

“雷舰长，你居然把机工长的那块板子留下来了，这样换上去，不怕出问题吗？”我把锁定集成块的锁扣扣上，“这可是发生过逻辑翻转的板子。”

“这块电路板的所有逻辑处理都是正常的，经过了好几次检测，但是它能骗过AI的逻辑检测。否则，机工长怎么可能骗过AI，虚构电力不足的情况。”雷震和我解释，现在舰桥里人很少，他也放开了，“如果不这样做的话，就无法开启黑洞核心。因为AI遵循的逻辑是：一位舰长可以单独授权你释放黑洞，但是‘双人钥匙’却不能由你一个人持有。”

“双人钥匙”的原理和精密程度实际上和20世纪各国元首们的“核弹手提箱”很像，程序实际上是以完全固化的形式存储在硬件之中的，必须要两个人同时转动相应的钥匙才能启动下一步程序。

---

① 地轴是地球自转的轴心。根据目前的研究，黑洞在吸收物质的时候，被认为会在南北两极爆发出伽马射线喷流，所以需要避开地球。

为了让我不需要同时转动两把钥匙就完成释放黑洞的任务，雷舰长动用他的权限开启了一部分设备的封壳，让我把那块发生了逻辑翻转、能够骗过AI的集成板换上去。这样，我将被登记成两把黑洞钥匙的持有者，只需要我一个人就能转动原本需要两个人的“双人钥匙”。

王部长……我有些怅然，他还在的话，估计我会被他架着离开“喧嚣号”。

“雷舰长，我的两把钥匙都登记完成了。这东西能用。”我从检修门里钻出来，灰头土脸的。

他朝我点点头，“可惜只有一块……”他咕哝着。

“喧嚣号”朝着地球滑行过去，周遭的高能粒子浓度正在缓慢地变高，提示我们剩下的时间已经不多。我们很快越过了远地轨道，再往前，就是繁忙的近地轨道圈。从“喧嚣号”的光学通道里看，近地轨道上的垃圾密密麻麻的，像那个“尘埃球”笼罩了整个地球。

“全舰一级战备。”雷震按了一下舰长席上的按钮，他的声音在“喧嚣号”各处响了起来，“全员，各就各位。”

“Battle station.”[①]AI重复了一遍他的命令。

“航海舰桥，准备变轨。”他下达了第一条命令，“轨道参数……”

这是一条极轨道，我坐在舰桥里，身边的虚拟投影中，航空、维生、通观、电力等部门的志愿者神情严肃，训练有素地开始各自的操作。“喧嚣号”庞大的身躯旋转起来，巨量的电流涌入尾部的推进阵列，等离子化的工质被电磁场加速，推动“喧嚣号”改变着它的轨道。

---

①“全员进入战位，各就各位！”这是一句海军的口令。

“太空垃圾群两，方位舰艄，洞肆叁；角度下，舰底，洞两。预计碰撞时间，15分26秒。”通观部门报告，星星点点的太空垃圾群，在重力的聚集下，朝我们飞速袭来。

“准许开火，保证摧毁。”雷舰长冷笑道，“这次和‘尘埃球’可不一样了。”

在AI的协调下，“喧嚣号”的近防武器组成了层次分明的拦截圈。舰体周围光芒闪烁，像是笼罩在五彩斑斓的云团之中。激光炮、电磁炮、荷电粒子炮和拦截导弹将那些太空垃圾驱散推开，个别漏网之鱼则被偏转电场偏转。几分钟之后，“喧嚣号”从那团散发着高温等离子的云团之中猛冲而出！

“好啊！干他姥姥的！”雷震带头吼道，大家欢呼起来。

一路疾驰，我们绕着极光和雷电闪烁的地球转了两圈，把周围的太空垃圾扫荡一空。“喧嚣号”的周围不时腾起炫目的白光，将一切阻挡在前的东西彻底消灭。

“真是太棒了！”有人感叹。

的确，“喧嚣号”不是战舰，虽然它有着比全人类任何一艘太空战舰更大的体量和更强的战斗力，却从没有参加过一次军事行动，连演习都没有过。它服役生涯里最“炫酷”的时刻，也只不过是切开几个不长眼的小行星罢了。

我们越过南极，另一艘巨舰给我们发来了灯光信号。

长长长，长短长短，短长长，长短短长（OC,WX①）。

老兄，天气如何？

---

① “Old chap, Weather.”是一个莫尔斯电码的缩写，表示对方以调侃性质询问“喧嚣号”宇宙里天气如何。

是北约舰队的旗舰“查克·耶格尔号”发来的莫尔斯电码。他们正在做动力定位，看来他们的速度比我们快一些。

“今日天晴碧波高。哈，用无线电回复他们！”

“胡闹也要有个限度……算了，发吧。”雷舰长补上一句，“向他们表示敬意。”

“查克·耶格尔号”回复：“谢谢，‘喧嚣号’的勇士们。”

我们再次从亚欧大陆上空飞向北极。

从光学通道拍摄的画面来看，近地轨道上那些像是风车一样的空间站群落已经歪歪扭扭不成样子，少数几个周围闪着定位引擎的光芒，奋力张开巨大的太阳能帆板。据雷舰长介绍，那些太阳能板有一定的阻挡 γ 射线的能力。

远处的云层上还有一道道白色的须发不断地延伸出来，地面上还在努力地发射一些能阻挡高能粒子的东西。我知道，在我们脚下大约14000千米的地方，也有一艘巨舰在进行着同样的工作。

不一会儿，脚下的大地开始出现雪白的颜色，北极近在眼前了。现在这里是被紊乱的大气乱流包裹的、地球上为数不多的“净土”了。极地高气压让我们能看到洁白晶莹的极地冰雪和冰川边缘密布的科考基地，还有漫天飘舞的极光，像是仙女飞舞的衣袂。

“全舰注意，准备动力锚泊。”

“Stand by both anchors.”①

“喧嚣号”再次掉转180度，减速。我们的速度迅速减小，开始下坠。但是舵手即刻调整了“喧嚣号”的动力方向，止住了下坠的势头。

---

①“左右双锚，准备。”是一句船只靠泊准备下双锚之前的口令。

这和我操纵舰载机同小行星保持距离的情形非常相似，舰艉的等离子引擎咆哮着，顽强地对抗着地心引力，让“喧嚣号”高高地悬在极光区的上空，与地球表面保持着一定的距离。

“Pay out the cable.”① 舰载AI开始接管舵手的工作，动力锚泊即将完成。

那么接下来……

“航海舰桥，你们的工作马上就要完成了，救生荚舱准备弹射。”雷舰长对着虚拟实景里的那几位志愿者说道，敬了一个礼，“谢谢你们……”

“超新星方向高磁通量反应！”通观部门的人突然喊了起来。

根据预测，高能粒子风暴到来之前有一个磁通量的明显变化，这个变化是以光速传递的，比略低于光速的高能粒子跑得更快。所以，当探测器探测到磁场变化的时候，我们的倒计时就要结束了！

“要命！怎么来得这么快！”雷舰长瞄了一眼表，和之前的计划相比，提前了整整1个多小时，“加快进度！我们只剩不到半小时了！”

高能粒子风暴意外地提前到来，打了我们一个措手不及。87539319超新星爆发的方向上，原本惨淡的光流涨大了几圈，色彩变得缤纷而致命——超新星的喷发进入高潮，更大、更磅礴、更密集的高能粒子风暴从宇宙纯黑的背景里凸显出来，朝着我们汹涌而来！

“喧嚣号”外部的高能氢核浓度快速攀升，而就在这个时候，通观部门报来了一个更加致命的消息。

“太空垃圾幺！方位舰艉，幺拐洞！角度洞！正南！是一个巨型空间站！”

---

①“放出锚链！”是一句开始下锚的口令，指代“喧嚣号”开始进入停泊位。

50. 反抗者

“停止动力锚泊！”雷震拍着舰长席的扶手，“全员，抗冲击准备！”

“舰艏侧推，全速向左！”

“Hold on the cable. Bow thrust full to port.”AI重复指令。

我手忙脚乱地把安全带收紧，把桌上的零碎扫到抽屉箱里。

“喧嚣号”舰艏喷出巨型火焰，我们像是鹞子翻身一样转了个身。忍受着剧烈的过载，我看到舰桥舷窗外有黑影掠过，还有近防系统的火焰和碎片撞击偏转电场发出的刺目电光。

四面八方传来砰砰的响声，伴随着剧烈的震动，显然“喧嚣号”和一些碎片撞上了。舰内狂风大作，AI很快落下了气密门，风停了下来。

“碎片太多了！偏转电场会过载的！”电力部门的人在大声预警，

“我们还要留着它做磁力漏斗！”

“舰艏迎敌！”雷震努力维持着从容不迫的指挥，“通观，还有多久和主要碎片接触？”

“还有3分20秒。”我回答。虚拟投影里，通观部门的席位上已经是雪花一片，现在由我替代他们完成工作。

雷舰长看了看我，沉默了一秒，“关掉所有非必要的电力供应，包括偏转电场。全员，戴上头盔。”

“主炮发射倒计时！ 30秒！ 最大功率！”他恶狠狠地命令。

“舰长！ 电池还没有充能完毕！”

“别管了！ 聚变炉直接供能！”他重重地一锤按钮，周围的灯全灭了。

“30 seconds in counting.”AI的声音像是死亡宣告，“Ring off engine.”[①]

“喧嚣号”骤然黑了下去，引擎维持着恒定的推力，让舰艏的荷电粒子炮对准了袭来的大型空间站残骸。舰桥一片漆黑，只能看到虚拟实景里，一个巨大的十字准星套住了那个飞驰而来的家伙。

“5，4，3，2，1——发射。”

“Shoot.”

警铃爆响，打破了诡异的沉默。随后，光学探测器传回的图片上显示，外面是几乎可以和光流媲美的剧烈闪光，我一瞬间甚至以为自己即将失明。准相对论速度[②]的炽热粒子闪着刺目的蓝白光芒，以摧

---

① “主机定速”指“喧嚣号”的主机维持恒定的出力，以平衡主炮全力开火的后坐力。

② 指运动速度和光速相近。

枯拉朽的气势横贯天幕，将那片高速袭来的太空垃圾扯成碎片！

零碎物品四处横飞，雷震舰长却岿然不动，“重新动力定位。”

“Pay out the cable.”[①]

“航海舰桥，你们可以弹射了。”他松了一口气。

“好的。”两位舵手朝我们敬礼，他们的影子从虚拟实景中退出了。嘭嘭两声，两个救生荚舱被弹射了出去。

“通观……没有通观了。”雷震的神情疲惫，“电力，你们也走吧。”

沙沙沙，没有回复。

“电力部门！收到回复！”他再度提高了半个声调，“收到回复！把我说的话，一字一句地重复两遍！”

“舰长。”我打断了他，虚拟实景上，电力部门的标志正在闪烁着残余的电光，“他们已经……”

“陈晓云！穿上航天服……不，你来管着舰桥，我去！”

“雷舰长！”我大吼，“已经来不及了！”

像是当头一棒，他止住了自己的动作。“啊，是这样。”雷舰长像是一下子老了几岁，“还有谁活着，吱一声吧。”他从属于舰长的二层平台上走了下来。

“维生部门，还有一个人。”

“近防武器系统，还有两个人。”

……

很多人没有回答，他们永远也不会回答了。开启了虚拟实景的舰桥里，布满了丧失信号而引发的雪花。虽然从理论上讲，最后留下来的舰员们在完成任务之后都能乘坐救生荚舱撤离，这并不是十死

---

①“放出锚链！”解释同前。

无生的绝地，但是在这种时候，概率依旧强势地发挥着它的作用。

我们已经做出了选择，尽管痛苦，这也是我们的选择。每一个留下来的人，都清晰而明确地了解自己即将面对什么。选择已经做出，那么接下来就是尽力做到最好，并且做好承受一切后果的准备。

我们重新进行动力锚泊，“喧嚣号”转了回去，主引擎暴躁地响起来。AI接过了动力锚泊的管制，剩下的舰员们开始逐次撤离。

那么，接下来就是我的工作了。

“我需要把黑洞掉转90度，让黑洞的南北两极和地轴垂直，这样一来，黑洞辐射就不会危害地球。”我在舰桥的工作台上一边操作，一边给站在身旁的雷震舰长讲解，“接下来，我会填平重力阱。”

“填平重力阱？”他看着我在屏幕上输入各种各样的程序和模型，摩挲着他布满胡茬的下巴问道。

“是啊，这就是黑洞弹射的前置步骤了，黑洞弹射的第一步就是这个。一旦这项工作启动，一切就不可逆了，黑洞弹射的方向已经修改好了，它会一头撞上‘喧嚣号’的偏转电场，然后开始吞噬物质……接下来，就是欣赏宇宙中狂暴力量相互对抗的时刻了，黑洞对高能粒子流，哈！”

雷震若有所思地点了点头，朝我的背后走了过去。

“喧嚣号”的偏转电场启动了。这一次，它被逆向展开，变成了一个遮蔽整个极光区的巨大磁力漏斗，漏斗底正对着黑洞核心。我看了看屏幕上的倒计时，还有十几分钟。

最后时刻了，我有点儿依依不舍地看了看周围。这就是强大又脆弱的“喧嚣号”。

多么美好的时刻。

传说人快要挂掉的时候会想起很多事情，走马灯会在脑袋里把从小到大经历的事全跑一遍。此刻，我脑中的回忆喷薄而出，但是却没想起什么实在的东西来，都是纷繁复杂的虚影。

不行，我得想点儿什么，不想点儿什么我会崩溃的。现在的我还不能崩溃，我还要完成释放黑洞的任务，我还要调整黑洞的位置，让它吃掉“喧嚣号”和高能粒子。

你现在是内裤外穿的超人吗？

我不是，我只是一个普通人。

我在屏幕上输入一串代码，桌上的一块盖板打开了，露出两个钥匙插口来。

超人诞生不知多少年了，但是去电影院的人还是越来越多，大家看着银幕上的演员在虚拟的现实中演着再常见不过的剧情，华丽地解决反派角色，最终抱得美人归。所有人都知道这不可能发生，哪怕是在人类似乎已经能够掌控一切的宇航时代。在人类对抗了地球上几乎一切不幸和灾难之后，宇宙依旧显示出它无可匹敌的统治力量。

“泰坦尼克号”时代的人们觉得，物理学的大厦已经建成，美好时代的基石已经铸就，但是永不沉没的船依然沉没了，正如“喧嚣号”一样。

在“泰坦尼克号”上，虽然危机暴露了人性的脆弱和虚伪，但是那些无比渺小的人，依旧勇敢不屈，他们挣扎着反抗不幸，拼尽全力反抗命运。

我们打磨石器，制作工具；我们利用蒸汽，发明火车；我们驯服电气，建造巨轮。直到“喧嚣号”横亘在地球同步轨道上，她舰体的反光为几百平方千米的区域创造了一次绝美的天空闪光——虽然这让测控中心吃了不少投诉，但她依旧被视为人类的荣光与骄傲。

那么此时此刻，雷震会怎么想呢？他说过“越往后，生存的概率越低”。留到最后的人，要一个人释放黑洞，然后等着黑洞吞噬“喧嚣号”。在强烈的黑洞辐射下，“喧嚣号”的材料会崩毁，舱室会被洞穿，人活下来的概率非常低。

那么如果提前一些走呢？

那么提前走的那个人活下来的概率会大得多，而留到最后的那个人，将替代他承受那个极低的生存概率。

雷舰长此刻正站在我的身后。

像是突然想明白了什么，我闪电般地解开胸口的安全带，朝着边上一滚。

嗖！一发电击子弹从我刚才的位置飞射而过！

“雷舰长！”

“陈晓云！服从命令！”

说话间，雷震连续击出几发子弹，但是都打空了。我翻身躲到操作台的后边，把腰上的手枪拔了出来。

“什么命令！我不记得你给我下过这样的命令！”

“我现在命令你，移交黑洞舱的权限给我，然后撤离；不要逼我自己取消你的权限。”他的话语里听不出任何感情，就像是AI合成的声音一样，“快点，别磨磨蹭蹭的，救生荚舱就在那边。”

“我拒绝。”我拿枪指着他，和他对峙起来。

“哈，翅膀硬了啊！陈晓云！敢违抗命令了！这把手枪还是楚倩的，我给你手枪，可不是让你用它对准我的！”雷震把字一个一个地从他的牙齿缝里挤出来，“你小子挺能啊！居然学会要挟我了！”

我俩绕着工作台，互相寻找对方的破绽。我视野泛红，呼吸粗重，猫腰持着枪，就像一只受伤的豹子。

“你打不过我的，你持枪的手不稳，据枪动作也是错误百出，你这样的家伙，我一个可以打十个。”雷震紧紧地盯着我，居高临下，像是对猎物志在必得的雄狮，“我让你帮忙照顾楚倩，可不是让你跟她学习冲动的！”

“舰长！你才冲动……我是自愿选择留下来的……”

“我也是自愿选择把你赶下去的。你们年轻人，不该留下来做这种九死一生的事。”他坚定地说，“从帆船时代开始，无论舰船遇到什么情况，舰长都必须留到最后一个，与舰共存亡！”

“胡说！”我反驳，不敢露出自己的胆怯来，“在帆船时代，如果船沉了，舰长还活着回去，那他会背上一辈子都还不完的债！你只是想成就自己的英雄情结！

“为此，你才让马尔克斯带着星野走的吧。”

“是，那又怎么样？他倒是比你能够认清形势。”

“我猜，”我深吸一口气，脑子里所有的线索串了起来，“星野让你想起了你死去的妻子吧？你的妻子是很优秀的老师，也是留到最后拯救学生的志愿者……你之前还教星野写信，马尔克斯还以为遇到了情敌呢！我想，她和你在事故中牺牲的妻子，有那么一点儿共同的地方。”

雷震皱了皱眉头，没有说话。

“正好，马尔克斯和星野都是需要照顾的后辈。那次击毁客运艇的事故，让楚倩的家庭破碎了，也改变了她的性格。你觉得你应该为此负责任。出于对楚倩的愧疚，你在她父亲去世之后一直照顾她，试着帮她挡住外边的风雨和非议，你把她当作自己的女儿，所以……”我一口气说下去，“你给单身汉做媒人，给有家庭的人录视频……你不希望再做出上次那样的抉择，不想悲剧重演，你想要一个‘完美结局’，谁都不伤害，谁都没事，当然代价就是牺牲你自己！雷舰长！”

“够了，闭嘴。”雷震的手枪发出嗞嗞的电弧声，“就算是你说的这样又如何，你也要滚回地球去了！”

“你来释放黑洞，速度肯定不如我快。”我绷紧了身体，“那么你就需要留更久，你会死的，雷舰长。”

“我说了，那又怎样？反正你肯定能活下来。”

“不怎么样。”我抓起桌上的一个罐子，朝着他狠狠地一丢，“没那么简单！”

雷震反射式地朝着那个飞行的罐子开火，罐子应声而碎，瞬间爆出一片剧烈的白雾来。罐子里边是我的冰芯纪念品，碎冰、保温液四散飞溅，挡住了雷震的视线。

抓住这个千载难逢的机会，我果断地朝着他打出了电击子弹！

强大的电压击倒了雷震，我冲了上去，一脚把他手上的枪踢开。“准备救生荚舱！”我大声地命令道。舰桥的一角发出响动，一个救生荚舱伸了出来。

“我不要再把命运交给概率，你们的也好，我的也好！去他妈的狗屁命运！”

这终于说出了我想说的，酣畅淋漓！

我抓住雷震舰长，把他拖进救生荚舱里，用安全带把他结结实实地捆住。

“陈晓云！你个臭小子……”雷震扭曲着脸，“你这是在侮辱一个军人的尊严，叫我临阵脱逃？想都别想！”

我的内心从未如此空明，却又如此激动，仿佛之前二十多岁都白活了，直到现在才从深不见底的海沟中钻出来一样。

“我们的战斗，是为了最终的胜利。”我回答他，“一位经验丰富的舰长，比我这样一个家伙有用得多，这是我做出的选择！

“雷舰长，回地球你再罚我吧，如果我还能回去的话！还有，你一定要参加马尔克斯的婚礼，给他们当证婚人！记得让他们给我留个位子！”

这是我朝他喊出的最后一句话。

“救生荚舱弹射！”AI毫无感情的合成音响起，救生荚舱随着强烈而短暂的狂风而去。我瘫坐在地上。

现在，好像只有我一个人了，“喧嚣号”。

51. 喧嚣荧光

嗡嗡嗡嗡，"喧嚣号" 硕大的舰体开始微微地震颤起来，如同一片巨大的蝉翼。光学通道外，舰体一侧的调姿发动机工作起来，闪烁的等离子光芒如萤火虫一样明灭不定。AI自动调整着舰体的姿态，以平衡一些新的受力。

这是高能粒子来袭的标志之一，越来越密集的高能粒子正在撞击 "喧嚣号"，我剩下的时间不多了，还好，AI能代替我调整舰船的姿态。我只需要完成黑洞的相关工作就可以。

"喧嚣号" 像一匹向终点狂飙的赛马，我不能有一丝一毫的分心。我握住了主动干预的操纵杆，另一只手在屏幕上输入方程。

投料，激光，质量分布，一切在我的脑海中旋转。

我进入了那种近乎疯魔的状态，神志却清醒万分。这种情况只在上次王鹏指挥我的时候才发生过，没想到现在又出现了。唯一不同的是，我已经能够独当一面。

“黑洞位置调整完毕，是否跳过30分钟的观察倒计时？”AI提示我。

“准备应急释放，跳过倒计时。”

“准备应急释放，一级授权。”AI重复我的命令，“一级授权通过。”

我把舰长的金色钥匙插入舰长席上的插孔里，一柄锤子冒了出来。我拿着它，走回到自己的座位前，敲碎了桌上一左一右两块屏幕，两个黄黑相间的手柄露了出来。

如果我现在扳动手柄，黑洞将直接撞上动力舱的舱壁，很快把“喧嚣号”吞掉，当然还有飞驰而来的、顺着磁力漏斗涌入的高能粒子。

我掏出两把银色的钥匙，按上指纹，扫过眼角膜。这是黑洞舱的“双人钥匙”，用的是一种非常特殊的热敏合金，当我的手指接触到它们的时候，所有的锁齿转动起来，形成一串随机的组合。

“双人钥匙”不允许单人持有，我这真是例外中的例外。

我轻轻地转动第一把钥匙。

“请同时转动两把钥匙……滴，请求通过，请转动第二把钥匙。”AI的语音出现了小小的卡顿。

看上去我成功地骗过了无所不能的AI，很不错嘛。

我握住第二把钥匙，旋转。锁舌发出了清脆的咔嗒声。破碎的屏幕里，两个手柄被激活了，他们发出红色的闪光，提醒我做最后的抉择。

欧亚太空探索舰队的无上旗舰，人类的荣光，也是承载我梦想的地方。我一直梦想着握住自己的梦想，尽管浑浑噩噩地读完了大学，考了各种各样的证件，却还一直看不清自己的前方，处在莫名其妙的焦虑中，最后还是来到了“喧嚣号”上。

我经历了许多事情，一直工作的黑洞舱也不见了，但是为梦想拼搏一次的念头一直藏在我内心的最深处。不管它蒙上了多少层积灰，被岁月的锉刀打磨了几次，那道摄人心魄的光芒一直没有消散。它静静地蛰伏着，寻找机会破壳而出。

马尔克斯、星野、雷舰长、王鹏，可爱的同事们，所有的朋友，我的父母、亲人，还有楚倩……我的朋友虽然不如社交达人那么多，但还是不少。而且几乎每一个都值得我为他们付出，这真是我莫大的幸运。

在我心底的深处，有一个不染一尘的角落，一只高傲的白天鹅占据了它。她带着我在宇宙中散步，在遭遇危机的时候奋起；她教会了我驾驶舰载机，抛开自动系统将飞船控制在自己手里；她陪着我探索奇怪的噪音，在光芒闪烁的声场海洋之中一起数星星。最后的最后，高傲的白天鹅飞下她的神坛，变成了一个普通人，一个有缺点、有弱点，但是勇敢无畏的人。

我闭上眼睛，双手一起用力拉，两个机械手柄发出了沉重的响声。

黑洞释放。

……

……

……

周围一片寂静。

怎么回事?

按理说,一旦黑洞释放成功,冲着“喧嚣号”而来的话,大量被吸收的物质会让黑洞爆发出超量的黑洞辐射,扭曲并破坏“喧嚣号”的整体结构。全舰的 γ 射线警报会吵得人心烦意乱,接着被急速加热的空气和其他介质会以超音速冲击整个舰船……绝对不会这么安静!这些情况我都在模拟演习里看了不知道多少遍了!

我猛一低头,破碎的屏幕上,出现了一串红色的字符。

“Connection error.”

连接错误。

我颤抖着点了一下按钮。

“System restarting. Please wait... Sorry, connection error.”

系统重启,请等待……对不起,连接错误。

我跌坐在地上。

啊哈哈哈……啊哈哈哈……不似人声的狂笑从我的嘴里发出来,凄凉而无奈。

刚才的碰撞,或许摧毁了舰体里的通信链路。如果想要找到问题,我必须一寸一寸地检查从舰桥到黑洞核心的所有线路,现在气密门已经落下,舰上也只剩我一个人,时间根本不够!

如果想绕过这个程序,去黑洞核心直接超越控制……可是那边已经被摧毁了。

激情过了,努力过了,甚至连死亡都勇敢地接受了。这都没有用!这都没有用!

我难以抑制地哭起来。为什么,为什么,为什么?!

命运和我开了一个大大的玩笑，我要辜负所有人了吗？

真是可笑！什么拯救地球，你还想当超人？陈晓云，就你还想当超人？

我的意识模糊起来。

不！我咬破了嘴唇。疼痛让我的大脑一阵抽搐，也让我清醒了过来。

我不会认输的！还有办法！

我看了看便捷式舱内宇航服上微微凸起的生理指标监测装置，不论哪一个级别的航天服都有这个小装置，插在胸前的插槽里，用于检测使用者的生理状态，我和王鹏都被这个家伙报过生理指数超标。

现在，我作为两把“双人钥匙”的持有者，有一个机制将会对我发挥作用。

“死人踏板”，也叫“摇篮系统”。

这个系统起源于第一次工业革命。在火车发生了几次致命事故之后，火车司机的脚下都安装了一个踏板，司机在驾驶中必须把脚放在上面，压住踏板。一旦踏板没人踩着，超过一定时间，火车就会自动刹车停下，因为系统判断司机已经死亡了。

那只是一个简陋的系统，但是思路却延续到了现在。在应急释放程序执行完毕、黑洞却没有成功释放的情况下，两个钥匙持有人如果全部死亡，系统会默认黑洞必须要被弹射出去。毕竟黑洞核心尚不成熟，“喧嚣号”没有它照样也能跑。这是最后一道保险，由多重链路同时保障，一旦“死人踏板”系统发动，只要还有一条链路留存，所有的操作就将被激活。

现在两把钥匙的持有者都是我，这里的弹射命令因为连接问题无法被传达到动力室……

拔出指标监测装置是没有用的，就算我们把所有限制都解除了，那样它只会报告“没有人使用”，而不是“对象已经死亡”。AI是很难欺骗的，能够欺骗舰载AI的电路板只有一块，刚刚我已经用过了。

现在时间还有5分钟。

我颤抖着掏出手枪，弹匣里还有三发电击子弹。我把枪对准了我的左胸。

我关闭了枪上的保险。在这样的发射位置和距离上，哪怕是电击子弹也能够终结我的生命。

没想到要用这么可笑的方法去死，那不是和楚倩的父亲一样了吗？

而且，我这可是正儿八经的自杀……

真是一个笑话。但是我必须要这样，必须要这样！

我咬紧牙关，用尽全身的力气，让枪口抵住我的心脏。

这是最后一搏了，我绝对不能失败！

——嘭！轰隆隆！

先是一声刺破耳膜的尖锐响声，如同无数张金属板被一双粗暴的大手捏成一团，接着一个剧烈的爆响把我震飞好几米。

“警报！导弹袭击！”AI的报告姗姗来迟，还没等它说出更多的信息，AI的声音居然像是没电了的收音机，变调，然后消失了。

舰里着火了，灭火系统工作起来，喷洒着用于灭火的二氧化碳，到处闪着红灯。我把手枪收起来，伸手去拿灭火器。有一侧的隔离门没有落下，明显是动作机构被卡死了。

二氧化碳灭火剂带来的烟幕，正朝着那扇隔离门滚滚涌去。

烟雾中，有个人影显现出来，我把手枪抬起来对着那人。

"你是谁?！"我质问。

那个人影高挑而苗条。

"你是谁?！"没有回答。

长长短短短，短短短长长[①]。

烟雾中灯光闪烁。

最好的祝福。

谁在这种时候还会来"喧嚣号"上，给我发送一个"最好的祝福"呢?

显然只有一个人，楚倩。

"怎么了，不欢迎我吗，亲爱的工程师同志?"

"你……你不是撤离了吗?！"我像见了鬼一样。

"还记得我们发射过的'恒星阴影'吗? 那里边的氕氘装药来自JL300的核聚变引擎，它有着异常高的能量，能够支撑我从撤离点飞到这里。"她轻描淡写，"那几个陆战队员，怎么拦得住我? 别小看你的老师！"

"那你还来送死！"欣喜变成了愤怒，我冲着她狂吼，"快走！时间不多了。"

"时间的确不多了，让我来看看。"她趴在一个显示器上浏览了当前全舰的数据，"黑洞释放指令不能传达了吗? 为什么不用超越控制?"

"黑洞核心那边进不去了，气密门都落下了，我准备激活'死人踏

---

① 对应莫尔斯电码的"73"，这是一个缩写，对应"Best regards"，意为"最好的祝福"。

板’。你快走啊，到时候风暴来了想走都走不成了！”我抓住楚倩的肩膀把她使劲往外推。

我不该在她面前班门弄斧的，楚倩身形一矮就躲过了我，紧接着一团身撞进我的怀里。

猝不及防，我被撞得连连后退。

然后，她拿出了一个什么东西，对准了我。

剧烈的绞痛让我不自觉地大喊了出来——我的腹部中了一发电击弹，我全身的肌肉都开始不听使唤，身体的每一部分都像是脱离了我的掌控。

“嗯……嗯……”我的怒火像是被浇了一桶水一样迅速熄灭下去，随之而来的是全身脱力。我这么快就被解决了？我悲哀地发现，我连生气的力气都没有了，身子就像是离线的处理器一样，不能响应我的思维。

“真是不幸，现在用救生荚舱的话，你也是逃不出去的。”她看了看虚拟显示屏上五彩斑斓的高能粒子。航天服腹部的穿孔已经被固化的凝胶堵上了，楚倩扶起我无力的身体，贴近我的耳边轻轻地说道。

“现在的你，倒是像个勇敢的人了，就是还有些鲁莽，”她自言自语，“第一次和你见面的时候，你就那么急躁。都说了，我怎么可能会自杀……

“你说得对，我的父亲不是懦夫，他只不过在能选的选项里，做了一次痛苦的抉择。这些年，我一直想做一个超人，不想再这样痛苦了。”她走到舰长席上，做了一些授权操作。我的头盔里，HUD上不断有字符跳过，提示我的权限正在被一个个地转移给她，“可是遇到你之后，我才发现，有些时候，我也不是什么厉害的人物。”

她摸出两针镇静剂来，随手一丢，“雷舰长想拿这个对付我，但是我不想对你用这个。”

“我只是一个倔强的小女孩罢了。”

她拖着我，走进那个冒烟的通道，走到“喧嚣号”的外围。那里的墙壁上有一个冒烟的大洞，是战斗时形成的穿孔。有一架JL300固定在舰体外的锁点上，飞船的驾驶舱开着。

“高能粒子打坏了飞船的维生系统，你带着这个。”楚倩把一枚超导电池塞在我的怀里。

真是可笑啊，即使你不管不顾，就算连生命都放弃了，还是没用。

“我不可能允许我爱的人再做那种傻事。”

你连死的权利都被剥夺了，陈晓云。

“放心吧，你这种人，我还是救得过来的。”楚倩把我往驾驶舱里一丢，替我绑好安全带。

“我说过，你这种蠢货，只能依赖自动系统，没有自动系统就不会飞啦。”楚倩快速操作着，给JL300设定航线，“等一会儿，进自动进近[①]了，你稍微控制一下就好。我教过你的，你肯定能行。”

她从我胸口上拔出了生命指标监测器，接在了她的插槽里，然后拿走了她的手枪。

“物归原主啦。”她冲我笑笑，按下了遥控按钮。

楚倩，你总是能解决挡在你面前的所有问题，冲动只不过是你前进的借口，命运才是值得你反抗的真正对手，哪怕受过再多的伤，哪

①此处借用民航术语，指飞机下降时对准跑道飞行的过程。

怕所有的困难都一个人扛着……

在我的眼里，你一直是无所不能的代名词。

没人能改变已经发生的事，也没人能够准确地预测接下来发生的事，我们把这些东西叫作命运，而命运经常把一些痛苦而艰难的抉择摆在我们的面前。一列列火车轰轰驶过，很多时候，我甚至不是站在铁路边掌握着扳道岔按钮的人，可能只是一个拿着马桶搋子的路人，或者是被绑在铁路上的可怜虫。

可哪怕是这样，我，还有你，依旧在执着地反抗。

我是什么时候发现自己爱上你的？我不知道。

“不想做出痛苦选择的人可不止你一个。”她轻轻地说，声音遥远而温柔，“我也爱你，陈晓云。”

我的知觉恢复了，但是思维却冻僵了，过载潮水般袭来，重新把我压回了水底。跨越上万千米的距离，舍弃生命来找我的她，现在离我越来越远。

地球上极光闪烁，风雨飘摇；远处的超新星风暴宛若遮天巨幕，这个时候你会在看着吗？你会在坚持到最后一刻的“喧嚣号”上，欣赏着这样如同神迹一般的壮观景象吗？我不知道，我只知道我此刻焦虑和感伤的心境，你一定体会不到；不知道你那总是带着骄傲的面孔中，会不会流露出哪怕一丁点儿的脆弱和伤感？

到头来，做出选择的依然是你。

“喧嚣号”上有一个点亮了起来，随后那个光斑不断地扩大，扩大。上百万吨的舰体从光斑周围开始变红、发亮，接着一切都向着那个光斑折叠。一个剧烈滚动的火球从“喧嚣号”之上腾起，带着一圈扭曲的光环。吸积盘喷涌而出，带着金色的光华，像是随风起舞的麦浪。

与此同时，空中展开了一道道看不见的涟漪，传来一阵阵轻轻的隆隆声，仿佛极远处有一位巨人，正踏着冰面奔驰而来。

喧嚣的巨人，脆弱的巨人，他脚下的冰面如蛛网一般崩裂，他跑得依旧坚决。

黑洞还在咆哮着工作，以它最强的功率吞噬着周围的物质。高能粒子们顺着“喧嚣号”展开的磁力漏斗旋转着流入黑洞的事件视界附近。我能想象，在那个半径极其微小的奇点周围，所有的时间和空间都向着一个未知的地方塌陷下去。在那里，我们所知的一切物理法则都会失效。

洪流般的黑洞辐射击穿了所有阻挡在它面前的太空碎片，横贯天幕，加上南磁极周围的风暴，仿佛地球上竖起的一个巨大十字架。

而在十字架的中心，应该有一个倩影。

52. 后　来

“同学们，我们再来重复一遍今天的课程要点……”我把书放在讲台上，台下的学生们并不比我年轻多少。大家都停下了笔，抬头看着我，“有没有同学愿意来说一下？”

有人站起来，匆匆地扫了一眼桌上的笔记本，流畅地说了起来。

“很不错，自信一些。你看，基本上都没有记错，”我带头鼓起掌来，“只差了一点儿。”我把投影仪里的幻灯片再次拿出来。

“不论在任何时刻，都不要觉得结局已定，万事皆休；冷静下来，寻找时机，你依旧有战胜困难的机会。”

虽然可能很渺茫，而且很痛苦，但是绝对不能坐以待毙。我闭上眼睛，再次睁开，“这是宇航工作的金法则。好了，今天就到这里，下课吧。同学们再见。”

同学们都整理起东西，我把讲台上的讲义收起来。

不过，等我再抬头的时候，教室里的同学一个都没有站起来。

“怎么了？不回去睡觉吗？”我上的是晚课，有点儿像是夜校，下课的时候都九点半了。本来一下课，大家都急急忙忙地回去睡觉或者弄点夜宵垫垫肚子，怎么今天一个个都留在教室里了？

“陈老师。”有同学说。

“今天是灾难发生的两周年纪念日。老师你是英雄，为什么不去参加纪念活动，却还在航天员学校里上课……”

大家都把目光转向了我，眼睛里充满了不可思议。

“其实……今天早上的纪念活动我去了。”我试图搪塞，但立刻发现自己可耻地失败了。我的确去了，只是远远地站着，并没有进入会场。

会场里，有人神情肃穆，有人痛哭流涕，只有我的心冰冷如死。

“我可没有什么故事，只有一些模糊的记忆，如果你们愿意听的话，就跟我出来吧。”

我笑了，还有什么不愿去面对的呢？

都过去这么久了。

我们走到教学楼外的草地上，随意地坐了下来。这里是中国的西北戈壁，来自渤海的淡化水改造了这里的自然环境，还保留了一片纯净的星空。我们头顶就是闪闪发亮的宇宙群星——其中有很多闪烁的碎片，是灾难中留下的大量航天器残骸。它们在重力的作用下环绕地球，形成了一条横跨天际的闪光带。

“当时，我们没法拯救所有人……”

“喧嚣号”的牺牲还是有价值的，人类蛮不讲理的手段大大地增强了地球磁场，偏转了大量的高能粒子。虽然两枚黑洞无法吸收其

事件视界以外的 γ 射线，但是幸好这次超新星爆发出的 γ 射线量并不太高，那些为了核战争而准备的大型掩体工程也发挥了作用，拯救了很多人。

“情况如此，我们还是尽可能做到最好……”

沿着磁力线入侵南北两极的高能粒子被两艘巨舰释放的黑洞吞噬。这两艘舰船上的黑洞怒吼着，从地球上看过去那仿佛是两个灼热的光球。据科学家们计算，它们在维持其位置的两艘巨舰被吞噬之后会渐渐地偏离原有位置，在危及其他物体之前自我蒸发掉了。

“喧嚣号”这个名字来自北欧神话中的泰坦巨人，那天它却像是盗来火种的普罗米修斯，在山峰上骄傲地举起烈日般的火把，然后陨落。

“在最后时刻……”我的话止住了。

心底有什么东西喷薄而出。心里那一片天地是安静的纯黑，是我一直不愿意去触碰的地方，那里闪烁着星星点点的荧光。我一直小心地呵护着它，就像是呵护自己那点儿可笑的坚持一样。

宝盒重新蒙上了尘埃，但是我手里已经有了开启它的钥匙；宝盒里边也不是那条择人而噬的毒蛇，而是一片洁白的羽毛。

我揉了揉眼睛，“这里的环境改造没做好啊，哪来的那么多沙子……同学们，我刚才讲到哪里了？”

“最后时刻……老师，如果太难了，就不说了吧？”有学生贴心地安慰我。

“不不不，没事的。都过去了，没有什么可以纠结的。”我笑着摇摇头。

就在这个时候，兜里的终端响了起来。

“抱歉，我接个电话。”

电话是马尔克斯打来的。

“陈晓云！你在哪儿呢？这么多电话都不接，我还以为你出事了呢！”

“大兄弟，我还有什么事情好出的？我上课的时候终端都是静音的。”我回答，“倒是你，怎么了？咋咋呼呼的，难道星野怀了？”

“什么怀了！你还记得吧？你之前在‘喧嚣号’上和达维多维奇做过一个研究，是关于黑洞和引力波探测的。”他调整好说话的语气，“SLIGO，还记得SLIGO吧？他们今天给舰队这边转了一个消息。”

“什么消息？”我本能地警惕起来。

“SLIGO收到了一段引力波信号。”

“开玩笑，又要来一颗超新星？”我急了。一次“仁慈”的超新星爆发就把我们打成这样，还要再来一次？

“不不不，不是的，没这么糟糕。”马尔克斯这才发现我误会了，“科学家们做了分析，确定不是超新星爆发的征兆，甚至连一次大型的宇宙事件都算不上。”

“是风吹麦田的声音，或者说是有巨人在冰面上奔跑的声音。”他说。

“信号方向？”

“北极极光区，就在那个‘火球’待过的地方。所以我想，得把这件事情告诉你……”

我整个人僵住了，那股刺骨的寒冷突破了大气层，从西北大地上空盘旋而来，淹没了我，也淹没了周围的草地。

我把拳头努力朝上伸出，拨开了这令人窒息的情感之潮。这时，我才发现自己浑身都是冷汗，呼吸粗重，像是刚从水里爬出来一样。

“没事吧？”马尔克斯问。

“我没事。”我深深地呼吸，抚平自己狂躁的心跳，“还有可能吗？”

“陈，我只能说，不是绝对不可能……”

那就够了。

我挂掉电话，抬头看看漫天闪烁的荧光。

那里还有希望。